评论集

诗与思

刘向东◎著

作家出版社

目录 Contents

诗人雕像诗人墓

你不可能在其他地方见到那么多的诗人雕像、诗人墓地，除了在捷克，在布拉格，还有伦敦城中的西敏寺。在布拉格高山城堡苦栗树掩映的教堂周围，"捷克诗人的精神之父"马哈，领着他的成群的诗友们安心地睡了，生前为伴，死后为邻，长明灯伴着他们的梦，伴着一个透明的信念：对一个诗人，对一首诗，不是盖棺就能定论的，一个民族，有时需要看上几十年几百年甚至几千年，才能看清自己的诗魂。而更多的诗人，包括流浪的乞讨的诗人，生前的遭遇虽不同，死后的待遇却无异，在大街小巷，在小镇和乡村，血肉之身，有石可托，全都凝为沙岩和大理石的雕像，在转身或眨眼之间。他们就像诗人臧克家笔下的"有的人"，死了，但还活着。他们什么也不用说，让耿耿诗魂，活在骨头、舌头和血液中，在永远的祝福里。

多么好，一种缓慢持久的传统，深情、深沉又可爱的传统。

在我对这种传统一无所知之前，我理解不了捷克历史上为什能够出现那么多出色的诗人，更理解不了时任总统哈维尔为什么一再说"诗人的声音应当更仔细地被倾听，被认真地对待，甚至比对银行家和证券经纪人的声音更严肃地对待"。

我在卡雷尔·希内克·马哈的墓畔久久伫立，认真地倾听：

那是五月初一，

深沉的黄昏，

黄昏的五月——

爱恋的时辰。

斑鸠加入了求爱的合唱，

在那霉湿的松树丛林。

沉静而痴情的青苔低声细语，

参天大树为负心而内疚忧戚，

夜莺向蔷薇献上自己的恋情，

回应的却是一阵阵馥郁的叹息。

灌木丛荫蔽下的平静的湖

在暮霭中发出深沉的悲鸣……

　　这是马哈在 160 多年前创作的抒情叙事长诗《五月》的开篇。长诗的主人公威勒姆，是个感情炽烈的人，被家庭驱逐出来，成为强盗的首领。他杀死了那个诱奸他的恋人的人，却原来那个被杀死的人正是他的父亲。天主教会因此把他送上了断头台，与和他热恋的、绝望的姑娘一起葬身湖水。诗人来到刑场，面对威勒姆的头颅，不由地悲伤起来，想到自己的青春和命运。聪慧的诗人，通过对威勒姆悲剧社会根源的挖掘，对整个社会提出了强烈的控诉。他先从充满哲理思想的自然景物开始描写，让大自然的美反衬出封建社会制度的黑暗。在那美丽、迷人的五月之夜的对面，是受尽精神折磨的人上了断头台。诗人以自然的和谐，衬托出黑暗社会的混乱，给诗篇以惊心动魄的魅力。因此，马哈被公认为"捷克文学中第一个敢于大胆表达自己的信念、怀疑、希望和感情的人"，被誉为"捷克真正的民族诗人"和"捷克诗歌的施洗者和培育了整个现代诗歌的精神之父"。

　　在诗人墓前，供奉着无数的鲜花和苦栗，清清亮亮的波西米亚玻璃器皿里，有清清亮亮的水，上面漂着燃烧的红蜡烛，而那清水里，有我的泪。在我模糊的泪眼中，闪过坟地里生长着的被捷克民族称作"母亲的魂灵"的小叶儿花，那是与马哈同时代的诗人爱尔本命名的：

> 母亲死去，
> 被送进了坟墓，
> 孤儿们留在了人世；
> 他们每天清晨去到墓地，
> 为了找回自己的母亲。

> 妈妈可怜这些小乖乖：
> 魂儿悠悠返回家，
> 化作朵朵小叶儿花，
> 盛开在自己的坟头上。

小叶儿花啊小叶儿花，你是母亲的魂灵，难道不也是诗人的魂灵吗？诗人死去，被送进了坟墓，读者尚在人世，他们经常到墓地去，带着鲜花、苦栗和泪水，为了找回自己的诗人，诗人化作了朵朵小叶儿花，开在自己的坟头上，前可以见古人，后可以见来者。

可惜我没能找到我心仪已久的诗人塞弗尔特的墓。我在所有埋葬着"妈妈"的坟前徘徊，看他如何找回母亲：

> 那是一面镶着椭圆金框的镜子，背面的水银已经渐渐脱落，几乎照不清楚人的模样。妈妈的半辈子呀，都是用它来照着梳理头发，她是那样地秀丽端庄。

> 镜子挂在窗户旁的一个小勾子上，它瞧瞧我，看看你，怎能

不舒坦地微笑？妈妈曾是那般地欢乐，连一丝皱纹也不曾有，即使有，也是为数不多的啊。

她常常在小磨坊里，哼着华尔兹舞曲，还和爸爸一起，幸福地跳上几步。当她追忆青春年华，她便忍不住地瞥一眼闪亮的镜子。

她从梳子上摘下脱落的头发，把它缠成一个小团儿，顺手给炉火加餐。当她把发团往炉门里扔时，我看到了妈妈眼角旁的条条皱纹，已是一把张开的小褶扇。

天长日久，镜框变了形，境面也裂了些小缝，它里面渐渐发了霉，后来终于裂成了两半。妈妈就用这破了的镜子，继续梳理着她的鬓发。

时光飞逝，妈妈的头发渐渐斑白，她已经不再去照镜子，习惯于呆在僻静的地方。每当有人来敲门，她便匆匆忙忙走出来，头上系着一块黑色的头巾。

如今，我又走进屋来，但我心绪不宁。没人再站在门槛边等我了，也没人再将我的手握得那样紧了，我不知所措地四下顾盼：那面镜子仍旧挂在墙上，可是我已经看不清它，泪水模糊了我的眼帘。

凭记忆默记的诗行，可能并不十分准确，但十拿九稳。写作这首《妈妈的镜子》的人，是我特别心仪的诗人，被捷克人誉为"本民族伟大的经典诗人"的雅罗斯拉夫·塞弗尔特，1984年，"由于他的诗富于独创性，新颖而栩栩如生地表现了人的不屈不挠的精神和全面发展的自由形象"而获得诺贝尔文学奖，1986 年逝去。

我多想找到那面镶着变了形的金框的已经裂开的镜子，我确信它的存在，它出于诗，但来自生命和生活，应该进入捷克国家博物馆。

塞弗尔特，你知道吗，就因为喜欢你的这首诗，我多少回凝视镜子，妄图在那些镜子的深处，看见你笔下的"妈妈"。可是看来看去，却总是看见镜子里的我，和我的母亲。

我也写过一些关于母亲的诗，写过似乎永远不会走路、总是一阵风似的奔跑着的妈妈，写过《娘的脊背》《母亲的灯》，或许是因为再而三写母亲的缘故，有文学前辈曾非常认真地劝导我说："也写写你父亲吧。"让我不知说什么好。塞弗尔特，我该怎么回答？

对母亲的爱是一切动物的天性。恰恰因其是天性，古今中外，表达这种爱的人就格外多，使其成为诗的基本母题之一。但多数人靠的是原始生命力的推动，一不留神，情感就扎了堆儿，很难拥有特立独行的艺术表达。将一个儿子对母亲的爱凝聚在一面镜子中，将母亲的一生浓缩在一面镜子中，塞弗尔特，这是你的发现和创造，你的"这一个"母亲的形象，是有史以来最明亮的母亲形象，是没有变形却又成了天下所有母亲缩影的折射。

塞弗尔特有数不清的好诗，顺便抄出一首只有短短四行的《安慰》：

> 姑娘，姑娘，你为什么皱起眉头，
> 莫非你遇到了整日阴雨绵绵？
> 而那边那只小蜉蝣该怎么办啊，
> 它的一生都遇到阴雨绵绵！

诗行单纯到了不能再单纯，内涵却又丰盈到了十分。如果说它单纯，明明白白，不用我说；如果说它丰盈，坚实饱满，那其中只可意会、无法言说的意味，说也说不透。索性不说吧，只体会诗题：这是一个诗人给我们大家的诗的安慰，如此浅显又深沉博大，如此忧戚又豁达风趣，还有比这更值得让人安慰的安慰吗？说来还真有，只是，那是另一种安慰。请看：

　　孩子们，波拿巴·拿破仑

　　是什么时候

　　出生的？教师问道

　　一千年以前，孩子们说。

　　一百年以前，孩子们说。

　　没有人知道。

　　孩子们，波拿巴·拿破仑

　　这一生

　　做了些什么？教师问道。

　　他赢了一场战争，孩子们说。

　　他输了一场战争，孩子们说。

　　没有人知道。

　　我们的卖肉人曾经有一条狗，

　　弗兰克说，

　　它的名字叫拿破仑，

　　卖肉人经常打它，

　　那只狗

　　一年前

死于饥饿。

此刻所有的孩子都感到悲哀
为拿破仑。

　　这是当代捷克最杰出的诗人、免疫学博士米洛斯拉夫·赫鲁伯的诗篇《拿破仑》，让你一目了然，又觉得意味重重。一百个读者，可能读出一百个"拿破仑"，但你还是不能说，一说就错。单说它对我们的安慰，因了什么呢？因为孩子们的一派天真？因为幼小心灵的纯真善良？因为诚实的、健康的人格隐喻和道义的承担？

　　熟悉捷克民族苦难史的人，或许能够从中读出更多的意味和安慰。千百年来，除了短暂的几个历史时期，它的大部分历史，是失败、丧失自由和被外国统治者压迫的历史，近百年中，有一半左右的时间是在极权主义的支配下度过的，在残忍的纳粹暴政之后，是苏联坦克的占领，后又几经周折。在如此背景下，诗人何为？

　　本来，在我最初写作此文时，还抄录了赫鲁伯的著名诗篇《魔术师齐托》和《发明》，那同样是非常有趣、举重若轻却又充分呈现生存和生命真实的诗篇。或许是天意，在经过几次删改之后，当我再度打开电脑，它们已经不翼而飞，也好，免除了我对引文过盛的担心。事实上我不必再做文抄公了，几首诗，就已经回答了"诗人何为"的问题。在一个社会发生扭曲之后，尤其是在极权主义体制之下，诚实与不诚实之间的界限变得模糊了，甚至，诚实无欺这一道德底线消失了。是诗人以诗人的天职，通过对时代的命名和对生存、生命、生活的真实呈现，维护了人类的存在和人类精神，给我们以安慰，为我们指出一种更为广阔的责任。

　　透过诗人雕像诗人墓，我看见捷克一代代诗人的坚韧的存在：从创作主旨上，贯穿其中的是根本的善和悲悯；从写作方式上，是朴素、简洁，有力、有趣。因而，他们的诗篇，是可以在死后当枕头的，或者说，他们自己就是自己的纪念碑，就是自己的雕像。在这些雕像旁，有特别在意倾听的人，诗人滋养了他们本来脆弱的心灵，让人性中潜藏着的根本的善得到生长，并有效地遏制了恶的滋生。我曾经动过一个念头：捷克诗歌精神与"布拉格精神"的关系是怎样的？为什么苏联人的坦克吓不倒捷克姑娘，她们反而要穿上超短裙在坦克前面翩翩起舞？为什么本是一场天翻地覆的历史性变动，我们称其为"剧变"，在布拉格却成为给世人以柔软感觉的"天鹅绒革命"？念头归念头，没有研究，不敢妄加揣度。可以肯定的是，正如爱尔兰诗人希尼所言："在某种意义上，诗的功效等于零——从来没有一首诗阻止过一辆坦克，但在另一种意义上，它又是无限的。"诗是内外两个世界中发生的事情，诗人雕像诗人墓的意义，也是以至少双重暗示性的方式呈现着。

全 是 爱

　　我在前文《诗人雕像诗人墓》中曾写到塞弗尔特,意犹未尽。他实在是一位了不起的诗人,诗艺炉火纯青,不见丁点儿刀斧之痕,晚年甚至不用任何比喻和韵脚,只是用朴素的、类乎散文的语言表达极为本质的东西,抒写他复杂的内心感受和他对人生真谛的认识。在捷克,几乎家家户户都有他的诗集。

　　塞弗尔特给世人留下《全是爱》等三十九部诗集和一部回忆录《世界美如斯》。诚如其回忆录副标题"故事与回忆"所提示的,在《世界美如斯》中,诗人没有采用一般回忆录按生活经历依次叙述的写法,着墨更多的也不是他本人的曲折身世,而是通过一则则小故事缅怀他漫长一生中所遇到的人和事,记叙了一些见闻和感受。在我对其中的《母亲出嫁的小教堂》一节与他写妈妈的诗篇交替着阅读时,意外地从非常客观的叙述中体会出他如何行使了诗人主观主义的权利。他说:

　　　　如果有人感兴趣,向我了解父母的婚姻状况时,我恐怕要用纯粹是今天的术语来概括这一婚姻关系的特点了:那是两种不同的世界观的人和平共处。父亲是社会民主党人,母亲则是一个娴静、温和的人,喜欢上教堂,借以摆脱刻板的日常生活,摆脱每天例行的机械劳动。上教堂是她的诗。领圣餐她却不常参加。不如说只有在生活中遇到不幸，她认为那是上帝的惩罚，需要求得上天的宽宥时才去。

就这样，在和睦共处中他俩各以自己的方式对生活作出反应。而生活往往并不顺遂，战争时期还经常挨饿。饥肠辘辘的滋味我至今记忆犹新。当母亲扑倒在日什科夫教堂冰冷、潮湿的方砖地上，当她虔诚地向圣母玛利亚倾诉自己的烦恼，徒然想把泪水串成念珠挂在圣母的纤纤手指上时，她的内心无疑感到了片刻的宽慰。而我则往返于两人之间，从这边跨到那边，从红旗歌到"千万次歌颂你"，也许就在一天一晚的时间内。

但愿读者不要认为我以一些无聊的个人琐事在此啰嗦不休。现代诗人就往往完全从主观立场出发将诗歌抛到读者面前，以强调它的可能性，使它更有说服力。在我这不很重要的文学体裁中，我不免也要吹嘘一下这种主观主义的权利。不过这一文学体裁有其局限性，因为它不仅是可能，而且也往往就是真实的。我要证实时代错了，不管时代如何揭露我——虽然我还不很明白自己错在哪里。

雅罗斯拉夫·塞弗尔特出生在捷克首都布拉格郊外一个贫穷的工人家庭。他未上完中学就跨入了社会，从事新闻报道和文学创作。1921年，他的第一部诗集《泪城》出版，他以贫苦大众的立场观察布拉格，以写实和抒情风格描绘了工人区发生的痛苦事件，表达了诗人对这个城市畸形生活的控诉和对未来的渴望。此后，塞弗尔特一边主持编辑刊物，一边体验母语内部的奥秘，对自己生命中潜意识、直觉、梦幻的成分进行挖掘，确立了他作为优秀诗人的地位。1929年诗人因不信任新当选的捷克共产党总书记而退党。第二次世界大战期间，他积极投身抵抗运动，告别了超现实主义诗风和"话语实验"色彩，写诗揭露法西斯的残暴，歌颂人民为争取解放而进行的斗争。五十年代以后，诗人的思想变得开阔而深沉，他参与过捷克作协的领导工作，并连续出版了许多优秀诗集。在这些诗中他歌颂母亲，歌颂爱情，歌颂祖国和大自然，并追忆往事，沉思存在。1956年，塞弗尔特公开呼吁当局结束对文学的控制，认为"诗人是民族的良知"，不是政治传声筒，并撰文批判铁幕政治对艺术本质的扭曲。他始终坚持文学家独立的道义承担立场，在1968年"布拉格之春"运动中，他以自己的威望呼吁为那些受迫害的作家彻底平反。也因此之故，"布拉格之春"运动被扑灭后的很长一段时间，诗人的作品在国内被暗中控制发表。等到他去世以后，时任总统胡萨克才终于站出来说："他在自己一生浩繁的诗歌著作中表现了对祖国的热烈的热爱和与人民的亲密关系。"

有论者指出，塞弗尔特一生的写作是朝着活力和自由展开的，围绕"活力"与"自由"，他不同时期的诗作无论是倾心于叙述性还是咏唱性，无论倾心于日常经验，还是倾心于直觉；无论是隐喻还是日常口语；无论是使用自由体还是借鉴类古典抒情诗和民歌的形式，都做到了感情饱满而淳朴，措辞准确而内在。我却觉得，他的写作，是以活力和自由，朝着爱展开的，他那部诗集的名字《全是爱》，鲜明地概括了他一生的写作。

他的人，全是爱。

他的诗，全是爱。

我曾经提到过他的《妈妈的镜子》，那是诗集《妈妈》中的一首。说到这个书名，还有一个小插曲。诗集编好了，塞弗尔特花了好长时间寻找书名，怎么都觉得不合适。他的朋友费卡尔读过他的书稿，信手在封面上写下一个极普通的词：妈妈。正是这最朴素、在所有语言中发音都惊人地相似的两个字，表达了人类最初、最直接、最普遍的爱。诗集《妈妈》的卷首，是这首《窗旁》：

　　春来了，路边的树儿

迎着春光开了花。

妈妈静默无声，

脸朝窗外，泪珠儿滚滚淌下。

"你为何哭泣，为何悲伤？

告诉我，你这般难过为什么？"

"我会告诉你的，会告诉你，

等到有一天，树儿不再开花。"

雪纷飞，冰霜冻在

玻璃窗上。

窗外一片阴沉，

妈妈无声地编织着什么，

两眼噙着泪花。

"你为何哭泣，为何悲伤？"

"我会告诉你的，会告诉你，

等到有一天，不再大雪茫茫。"

　　诗中母子二人的"对白"，意味深长。在季节枯荣的两端，母亲脸朝窗外，表情滞重，空气比妈妈的静默无声更加沉凝。她"滚滚淌下"的泪珠儿和回答，使解读的空间越来越深越来越远。我们忍不住要搞清楚那个让妈妈忧伤的"有一天"究竟是哪一天。不是说冬天来了春天就不会远吗，为什么那一天树儿不再开花？不是说到了冬天大地白茫茫一片真干净吗，凭什么不再大雪茫茫？

　　于是我们想，有可能妈妈是在说她离开这世界的那一天。那一天即使树儿还在开花，大地上还是白雪茫茫，但对于她，两眼一闭一抹黑。或许她只是为自己生命必定的终结而流泪，为想到再不能看到儿子及眼前的一切而忧伤。以这样的方式表现母亲对儿女对人世的眷恋，进而表现诗人对母亲的依恋，诗意的纵深让人叹服。

换一个角度想，是不是母亲扫了一眼窗外，蓦然想到末日，有了那些担心？她老了，活透了，她知道，人活着，注定死，那个日子，到了时候一定要来。她为春花流泪，为飞雪流泪，为这个世界将被神明所弃流泪。表面可怜的妈妈并不可怜，她在向往，向往时间能减弱它的冲击，她珍惜美，留恋美，懂得悲悯。

当然还有更多解读的可能，需要我们有足够的想象力和适度的敏感，需要我们了解一点宗教，或者懂得事物发展的规律，才能有更多的生命感发。特别值得注意的是，写这首诗时，诗人已经到了知天命之年。从诗人"我会告诉你的，会告诉你"这样的语气来看，这是倾向于沉默的对话，或者说是默默的内心独白。此时此刻，"妈妈"可能就在身边，也可能已经到了天堂。

和我曾经提到的《安慰》不同，那首短诗单纯到了十分，这首也短，却容纳了如此繁复的意蕴。

全是爱啊！

塞弗尔特写亲情，也常常写到爱情，是个一生痴迷于爱情的诗人，他有一首短诗《爱情》：

> 即将死于霍乱的人们
>
> 吐出铃兰花香，吸进铃兰花香的人们
>
> 即将死于爱情

爱情，对他来说似乎意味着一切，犹如他在《皮卡迪利的伞》中的表白：

> 我一生都在寻找
>
> 在这里一度有过的天堂

只能在女子的唇际
与她那丰润的肌肤间
充溢着温馨的爱情里
寻得踪迹

在塞弗尔特这里，女人大概是神话人物，所有的女人加起来是一个女神。只是，他不是抽象"她"，而是具体"她"，让"她"活生生地活在语言里，让你感受别人看不到、听不到的。他的《爱情之歌》这样写道：

我听见了他人听不到的：
光着脚走在天鹅绒上的声音。

邮戳下的叹息声，
琴弦终止时的颤音。

有时我有意避开人们，
我看见了他人看不到的：

那充满在微笑中的
隐藏在睫毛下的爱情。

她的头发上已卷起了雪花，
我看到了灌木丛中盛开的玫瑰。

当我俩的嘴唇第一次碰到一起时，
我听到了爱情悄然离去的声音。

即或有谁要阻止我的愿望，
那我也毫不畏惧任何失望的袭击。

别让我跪倒在你的石榴裙下。
狂热的爱情才是最美最美的爱情。

　　即使是狂热的爱情，在两个身体到一起的那一瞬间就已经悄然离去，这种感觉不一定是每个人的，却是真实的，相当普遍的，到了诗中反而让人觉得独特，是因了诗人的真诚和言说的能力。再看《那些轻轻的亲吻之前……》：

当那些轻轻的吻

在你额头干涸之前

你弯着腰去喝

水晶清明的水

从来没人怀疑

你是否将接触那些嘴唇

某些时刻

不耐烦的血

从内部模铸你的躯体

比雕塑家的塑泥上

跑动着的手指更迅速

也许你会将她

年轻的头发放在手掌里

让它们掠过双肩

就像打开的鸟翅

你将沉重地追逐它们

那儿

在你眼前

并且在空气之下的深处

是那倾斜的，恐怖的

和甜蜜的空虚

渗透着点点滴滴的光

　　许多人认为这首诗是塞弗尔特处理复杂爱情经验的典范之作。塞弗尔特中年之后写爱情，常常同时融进对"时间""死亡"等意向的开掘。这样一来，爱情的浓烈与人生的短暂被扭结成一体。或许读来以为塞弗尔特是对爱本身忧心忡忡，其实是因为他知道爱的珍贵，他才痛惜人生的短暂。

　　此诗一开篇，诗人的心境明澈如水，爱人那"轻轻的吻，在你额头干涸之前"，湿漉漉的让你确信爱情的永恒，你将有无尽的"水晶清明的"生命之水，它们哪里会干，就像不停地吻着，多么滋润。从第二节开始，"时间"的主题出现了，转折出现了：时间若水，在流逝，"不耐烦的血"沉积下来，形同淤泥，开始"从内部模铸你的躯体"，如果不是成为泥人，那就重又回到土中……那可怎么办呢？不同的人将有不同的选择。偶然听我妈妈对我爸爸说："我想走到你前头去，又怕你吃不惯别人做的饭"，顿时让我有了满眼闪闪的"点点滴滴的光"。

　　晚年的塞弗尔特，有一首《别了》，也有译者译成《那么告别吧》：

对世界上的成百万行的诗句

我仅仅增加了一点点。

他也许不比一只蟋蟀的唧唧叫声更聪明。

我知道。原谅我吧。

我正在走入尽头。

他们甚至不是最初的脚印

踏在月球的尘埃中。

如果偶尔他们毕竟闪出光芒

那不是他们的光芒。

只因我爱这些语言。

那能使一双安详的嘴唇

颤栗的语言

将使年轻的恋人们相吻

当他们漫步穿过金红色的田野

在落日下——

这日落比在赤道上还慢。

诗歌从开始就跟随着我们。

犹如爱情

犹如饥饿，瘟疫，战争。

有时我的诗就是那么令人不好意思地愚蠢。

但我不请求愿谅。

我相信寻找美丽的词语

是更好的事

较之杀戮与谋杀。

诗人回望来路，以温和朴素的话语，为诗一辩。诗人"正在走入尽头"，生命的时日所剩无多，于是他请求读者原谅，更请求诗歌原谅，他认为自己没有写出像"最初的脚印踏在月球"那样令人类感到卓异的诗篇，甚至"有时令人不好意思地愚蠢。"但是，诗人也有着自豪，因为爱的深沉，他的诗篇使一双双安详的嘴唇颤栗。诗人说，如果自己的诗篇"偶尔毕竟闪出光芒"，那也不必感谢他，"只因我爱这些语言"，去感谢语言吧。最后一节，语义平和而坚定。诗人由开篇的请求"原谅"，发展到"我不请求原谅"。前一个请"原谅"是基于诗人个人，而后一个"不请求原谅"则是为诗。诗人一生都在寻找并表达诗意，在他看来，这是美好的事，没有比这更美好的事了！正是在这缠绵和慨叹中，我们看到了一颗红透了的心。读完把手捂在自己的胸口上，我们是否也能摸到自己的那颗心？

小 木 棚

出布拉格向波西米亚小高原行进，公路边有不少小木棚。

小小木棚，四根柱子，加上横梁，顶着一些木板，四面无遮无拦，看似非常简陋，倒也简洁。它们是干什么用的呢？捷克文化部的陪同说，是给行人避雨的。捷克并不大，全国总共只有不足千万人口，据说有近七百万辆小汽车，连干线公路上也用不着公共汽车。偶尔见着一位徒步的人，必定是在小木棚下，向路过的汽车招手搭车，遇上空车，而且顺路，就捎上，讲不讲价钱，我不知道，也忘了打听。

我独独被那小木棚强烈地吸引了，一路上只顾盯着它，想着它，到了对其他风景视而不见的程度。因为那小木棚，我想起了上世纪八十年代初读到的一首诗，是写小茅棚的，是我心仪的诗人兄弟刘犁写的，令我深深地怀想，反反复复地默读：

还记得路边那个小茅棚吗？我的伙伴

还记得放学回家，我们在里边躲雨吗？

小小的茅棚庇护了我们，安慰过我们，温暖过我们

我住过宽敞明亮的旅馆，也住过招待所

但我不能忘记的还是路边的那个小茅棚

特别是我在异乡的途中，突然遭遇暴风雨的时候

我就格外地怀念它，像怀念我的兄弟我的祖母我的外婆
这也许仅仅是因为它曾经在我们遭遇暴风雨的时候庇护了我们
要是每条路边都有这样的茅棚该多好呢
它的柴扉是敞开着的，它不拒绝任何过路的人

我的伙伴，还记得路边的那个小茅棚吗
如果它垮了，你们可要修修它呀
在我们还没有完全掌握风雨的主动权的时候
我们，以及和我们一样的过路人
就是大好的晴天也总是担心着风雨的
况且暴风雨又总是躲在似乎是大好晴天的后头呢

我把这些诗，在默读多遍之后，默写下来，读给捷克的汉学家听，他们似懂非懂的样子，不以为然的样子。他们不知道我是多么地为我的诗人兄弟高兴，为他的悲悯和诗的发现高兴，更为捷克所有在路上的人高兴。

在我写这个短文时，为了查证我的记忆，找了一个晚上，终于又找到了刘犁的那首诗，就叫《小茅棚》，内容与我的默读、默写稍有出入，但没有多大。

一个小茅棚，偶然出现在路边的小茅棚，安慰、温暖了一个中国诗人的一生和他的无数读者，很有可能还要温暖和安慰祖祖辈辈的读者；而无数个小木棚，每条路边都有的小木棚，却原来是人家司空见惯的东西，已经缺乏诗意。我不敢想象一个诗人突然让一个国家、让整个世界成为一首诗，我同样想象不到的是一个当代中国诗人优秀的诗篇在异国他乡，在就是大好的晴天也时刻担心着暴风雨的民族那里，在从不拒绝任何人的小木棚下，突然变得无法翻译，甚至失去了意义。

玻璃工厂

　　山城依瑞津，是捷克传统玻璃首饰加工区，山丘之间，树林之内，到处都是玻璃工厂，到处都是玻璃制品商店，规模都不大，却给人以百年老店的感觉。习惯上我们把那里的玻璃称作"波西米亚水晶"，其实就是玻璃，是含有氧化铅成份的玻璃制品。

　　到一家玻璃工厂的车间参观，师傅们正在吹制玻璃瓶。据说上好的玻璃制品，就是那么一口气一口气地吹出来的。听说我们是从中国来的，厂主赶紧跑回办公室，拿来一张图纸，说是它们接到这个来自遥远中国的玻璃产品订单，看着怪怪的，不知是干什么用的。我看了看，原来是水井坊酒瓶子。看来这个订单，可能下错了地方，要是让那些大师一嘴一嘴吹出一模一样的酒瓶子来，也太奢侈了吧。

　　三千多年前，腓尼基商人偶然发现，灶上的硝石与海滩上的沙子混熔后就会出现一种清澈的液体，由此玻璃便来到了人间。大约两千年前，叙利亚的工匠发明了玻璃吹制术。很快，古罗马人也学会了吹制术，并在征服过程中把它传播到了整个西欧。用这种透明又脆弱的物质制成的装饰品、玻璃窗、瓶瓶罐罐和眼镜在西方世界受到了广泛的欢迎。

　　奇怪的是，古代东亚和印度等地区的人们尽管也很早就掌握了玻璃制造技术，却没有拿它当一回事。据说西欧人热衷于使用玻璃器皿跟普遍喝葡萄酒有关。而在中国，人们喝茶，用惯了陶器、瓷器。

　　玻璃为人们提供了显微镜、望远镜、气压计、温度计、真空瓶、曲颈甑等多种科学仪器，由此推动了人们对自然及物质世界的探求。它实实在在地开启了人们的眼睛和心灵，让人们看到了新的可能性，并使西方文明阐释世界的方法由听觉模式转为了视觉模式。英国学者举出二十个改变世界的著名实验来做例子——比如汤姆逊发现电子的实验、法拉第的电磁实验以及牛顿用棱镜分解阳光的实验——结果发现其中十五个都离不了玻璃。

　　难道正是因为玻璃生产在中国的萧条，才使得我们及周边地区错过了发生在欧洲那样的知识革命？

　　玻璃甚至直接影响到人类的思想观念。教堂里的彩绘玻璃窗影响了人们的信仰，而镜子则改变了人们认识自我的方式。天文望远镜则使我们对宇宙、对更深层的空间的理解发生了革命性的转变，进而完全扭转了我们的宇宙观。

　　玻璃镜子对于艺术中透视法的理解也是极其关键的。在各种玻璃仪器的帮助下，人们才对光学原理有了新的认识，而达·芬奇以及同时期其他巨匠也才在绘画上达到了更高的精度。

　　玻璃又一再让我想到欧阳江河那首著名的《玻璃工厂》，特此摘录几行：

　　　　从看见到看见，中间只有玻璃。
　　　　……
　　　　我来了，我看见，我说出

　　　　那么这就是我看到的玻璃——
　　　　依旧是石头，但已不再坚固。
　　　　依旧是火焰，但已不复温暖。

依旧是水，但既不柔软也不流逝。

……

所谓玻璃就是水在火焰中改变态度，

就是两种精神相遇，

两次毁灭进入同一永生。

水经过火焰变成玻璃，

变成零度以下的冷峻的燃烧……

在同一工厂我看见三种玻璃：

物态的，装饰的，象征的。

因为"我"的注视，因为"我"的言说，玻璃具有了"火焰的呼吸，火焰的心脏"。"所谓玻璃就是水在火焰中改变态度，就是两种精神相遇，两次毁灭进入同一永生。水经过火焰变成玻璃，变成零度以下的冷峻的燃烧。"可感可触的日常事物被充满智性的语言擢升到形而上的领域，使玻璃不再是玻璃，变成了想象驰骋和思辨纵横的跳板，水的蒸腾和冷却，火的燃烧和熄灭，不复是单纯的物理变化，而是和精神有关的态度的改变。这样的诗句让我们顿悟，事物的性能其实有更深的特征和不被我们掌握的存在规律，有时甚至与它的表象迥然相异。

告别玻璃制品工厂是难的，离开专卖商店是更难的，没有轻轻的我走了挥一挥衣袖那么简单。如果不带走一件，似乎将终生遗憾。在商店了挑来挑去，富丽典雅的彩色玻璃，给人一种错乱的感觉，不知道该挑什么，只有为自己找到合适的理由，才能作出选择。我买了一个高二十厘米的小花瓶，底部深红，乍看似黑，忽然渐变为金红，上以金色收口，腰部以下饰以粉白花朵和黄色的叶子，据说需要六次反复进炉才能获得。

默读米沃什

一个热爱新诗的人到了波兰，想到切斯瓦夫·米沃什是自然而然的事。这位当年生于立陶宛后来成为波兰公民的诗人，这位因不满当年波兰奉行的斯大林主义政策，自我入逐西方，在法国流亡十年之后移居美国的诗人，为人为诗，都是传奇。

1980 年，由于他"在自己的全部创作中，以毫不妥协的深刻洞察力揭示了人在充满剧烈矛盾的世界上所遇到的威胁，表现了人道主义的态度和艺术特点"而获得诺贝尔文学奖，声名鹊起。中国对米沃什的翻译和研究，不一定比他的祖国更充分，但喜爱他的诗文的人，一定不比他的祖国少。说起来正是我们在那之前所切身经历过的东西，使我们意识到了这样一位诗人对我们的意义：

> 在恐惧和战栗中，我想我要实现我的生命
>
> 就必须让自己做一次公开的坦白，暴露我和我的时代的虚伪……
>
> ——《使命》

如此直白的诗，给那时的我以直接的异乎寻常的力量。他的那种"试图理解他的时代"的言说方式和语调，有异于所谓"朦胧诗"，在

我的内心产生了挥之不去的回响，促使我回首"历史的现场"。他的出现，也使我对"诗人何为"这一命题，有了一个新的看得见的坐标。为了买到当年由诗人绿原翻译、漓江出版社出版的那部《拆散的笔记本》，我费尽周折，最终不得不请书商高价复印一册。

回想 1981 年，米沃什受邀回波兰，当时文学界分成亲政府派和持不同政见的反对派。反对派热烈欢迎他，将他作为他们杰出的代表和精神领袖，以增强自己的势力。亲政府的作家也欢迎他，以此表现他们多么愿意改革和开放。但奇怪的是，2001 年，当我到了波兰，诗人们并不主动谈论他。在"华沙诗歌之秋"活动的空隙，我们越是想谈论他，波兰诗人越是躲闪。据说有一部《战后东欧文学史》，里边介绍米沃什的时候说，他可能是一个多样性的牺牲品，因为他做的事情太多了。黯然离乡的米沃什，叶落归根的米沃什，或许是一个知道事情几乎所有复杂性的人，因而很少有人能够理解他。往远处说，米沃什的生活从一开始就以分裂和瓦解为标志，有人认为他是一个被流放的诗人，事实上是他把自己摆在祖国的外面，他让他的祖国因他而疼痛。但这并不影响他成为百分百的波兰诗人——他一生只用波兰语写诗。

我是带着一些关于米沃什的资料到华沙的，这些资料集中了我的师长翻译、研究米沃什的不少成果，在离他不远的地方重温，别有一番滋味。

米沃什早期诗作受象征主义影响，常常以忧郁失望的情绪和隐喻暗示的方式，揭示现代世界中文明解体、人性沦落之现实。代表作品，如《鲜花广场》：

> 罗马的"鲜花广场"
> 橄榄、柠檬满篮满筐。
> 石子路上美酒四溅，
> 落英缤纷。

小贩在货架上放的鱼
粉红中带点浅蓝，色泽鲜亮；
一抱抱紫黑色的葡萄
披着桃子茸毛似的白霜。

就在这同一个广场上，
他们把乔尔丹诺·布鲁诺烧死。
暴民涌向火刑场，
教皇的忠实爪牙点燃了柴堆。
火焰还未熄灭，
小旅馆又塞得满满当当。
一筐筐的橄榄和柠檬
又扛在小贩的肩膀上。

一个皎洁的春天夜晚，
随着狂欢节音乐的曲调，
我在华沙游艺场的旋转木马旁
想起了"鲜花广场"。
明快的旋律淹没了
贫民窟的墙纷纷炸塌，
成双成对的人们高飞
在没有云彩的天上。

一阵阵的风来自燃烧的地方，
吹起的黑灰像风筝在飘荡。
骑在木马上的人们
在半空中抓住了花瓣。

那股同样的热风
掀开了姑娘们的衣裙，
而在华沙那个美丽的星期天
人群还在笑语喧闹。

罗马人啊，还是华沙人
他们争吵不休，纵声大笑，寻欢作乐。
有人会从中得出教训，
当他们经过焚烧烈士的柴堆旁。
另外有些人会觉察
有人性的东西在消亡
会看到在火焰熄灭之前
已经诞生的遗忘。

但是那天我只想
那垂死人的孤独，
想的是乔尔丹诺
爬向柴堆的时候，
他无论如何没有办法找到
在活着的人们中间，
会有人从嘴里说出
人类的话。

他们早已回到酒杯旁
或者已经在叫卖银白的海星，
一筐筐的橄榄和柠檬
他们已经用肩扛到集市上。

就像逝去的几个世纪

他早已离我们那么遥远。

为了纪念他在火中的飞舞，

人们只是瞬息停了会儿。

那些在这里死去的人们，

被世界遗忘的孤独的人们，

他们的话对我们来说

变成了一种古老星球上的语言。

直到有那么一天

一切都会变成传奇，

在一个新的"鲜花广场"上

愤怒将燃起诗人的烈火。

  这也是我最早接触到的米沃什的诗歌。在华沙游艺场的旋转木马旁，诗人想起了罗马的"鲜花广场"（即康波·代·菲奥里广场），那是乔尔丹诺·布鲁诺牺牲的地方。布鲁诺因坚持对宇宙按照自己的发现进行解释，触怒了政教合一的社会体制。1600 年 2 月 17 日他被判处火刑。然而，火堆旁没有燃尽的木柴还冒着烟，人们只是喘了口气，就把他扔在脑后了，广场又熙熙攘攘了。小旅馆住满了游客，美酒四溅，橄榄、柠檬和美女一同上市。暴民本来没心没肺，浑浑噩噩，一哄而散；庸众对暴行未必无动于衷，所以忘得也不慢，是那把火没有烧到自己身上。然而诗人看到的不是"生活在继续"，而是"人性的东西在消亡"，"在活着的人们中间"，几乎已听不到有尊严的清醒的"人类的话"了。说实话，读这样的诗，我有自身被烧着的感觉。作为写诗的人，面对之，我惭愧，我不具备米沃什那样的历史感，也不会如他那般面对生活。

米沃什是个怀有自由理想和个人尊严的诗人，他的独立和尊严是和自由结合在一起的。自由受到侵犯，他就起来反抗，自由受到限制，他就选择出走。米沃什曾积极投身反法西斯战争，诗风也随之转变，更多表现对民族和人类命运的深切忧患，控诉法西斯主义的野蛮行径，将忧郁变为深广的历史苦难感与抗争意志。当他出走，特别是到了美国以后，让人意外的是，他以自己是一个小地方人的独立姿态，一颗心暗中回到了故土。

米沃什的后期作品，深入到政治、哲学、历史、文化等各个方面，侧重批判现实生活中的虚伪、欺骗、浮华等现象。但米沃什即使在进行文化和现实秩序批判时，也以真实、冷峻、悲悯的表达，保持了一个知识分子诗人的尊严。他将自由讨论的风格与反讽精神糅为一体，力求在广泛的历史视域中与深刻的读者达成内在的沟通、交流和对话。

我曾经一再表示，一个诗人让我记住三首诗，就已经是了不起的大诗人了。而米沃什这个诗人太大了，其诗让我一直念念不忘的竟有数十首。

先看《偶遇》：

> 我们黎明时驾着马车穿过冰封的田野。
> 一只红色的翅膀自黑暗中升起。
>
> 突然一只野兔从道路上跑过。
> 我们中的一个用手指点着它。
>
> 已经很久了。今天他们已不在人世，
> 那只野兔，那个做手势的人。
>
> 哦，我的爱人，它们在哪里，它们将去哪里

那挥动的手，一连串动作，砂石的沙沙声。

我这样问并非出于悲伤，而是感到惶惑。

乍一看，这样的诗行有什么了不起呢，真是太质朴了，然而奇迹在于，这种质朴却通向了神奇，表达出了我们生命稍纵即逝的经验。黎明时驾着马车穿过冰封的田野，突然一只红色的翅膀自黑暗中升起，一只野兔从道路上跑过，一行人中的一个用手指点着它……这没什么奇的，奇的在突然的转折之后，这是记忆中浮现的情景，今天，那只野兔、那个曾指点着它的人，都已不在了，可是，他们没有消失——亲爱的亡友和逝去的野兔瞬间以诗的方式复活了。如此"偶遇"，我们或许也有过，忽然出现，转瞬消失，没能用手指点住，勉强表达，也难有这般神奇的惊心动魄的境界。

再看《诱惑》：

我在星空下散步，

在山脊上眺望城市的灯火，

带着我的伙伴，那颗凄凉的灵魂，

它游荡并在说教，

说起我不是必然地，如果不是我，那么另一个人

也会来到这里，试图理解他的时代。

即便我很久以前死去也不会有变化。

那些相同的星辰，城市和乡村

将会被另外的眼睛观望。

世界和它的劳作将一如既往。

看在基督份上，离开我。

我说，你已经折磨够我。

不应由我来判断人们的召唤。

而我的价值，如果有，无论如何我不知晓。

　　我也试试，学着米沃什的样子，沿着西山大道上山，在星空下散步，在山脊上眺望石家庄的灯火。悉心体会诗人的"伙伴"，竟然是他的灵魂，是"那颗凄凉的灵魂"。这个灵魂，与我们平常说的"灵魂"显然不同，它是诗人的创造，给人以游荡的感觉，但并不漂浮，像是诗，你抓不住它，但它在。

　　理解诗人心境的有力证据来自此诗的框架，即"我"与灵魂的争吵，会心的读者不难看出，引起争吵的不是"我"，而是"我的灵魂"。是它向"我"提问并让"我"回答。这实际上反映了诗人内心的焦虑。米沃什的"灵魂伙伴"提醒诗人说，你想想吧，如果不是你，换一个人，是不是也会来到这里并试图理解他的时代。这是一个发现，亦是对真相的一种把握。最终，诗人对自己的"灵魂伙伴"说："看在基督份上，离开我 / 我说，你已经折磨够我 / 不应由我来判断人们的召唤。"这是一种叹息。"我的价值，如果有，无论如何我不知晓"。何等明智啊，不像是一位有着充分自信的诗人写下的诗行。要是换一位，是否会说："如果不是他，那么有一天我来到这里，我一定如何如何。"米沃什的自信在于："我在思考关于我们世纪的何种证据正通过诗歌建立起来。我明白我们仍然被淹没在这个时代之中，因此，必须承认，我们的判断不一定是确切的"（《诗的见证》）。

日子过得多么舒畅。

晨雾早早消散，我在院中劳动。

成群蜂鸟流连在金银花丛。

人世间我再不需要别的事务。

没有任何人值得我嫉美。

遇到什么逆运，我都把它忘在一边。

想到往日的自己，也不觉得羞惭。

我一身轻快，毫无痛苦。

昂首远望，唯见湛蓝大海上点点白帆。

　　此诗汉译之一为《天赋》，认为是米沃什诗作中难得的"偷闲"之作，因为"闲"，才显得那么优雅抒情，如一幅绝妙的田园风光画卷。

　　诗人西川则把它译成《礼物》：

　　如此幸福的一天

　　雾一早就散了，我在花园里干活。

　　蜂鸟停在忍冬花上。

　　这世上没有一样东西值得我想占有。

　　我知道没有一个人值得我羡慕。

　　任何我曾遭受的不幸，我都已忘记。

　　想到故我今我同为一人并不使我难为情。

　　在我身上没有痛苦。

　　直起腰来，我望见蓝色的大海和帆影。

　　说实话，如果非要认定它们还是一首诗，我更欣赏西川这个译本。即使我们并不确知《礼物》创作的年代，大体可以推断它是米沃什的晚年之作。诗人哪里是"偷闲"，一辈子，见多了，觉醒了，断然舍弃恩怨得失，彻底超脱于烟往事。从远望大海和帆影看，内心还有美好的眷恋。活到老，活出了一个人所能拥有的最深刻的生活智慧和生命快乐。

　　正是这样一首几乎不需要任何解释的诗，和李白的《静夜思》一样，和弗罗斯特的《牧场》一样，成为朴素典范，深入浅出的尺度，却又是谁也不敢说能够解释清楚的。

  云啊，我可怕的云，

  心跳得多么剧烈，大地多么悲痛，

  云啊，苍白而又静寂，

  清晨，我噙着泪水看你们，

  我知道

  我用美丽的谎言掩盖了真实，

  我心中的自豪、希望、无情和鄙视

  正将死去的梦想埋葬。

  你垂下眼光，

  一阵灼热的狂飙扫过全身。

  你们那么可怕，

  云啊，世界的瞭望员！

  让我入睡吧，

  让仁慈的夜晚将我覆盖。

  《云》，一个再普通不过的题目，同样被米沃什化了。在这首诗中，"云"这个举目常见的自然物对米沃什的生命产生了一种纠正力量。一旦联系到诗人的写作，其主旨就显得明确了，即选择哪一种写作，是表达真相，还是编造谎言？在"谎言比真理本身更合逻辑"的时代，该不该对谎言充满警惕？

  《云》在写法上也很特别，它既不单纯写景，也不托物言志，而是把所写对象融入自我的心境，在文字中构成一个与"我"对话的角色。这是米沃什写作的主要特点之一。米沃什写作的另外两个主要特点，一是善于使用"颠倒的望远镜"，让东西变小，但它们并不丧失鲜明性，而是浓缩，再是以广阔的形式，不受诗或散文的约束，把精力用在沉思存在上。

　　米沃什素有"另一个欧洲的代言人"之称。这"另一个欧洲"，指的是一个有着丰富多样的文明和文化传统、而又饱受帝国轮番占领、统治和瓜分的中东欧诸国。米沃什所经历的一切，尤其是他所经历的大屠杀，种族灭绝以及战后集权社会令人窒息的思想禁锢，促使他以笔来叙述二十世纪人类的噩梦。他在他的诗中这样说"我觉得人们从来没有讲述过这个世纪。/ 我们试着拥抱它，但它总是在逃避"。因此他不能安于那种所谓先锋的修辞游戏。这就决定了他不是一般读者所指望的那种诗人，他不是一个抒情诗人，而是一个冲破了诗歌抒情限制的诗人。他的伟大在于，他具有直抵问题核心并径直作出回答的勇气和天赋，无论这种问题是道德的、政治的、艺术的，还是自身的。他实际上变成了一个文化良心。

　　在这个世界上，在多少诗人的经历中，有着与米沃什经历过的类似的东西，而一般诗人的作为，与米沃什恰好相反。

我们都是时代的孩子

　　第三十届"华沙诗歌之秋"活动的开幕式，设在波兰王宫里的一个梯形会议室。李琦和我，早上八点半就到了会场，溜边儿随便找个椅子坐下，静静地等。将近九点钟，大会主席来了，四下张望，忽然很有激情地喊话。坐在李琦我俩中间的华裔波兰籍老作家胡佩芳女士一边拉起一只手说："走吧，让你们到主宾席呢。"悄悄地问，台上那位都说了什么，她说，说是请尊贵的中国诗人到主宾席，还说，中国三千年前便产生了诗经，那时我们知道什么是诗吗？

　　到主宾席坐下，挺不自在，大会主席的话让我脸发烧。随后的主题演讲，李琦我俩也被安排在前头，我照本宣科念了一段，因为超时，被突然打断，面对来自世界四十多个国家的优秀诗人，不敢抬头。

　　那时是那时，而今是而今！

　　而今，即便面对当代波兰的维斯瓦娃·希姆博尔斯卡这一位诗人，我敢抬头吗？

　　并不仅仅是因为，1995 年，"由于她的诗作以反讽的精确性，使历史学与生物学的脉络得以彰显在人类现实的片断中"，希姆博尔斯卡获得了诺贝尔文学奖，关键还是我打心眼里佩服她。

　　正是她，一再使我想到诗人历程，想到中国和波兰，两个国家有过的那些相似的历程。

记得我在波兰会计学校学唱波兰国歌，顺便问了翻译一句，唱的是啥内容啊？原来是一个游击队的队歌：

> 只要我们活着
>
> 波兰就不会灭亡
>
> 外国暴力夺走的一切
>
> 我们用战刀来夺回
>
> 前进！前进！

真让我大吃一惊，简直就像我们中国的国歌。在我们的《义勇军进行曲》和这个波兰游击队的队歌的背后以及加入社会主义阵营之后，是多么相似的时代背景以及多么接近的表达！

就是在这样相似的状况下，走着，走着，诗人殊途，但未同归。

长期以来，在从事编辑、撰稿工作的同时，希姆博尔斯卡专注于诗歌创作。她写了不少，但拿出发表的不多，她说："一旦写完一首诗，我就把它锁在抽屉里，让它'孵'一段时间，然后再去读。假如这时一篇诗作显得平庸或者缺少趣味，就不作数了。"正是这种格外严谨的创作态度，使她的作品不是以量取胜，而是以质为本，几乎篇篇都是有发现、有活力、有趣味的精品。她的国际级大诗人的地位，是靠她发表过的仅仅二百余首诗作建立起来的。

尽管希姆博尔斯卡的诗歌无论是题材、主题，还是视角、修辞技艺都富于变化，但总起来说，她更专注于追求明澈语境和深邃哲思的完美统一。她的想象力指向生命、历史、文化、自然，既寻赜烛隐，又能恰当地保持类似于"天真的"品性。

最令我瞩目的，是希姆博尔斯卡的现实精神与介入政治的方式。

希姆博尔斯卡年轻的时候，也像二战后步入文坛的许多青年作家一样，充满了对法西斯的憎恨和对战后新生活的美好渴望，诗作富于鲜明的现实色彩。反对冷战，反对帝国主义，都曾是她诗歌的主题。
但与当时流行的标语口号式的政治诗歌不同，她的诗写得含蓄微妙，
具有幽默讽刺的特点，因而深受读者的喜爱。1957 年，她与早期政治
信仰和诗歌创作告别，活跃于团结工会开展的一系列运动中，好在这
并没有影响到她诗歌的创作，她依然小心翼翼地处理政治主题，请看
这首著名的《时代的孩子》：

> 我们是时代的孩子，
> 政治的时代。
>
> 一切你的、我们的、你们的
> 每天每夜的问题
> 都是政治问题。
>
> 不管你喜欢不喜欢，
> 你的基因有政治遗传，
> 你的皮肤有政治色彩，
> 你的眼睛有政治倾向。
>
> 你要谈论就会有影响，
> 沉默就是异议——
> 或此或彼的政治方式。

　　想想那个年头，可不就是那样，政治无所不在，我们每天每夜的
问题，除了政治问题还有什么？极权之下的政治色彩遮天盖地，这时
你要求摆脱政治，声称仅仅对"真正的文学性"感兴趣，可能吗？即
使你逃避了你所厌恶的政治，也不一定没有自己的政治。正如本雅明

批判德国文学研究时说的，那些厌恶政治者流无一例外地与独裁政权
取得和解，而纳粹主义和政治化都终于从后门进入了文学史。

在伟大的大师们出现的过程中，政治自由的思想从来必不可少。

给我以深刻启示的，是希姆博尔斯卡的《准备一份履历》：

要求什么？
填写申请表
再附上一份履历。

无论生命多长
介绍都要简短。

必须要清楚精练。
用地址代替风景，
用确切日期代替混乱的记忆。

爱情一项只须填婚姻，
孩子一项只须填实际出生者。

谁认识你比你认识谁更重要。
旅行一项要有出国才填。
会员一项只须填何种而不必填何为。
学位毋须填缘由。

要写得好像你从未跟自己讲过话
以及好像你总是避开自己。

　　绝不要说到你的猫、狗、鸟，

　　你的珍藏、朋友和梦想。

　　重价格不重价值，重名衔不重内容。

　　重鞋码不重他去哪里，

　　那个他们以为是你的人。

　　还要附上一张快照，露出一只耳朵。

　　重它的形状而不重它听到什么。

　　它听到什么呢

　　机器把纸变成浆糊的嘈杂声。

　　"要写得好像你从未跟自己讲过话／以及好像你总是避开自己"，直到让你成为"那个他们以为是你的人"，真正的你反而可以忽略不计了，到一股烟之后，"机器把纸变成浆糊"拉倒。但凡有一点经历的中国诗人和读者，对这种"体制化书写"都是不陌生的，多年之后，于坚的《零档案》对此才有所探索。

　　《准备一份履历》并非仅仅是实指性地质询"履历表"本身，诗人同时以此来隐喻什么，我们一清二楚，广阔的生存暗示性，真让我们感慨。

　　希姆博尔斯卡的诗歌揭示出两个我们常常遇到的问题：一是诗人与政治的关系，二是诗歌与现实生活的关系。有论者指出，透过希姆博尔斯卡，诗人起码应该看到自己的三重责任：首先，是诗人应当"奉献于他的时代"；其次，是"概述他的时代"；第三，是要求自己起码反对自己的时代。落实这三重责任，是对付时代的厉害的并发症的唯一办法，必须迫使每一个人"属于他自己的时代而又反对他自己的时代"。

　　支撑这些的，无疑是诗人人格。希姆博尔斯卡写过一首《在一颗小星星底下》，大体能够说明一些问题：

　　　我为称之为必然向巧合致歉。

　　　倘若有任何误谬之处，我向必然致歉。

　　　但愿快乐不会因我视其为己有而生气。

　　　但愿死者耐心包容我逐渐衰退的记忆。

　　　我为自己分分秒秒疏漏万物向时间致歉。

　　　我为将新欢视为初恋向旧爱致歉。

　　　远方的战争啊，原谅我带花回家。

　　　裂开的伤口啊，原谅我扎到手指。

　　　我为我的小步舞曲唱片向在深渊呐喊的人致歉。

　　　我为清晨五点仍熟睡向在火车站候车的人致歉。

　　　被追猎的希望啊，原谅我不时大笑。

　　　沙漠啊，原谅我未及时送上一匙水。

　　　而你，这些年来未曾改变，始终在同一笼中，

　　　目不转睛盯望着空中同一定点的猎鹰啊，

　　　原谅我，虽然你已成为标本。

　　　我为桌子的四只脚向被砍下的树木致歉。

　　　我为简短的回答向庞大的问题致歉。

　　　真理啊，不要太留意我。

　　　尊严啊，请对我宽大为怀。

　　　存在的奥秘啊，请包容我扯落了你衣裙的缝线。

　　　灵魂啊，别谴责我偶尔才保有你。

　　　我为自己不能无所不在向万物致歉。

　　　我为自己无法成为每个男人和女人向所有的人致歉。

　　　我知道在有生之年我无法找到任何理由替自己辩解，

因为我自己即是我自己的阻碍。

噢，言语，别怪我借用了沉重的字眼，

又劳心费神地使它们看似轻松。

　　一首好诗呈现出来的光彩其实正是一个诗人人格的外化。《在一颗小星星底下》体现了诗人深沉博大的爱和悲天悯人的人文情怀。

　　从头至尾，诗人都用谦逊的态度和自责的口吻向世间所有的事物道歉，并请求他们原谅。如果说诗人向"必然""巧合""快乐""时间""希望"等这些抽象的事物道歉表达的是其追求安宁的心灵，那么向"战争""伤口""深渊中的人""沙漠""猎鹰"和"树木"等道歉则表现出了诗人的善良和博爱。尤其是"手指上的伤口""桌子的四条腿"等我们司空见惯的事物，在她的笔下都被赋予了生命和思想，使我们读之感同身受，不得不惊叹于诗人感情之细腻，实际上这也源于诗人自身高洁的品质和伟大的爱。

　　诗的最后一句回到了语言，其实也就是回到了诗。诗人用诗歌来表达自己的感情，却又谦逊地说"言语，别怪我借用了沉重的字眼，又劳心费神地使它们看似轻松"。这实际上是指诗人使用轻松幽默的语言探讨的却是与人性相关的严肃主题。读这样的诗，我们会时时感受到一种真诚的力量贯穿其中，仿佛诗人的一颗急切而又渴望的心在跳动。这是一颗向上的灵魂，她对理想的向往和对真理与完美的追求，成就了诗人的高度。

　　时过境迁，希姆博尔斯卡早期政治企图明显外露的诗歌也成了他人贬低她创作成就的口实，我则欣赏她的转折。当今的时代是随大流和消沉的年代，多少人患了精神崩溃症，显著特征是道德怯懦，没有勇气，不敢保持自己的个性，不敢用自己的声音说话，哪里还谈得上用诗歌对政治和生活作出回答。

　　我们都是时代的孩子，差别怎么这么大呢！

德拉根的诗

　　德拉根·德拉格伊洛维奇，塞尔维亚当代著名作家，多年从事文化、宗教和外交工作，曾任塞尔维亚文化、宗教部副部长和塞尔维亚驻澳大利亚大使，现为塞尔维亚安德利奇基金会会长、塞尔维亚作家协会国际部主任。给我的印象是，整个第四十五届贝尔格莱德作家聚会，主要是他在操持。那么大个会，有来自几十个国家的作家，安排了那么多活动，却那么自如，有条不紊，真让人佩服。

　　听我在不同场合朗诵了《母亲的灯》《守望长城》《青草》《草原》和《鬼子坟》等几首诗，德拉根很喜欢，让我选够一册译成英文给他，他要亲自翻译成塞尔维亚文出版。后来才知道，这是非常的偏爱，也是特别的礼遇。按规定，每届贝尔格莱德作家聚会，只选择一位与会作家的作品翻译成塞文出版。一年之后，我驻塞尔维亚使馆的同志把二十本样书捎到中国作家协会，据说书名为《刘向东的诗篇》。

　　塞尔维亚作家，无论以什么体裁见长，说起来首先是诗人，几乎人人写诗，并以此为荣。塞尔维亚作家协会的几位领导，人人都有诗集。德拉根送我一部在美国出版的英文版诗集，回家我让在读英语研究生的女儿看，说是书名可以翻译成《死亡的故乡》，她试着从中选译了几首：

青春枯萎

年代逝去

孕育希望的家乡毁灭

到底发生了什么

有谁能够说清

唯一幸存的

是你的坟墓

一个我必须造访之地

我的爱人

现在是我在呼唤你

——《我们的遭遇》

我们从前线

撤回来休息

一颗流星从木屋顶的缝隙

落入我们的避难所

我和它玩耍，没有休息

它柔和而苍白，就像记忆

当我闭上眼睛，我死去的战友们

开始同它游戏

梦境和现实之间的距离

悄然消失在浓重的夜色

而天上陨落的那颗星星

再也无法回到家里

——《在地下的避难所》

村庄里

不见屋舍

马厩和篱笆

有的只是灰烬和废墟

死去的人们

在慵懒的冬日阳光中

渐渐腐烂

当我们一生完成清算

一群暴虐的幽灵

尖叫着盘旋于我们的头顶

黄昏的悲苦

已笼罩一切

一时我们不知所措

突然，当一只蜡烛点亮

我们被眼前的景象惊呆了：

从现实的另一边

死去的人们竟怔怔地

盯着我们

仿佛我们从不曾活着

——《灰烬和废墟》

夜色渐稀

白昼缓缓地

从山谷走过

这是我们的死亡

　　停留过夜的地方

　　我们躺在低洼的壕沟里
　　听不见虫鸣呼吸
　　只有看不见的炮火在吼
　　还有一个陌生的死者
　　从容地
　　走过战场

——《一个陌生的死者》

　　这些看似简单的诗行，与生命和生活息息相关。无论是两次世界大战还是北约轰炸，一定让人想到塞尔维亚，在如此背景下，再看"青春枯萎""希望的家乡毁灭"和"陌生的死者 / 从容地 / 走过战场"，看爱人的坟墓，成为"我必须造访之地"，但凡柔软的心灵就会震颤！

　　让我的诗人父亲看，他也喜欢，说是像重读前苏联卫国战争时期的短诗，又像读田间的抗战街头诗，精练、短小，有张力，有血性，有民族魂，让人眼亮心明，心潮上波涛喧响。

　　于是让我的女儿远方把整本都译出来，乃是一部命运之书，不只让我们真切地、鲜明地看到战争给人民带来的血腥、死亡和恐怖，也让我们听到冲破枪炮声那战斗的生命的呐喊，连同不死的民族和那片土地上充满的生机：

　　就让我们永远坚定
　　保存斗志和热情
　　不要让子弹
　　将我们中途拦下
　　不要让死亡

抢先一步到达

我们必须要去的地方

——《未死之前》

就让好运伴随我们

当我们冲进

枪林弹雨

愿好运常伴

还有母亲的祈祷

当我们必须舍身赴死

——《荒凉的风中》

尽管这一切的一切

像死一般

不知从哪儿传来了音乐声

天空竟然渐渐放晴

这片荒原

仿佛，刹那间

换了一个世界

——《尽管这一切的一切》

意志坚定，斗志昂扬，热情似火焰，舍身赴死，诗句如鼓，若号，在历史的天空回荡。

《死亡的故乡》最终由香港银河出版社编入"世界诗库"出版，见到的诗友都喜欢。诗兄韦锦一本正经地对我说："小侄女的译诗太好了，弥补了你对诗的伤害。"我听了不但没有生气，还暗中高兴，为德拉根的诗，为我女儿的译笔，更为我自己有机会重新认识并加入久违了的诗歌传统。我们本来不缺少德拉根这样的写作，因为所谓求新所谓探索，好像人人都能走到时间的前头，人人都在"创世"，曾经的一概不算，自此我们落下一身毛病。

德拉根先生偶尔有邮件来，有一回他正在美国大学里就《死亡的故乡》做访问学者，赶紧让我女儿代我问候他，问他美国读者怎样看待他的那些诗，他说效果出人意料地好。那样一部让我们喜欢的诗集，在那边居然也受欢迎，有意思。

游　行

一场雨显然无济于事
水滑滑的马路，依然
肠梗阻

我不是医生，但是我愿意
把闹市区的这一次健康事故
作一次医学描述：最前面，是两面塞尔维亚国旗
然后是一辆喇叭车，喇叭里
或摇滚音乐，或厉声疾呼
接着是一条红色横幅
推着走的，是十几个男男女女的胸脯
我不懂塞国语言
所以只好干瞪着那些严厉的字母
再后面，是一百来顶沉默的雨伞
雨水轻轻，耐心地敲击战鼓
押尾的，是一个白发老者
他双手张开，撑一面古巴国旗，他

要抽一口烟的时候就把国旗合拢
然后马上张开国旗
嘴里，徐徐吐出烟雾

我断定这次示威不涉及鸡蛋和面包
不涉及男人的薪金和女人的下厨
这是一次政治倾诉
关乎枪刺的寒光和鸽子的飞舞
不然，巴尔干半岛的大街上
不会蠕动
一个加勒比海的国度

跟着这支短促的队伍的
是三辆缓缓的警车
警车后面，挤着无可奈何的公交车
还有私家车，密密麻麻
所有的钢铁，虫子般爬蠕
这是雨中的黄昏，贝尔格莱德
闹市区，肠梗阻

我不知道一次短促的肠梗阻
会怎样刺激一个首都
街头的红灯，是不是亮着
政府憋紧的恼怒？或者说
一次梗阻，是不是就意味着一次痛快淋漓？
是不是真正的健康
对于一个国家的祝福？

祝福饱受战祸的斯拉夫人

祝福一个智慧的

并不在意闹肚子的民族

祝福三辆豁达的警车，祝福

黄昏时分，一条

水滑滑的马路

　　诗人黄亚洲随身携带一摞草稿纸，出手真快，在贝尔格莱德的小旅馆里，不一会儿就写下了这首《闹市区，肠梗阻》，记述的是我们一起刚刚看到的游行。

　　大概没错，大街上忽然传来口号声，我们挤在小旅馆三楼小小的窗口看热闹。黄昏细雨纷纷，大街水滑，游行的队伍滑过来了。最前面，是两面塞尔维亚国旗，随后是一辆喇叭车，喇叭里放着摇滚乐，接着是一伙人打着一条红色横幅，唱着，跳着，吆喝着，再后面，只见雨伞不见人，默默地滑动……押尾的，是一位白发老者，撑一面古巴国旗，偶尔把旗帜收起来，吸几口烟，再把旗帜打开，嘴里烟雾徐徐。那些维护秩序的警察一点儿也不紧张，在游行队伍的边上，像是散步。

　　接连三天，总是在那个时间，在那条街上，同一个游行队伍以同样的方式出现。第三天见他们老远来了，我忍不住跑到楼下，想看看他们到底为什么要游行，问中餐馆里的几个福建伙计，都摇头。

　　甭管为什么吧，与亚洲大兄的感受有些不同的是，我并不觉得他们是闹市区的"肠梗阻"。看得出来，游行的队伍是有规则有秩序的，甚至有点喜气洋洋，从窗口老远望去，那是观察一个国家的另一个窗口。社会是一个需要释放喜怒哀乐的系统，犹如肠胃。集会也好，游行也好，示威也罢，作为一种意见表达，或许有时其本身就是目的，作为姿态展示，群体的自由已经是国家的自由。

2014 年 8 月 28 日与蒙古诗人代表团的谈话

　　我所读到的蒙古作家的作品很少，作品翻译过来的似乎还不太多。但我有幸读过一些蒙古诗人的诗，感觉很好。

　　最早是在《世界诗库》上读到一首蒙古诗人的长诗《我的白发母亲》，忘了诗人的名字。我记得那首长诗在写到母亲思念远方的儿子时充满感情：

　　　　她从早到晚凝视着远方

　　　　无论碰到谁都打听儿子的消息

　　　　她一入梦就来和我相逢

　　诗中的母亲，很像是我的亲人。我的一位前辈，就是见到谁都打听我们。

　　我曾经买到过一部民族出版社出版的蒙古诗人巴·拉哈巴苏荣的诗选，读来有方刚之气，有血性，有自己的思考和表达方式，有独特的口吻。我记得这部诗选的许多诗，常常通过把诗行推向两极来关注生与死、有与无、静与动、黑与白、上与下、高与低、首与尾、有限与无限等，在诗人的世界里它们相互矛盾，相互转换，又相互补充，最终融为一体。比如这样耐人寻味的句子：

大声讲出真话时

听到假

大声说出假话时

听见真

又比如：

花丛中我曾遗忘石头

现在想想才明白

原来石头柔软，花朵坚硬

给人的印象是诗人巴·拉哈巴苏荣擅长给静止或对立的两极建立诗的联系方式，超越事物的一般状态。其中有两首诗是我大概记得的，一首是《暗》：

花朵上升

燃烧在山峦

星辰降落

跪拜草原的缝隙间

花的明亮

星光里

辉聚

黑暗降临

为了使花朵清晰可见

天亮了

无论在黑暗

还是在光明

乌鸦

是看得见的黑

另一首好像叫《无题》：

当我死去——

人们将我遗忘时

用影子撕开光

请到我坟前来吧

我的亡灵认得你

一切都忘了我

唯有你没有忘记

笼罩的雾霭感激你

绊脚的石头感激你

诀别中茫然的青草

疼痛着感激你

跪在身旁的山脉

起身感激你

我的骸骨会聚集

发出最后一次

呐喊

"爱过啊，真的爱过"

这样的诗容易让人记住，有的的独特发现，有的是刻骨铭心的爱。与《无题》同一题材的诗不少，比如土耳其诗人塔兰哲的《心不在焉的死者》：

昨天有一位美人抚摸了

我所躺卧的坟墓，

我在地层下不由得一动，

迷恋上那一对迷人的纤足。

甚至我永恒的安谧也不永恒！

你不会相信，可我站了起来，

姑娘不小心掉落了头巾

我弯下腰来递送给她，

完全忘掉我已死去很久。

    凭借想象力，诗人超越了生死的界限。现实中让人难以置信的事，诗人遇到了，或者更准确地说，是做到了。爱与美战胜了死亡。爱与美战胜死亡是很多诗人的信仰，诗人们在诗里将它们具体化了，显示了他深刻的用心。他们各有各的角度，各有各的口吻，告诉人们一个个奇迹，同时创造了诗的奇迹。顺便说一句，在中国传统文化中，我们也能为这些诗找到依据，那就是道可道非常道，道生一，一生二，有中生无，无中生有。

    能有这样一个与蒙古国诗人、作家交流的机会，非常高兴，因为过去交流不多，或者说刚刚开始，才越发显得珍贵，但愿这样的交流、沟通多起来，理解也多起来，促进文化的共同繁荣。

    挺高兴的，我给远道而来的客人读一首我写的《草原》吧：

春来草色一万里

万里之外有我的草原

草木一秋

听天由命

有一株苜蓿
有一只蜜蜂
有蜂嘤的神圣与宁静
没有阴影

有一双更大的翅膀
为风而生
有一个小小的精灵
直指虞美人的花心儿

有一匹小马，雪白
或者火红。让它吃奶
一仰脖儿就学会了吃草
草儿青青。而草

一棵都不能少
哪怕少一棵断肠草
天地也会失去平衡

重温田间的《抗战诗抄》

田间抗战诗抄

假使我们不去打仗

假使我们不去打仗，
敌人用刺刀
杀死了我们，
还要用手指着我们的骨头说：
"看，
这是奴隶！"

义勇军

在长白山一带的地方
中国的高粱，
正在血里生长。
大风沙里
一个义勇军

骑马走过他的家乡，

他回来：

敌人的头，

挂在铁枪上！

坚 壁

狗强盗，

你要问我么：

"枪、弹药，

埋在哪儿？"

来，我告诉你：

"枪、弹药，

统埋在我的心里！"

保卫战

只要我们一个村庄，

受到

突然的包围，

老婆子呀，

小伙子呀，

统统扑过去，

（横竖是死）

就是死吧，

尸首还在家乡，

像活着一样地歌唱!

1949 年 9 月，诗人田间编就《抗战诗抄》，次年出版，窃以为，这部诗集与早已声名远播的《给战斗者》相比毫不逊色，最能体现田间先生诗的风骨。在纪念中国人民抗日战争暨世界反法西斯胜利 70 周年的日子里，我再次看见有那么多报刊重印了田间的"诗传单"《假使我们不去打仗》，成为一个特别文化现象。同样特别的是，除了特别的纪念，多年来在许多场合，尤其是在诗人圈子里，一提到田间和他的诗，就有人做出不屑一顾的样子，说是过时了。真的过时了吗？我看未必！不断重温，越看越觉得先生的诗有诗性和血性，形象，让我一眼就看到了握着枪的诗人，拿着笔的士兵，看见他们在马兰纸上，在墙头上，依旧排着出击的队形，从血管里喷出鲜血，从枪管里喷出怒火，那是对现实的确立，对历史的命名，是血写的诗经。

像《假使我们不去打仗》《义勇军》那样的诗，多么有力、自然，多么简明、深刻，令人振奋，只需看一眼或听一遍，就牢记终生，刻在骨头上。1994 年 11 月，河北省召开首届青年作家创作座谈会，时任文化部长王蒙和时任河北省委第一书记高扬接见十位代表，谈到田间先生的影响力，王蒙问，谁能背诵田间的诗？大家便异口同声声情并茂地朗诵起来：

假使我们不去打仗，
敌人用刺刀
杀死了我们，
还要用手指着我们的骨头说：
"看，这是奴隶！"

对于田间个人来说，这是一首"小诗"，而对于整个中华民族来说，这无疑是催人奋进的鼓点，也可以作为人民英雄纪念碑的铭文。

田间写在民族危难时期的街头诗、诗传单，我们什么时候看到了都会感到惊心动魄，铿锵的声音，四两拨千斤，对整个中华民族说：你永远也不要对侵略者奴颜媚骨，不然，你就是让人家活活捅死，也会被指着骨头斥为贱骨头、奴隶！这样的作品，具有巨大的感召力，激发无数人去保家卫国。这些诗，从先生的心中产生，从他的骨肉中产生，而不是从他对某个事物的观念中产生。他首先是一个战斗者，然后才是诗人，他是在取得了一个合格的战斗者的资格之后才取得了诗人资格的，这本身极为重要。

在我们的民族生死存亡的紧要关头，田间没有半点犹豫和徘徊，他坚定、勇敢、迅速地投身于反法西斯斗争中。正如他在《义勇军》一诗中所描述的和在《保卫战》中所号召的，他的横枪跨马是身心一体的，他面对纸和笔也是身心一体的，他为之奋斗的，远远高于个人生活的范围，他所关心的也远远不是作为诗人的事业，因而，在国难当头，在共同的仇恨比爱情、友谊之类的文字更能号召、鼓舞、团结人民的时刻，他的诗是武器，是民族精神和心灵的代言。几十年之后，当我们重新读他的这些诗，我们依然可以从历史的一瞬感受到永恒，我们会感到他的诗所代表的并非某个特定时代的趣味，而是我们大家应该共同拥有并需要长期拥有的血脉和魂魄。

在我的阅读视野中，能够拿来与田间先生这些诗媲美的类似题材的诗作不多，记忆深刻的有两题，一是苏联 P. 鲍罗杜林的《刽子手……》，可谓异曲同工：

刽子手……

充满了绝望神情的眼睛。

孩子在坑里恳求怜悯：

"叔叔啊，

别埋得太深，

要不妈妈会找不到我们。"

——选自《苏联抒情诗选》

另一题是《哪怕我们必死》：

哪怕我们必死，也别死得像猪，

被兜捕到肮脏地方关入栏圈，

疯狂的狗围着我们乱吠狂呼，

把我们悲剧的命运当作笑谈。

哪怕我们必死，也要死得高贵，

这样我们宝贵的血就不至于

白白流失；甚至我们抵抗的恶鬼

也得被迫对我们的死表示敬意。

哦同胞们！我们必须共同抗敌！

尽管众寡悬殊，也要现出勇气，

挨打千次，也要回敬致命的一击！

即使面前是坟墓又有何关系！

面对残暴又胆怯的匪徒，像男子汉

退到墙根，即将死去，也继续作战！

——选自《美国现代诗选》

这是美国诗人克劳德·麦开最为人传诵的一首诗，曾被丘吉尔在向英国议会报告战况时引用，成为反法西斯的战斗口号。但麦开写作此诗的原意，却是为纪念1919年黑人暴动，说来别有一番滋味。

离开历史的思想和诗篇是不存在的。尽管时过境迁，我们仍然有必要研究田间的诗、田间的行为，这才是对历史负责。有学者道：
"有一个奇怪的文学现象：抗战初期前线战况持续恶化，而后方诗歌
界却普遍乐观和欢欣，这鲜明比照的形成是，在全民抗战的呼吁中
寄寓着民族新生的历史要求，抗战怒潮造成了近百年民族积郁的总
爆发。所以，诗人们要求成为战士，有着深刻的历史和现实原因。"
说法固然不错，作为特例，田间却另当别论。有别于他同时代的众
多诗人的是，他是真的投入到枪林弹雨中去了。在河北文学馆征集
史料过程中我们发现，除了田间，当时真正和士兵一起拿起真刀真
枪投入战斗的诗人寥寥无几。我想这才是为什么田间在诗中从不表
现趴下的中国人，而是有力地表现站着的中国人、视死如归的中国
人的原因吧。

> 只要我们一个村庄，
>
> 受到
>
> 突然的包围，
>
> 老婆子呀，
>
> 小伙子呀，
>
> 统统扑过去，
>
> （横竖是死）
>
> 就是死吧，
>
> 尸首还在家乡，
>
> 像活着一样地歌唱！

——《保卫战》

　　悉心比较，这和他的同辈诗人的同期创作形成差异，即便与同
样被称作战士的鲁迅早期的文学创作相比，也有着根本的不同。鲁
迅早期的文学创作，正如毛泽东曾经指出的："鲁迅表现农民着重其

黑暗面，封建主义的一面，忽略其英勇斗争、反抗地主，即民主主义的一面，这是因为他未曾经验过农民斗争之故……"回过头去看，并不是那个时代一过去，那个时代的诗人也就可以放下了。尽管我们反映抗战题材的作品众多，但至今表现我们民族英雄气概及直接打击侵略者的作品却不多，尤以诗画为甚，倒是常常表现我们失败了，兄弟被打死了，姐妹被蹂躏了，有的美术作品表现的是中国人被日寇杀死后的成堆尸体，竟然得了奖。表现中国人的失败和耻辱，而不努力去反映中国人打击侵略者的英雄气概，不表现中国人战胜侵略者的场面，不歌颂中国的勇士们顶天立地、气震山河的形象，并形成一股风气，这问题说来非常严重了。如果摆在我们面前的作品总是缺少明确的核心价值、精神结构和心灵深度，又无天骨开张的胸襟、气度、信仰，那只能说明我们的文化出了问题。但凡一个有民族自尊心的赤诚的诗人或读者，投入地去读一下田间先生的诗，心灵就会被震颤，同时也会感到，作为中国新诗的前辈诗人，田间自有他独特的魅力。他是唯一的，自成一体的，无可替代的，更是我辈望尘莫及的。

当然，从根本的性质上来说，诗歌无疑是想象和虚构世界的艺术，有一定鉴赏力的人，大体不难区分侧重于存在的具象的诗歌与侧重于虚构的想象的诗歌。田间的这些诗，是"呱唧就是"的诗。或许不是他不会运用比喻性语言的迂曲和暗示的表述方式，大敌当前，让一首诗变成一个喻体是不可思议的，他让他的诗直接指向真实，是需要，其实也是能力。他的诗中那极致的部分不是靠修辞和技巧推动的，而是靠生命固有的气息，命运中深刻而独特的遭际，即那唯一的、无人可取代的"命定性"来推动的。

这再次使我想到，我们的文学观里多年以来一直滋生着这样的一个念头，说是不能与现实靠得太近，太近了，其作品的文学性就会随着时间的流逝而受到质疑，因为我们很多文坛的老前辈是有教训的。

我觉得根本问题不是离现实近不近的问题，也不完全是方法问题，说到底是襟怀和气度问题。田间先生的抗战诗抄，抓住的是民族大义最本质的东西，你有权质疑它，但是谁又奈何得了它！

重读郭小川

—— 在纪念杰出诗人郭小川八十诞辰学术研讨会上的发言

郭小川先生是我极为熟悉的诗人。十来岁时，我就熟读先生的《月下集》和《甘蔗林——青纱帐》，对《林区三唱》等许多诗篇，倒背如流。1978年，购得人民文学出版社的《郭小川诗选》，1981年，从家父书屋盗得河北人民出版社的《郭小川诗选·续集》（可惜这两个选本时代烙印过深，后来新的更好的选本未能跟上，较长时间以来影响了更多的读者对先生全面的了解与认识），后又喜得《谈诗》等书，反复研读，妄图模仿，直到我发现，真正的大诗人是无法模仿的，遂转移目标，把目光对准可模仿对象。那时我一心模仿，不懂什么叫承继与借鉴，现在想来，倒也并不脸红耳热，模仿本身，也算是一种学习吧。后来有一段时间，尤其是我在河北师大读书期间，随波逐流，被一些表面复杂、奇异的作品所左右，非常害怕人家说自己土，去钻研所谓值得破译的现代派诗作，重视诗人探索的过程和导读者的分析，直到读得累了，才又怀念起那些凭直觉就大体可以看出好儿来的作品，很郑重、很投入地重读了一些，其中就包括郭小川先生的诗。我的这次重读收获挺大，不止一次追忆重读的感觉：仿佛突然间发现了黄金。正是这个"突然间"的感觉，使我认识到一个读者在不同的时期、不同的阅读状态下，对一个作家或一部作品会有不同的感受、认识和评价，认识到像先生这样的诗人有多么重要。他给我很多启示，在我个人的成长中发挥着作用。

启示之一：关于诗的智慧

小川先生有"战士诗人"的美誉。在革命队伍里，如果说先生"首先是战士，然后才是诗人"，可能并无非议。当我们今天仅仅面对先生的诗篇时，我们说"他是诗人，是真正的诗人！"或许也没什么不妥。提起先生的诗作，许多"过来人"会立刻想起《投入火热的斗争》《向困难进军》，说这些诗在当时多么让人欢欣鼓舞。事实上，它们也的确受欢迎，从客观效果上，甚至是不可替代的，即便到了今天，我们也不可以有任何鄙薄。但我注意到，在当年，在一片褒扬声中，有人对这些诗就抱有很大的怀疑，而首先提出怀疑的，竟是先生自己。

先生在1959年人民文学版《月下集·仅当序言》一文中说："我没有向读者们作过调查，到底如何，实在不得而知。作为一个作者，私下却以为不然。几年来在业余时间里写的这些东西，都是'急就章'，说不上有什么可取之处……比较喜欢的，倒有几篇，例如《白雪的赞歌》等……"他在回顾当时创作"急就章"的情形时说："那时候，社会主义革命和社会主义建设的伟大号召已响彻云霄，我情不自禁地以一个宣传鼓动员的姿态，写下一行行政治性的句子……那时，我既没有思考多少创作中的艺术表现问题，平常又没有留心去捕捉和积累生活中的形象和语言，只是随心写来，不加修饰地抒发着自己的感想。我的出发点是简单明了的，和许多同志一样，我所向往的文学是斗争的文学。"紧接着他又说："我越来越懂得，仅仅有了这个出发点还是远远地不足，文学毕竟是文学，这里需要很多很多新颖而独特东西，它的源泉是人民群众生活的海洋，但它应是从海洋中提炼出来的不同凡响的、光灿灿的晶体。"这是研究小川先生不可忽视的一篇文章。

我注意到，在有了以上对自己创作的分析之后，先生努力摆脱即兴鼓动式的写作，"急就章"迅速减少，《致大海》《深深的山谷》《祝酒歌》《大风雪歌》《望星空》和长诗《一个和八个》等血气充沛、风清骨峻、篇体光华的诗章不断涌现。先生是一位多么自觉的、清醒的、有文体意识的诗人啊，充满诗的智慧和对于事物的诗性直觉能力。他勤于感受，同样勤于思维，力求把对内在世界的挖掘与对外在世界的关注，在诗的形象世界构筑中统一起来；他是感应风云的飞鸟，总是置身于社会、文化冲突的锋面上，却又努力留住诗的精灵；他以时代的使命感作为自己创作的血脉，以自己的艺术使命感为诗创造尽可能完美的赋形。

重读先生时，望着先生远去的背影，我看到了他的出发点，也看到了归宿。或许我们只有在他身后，才能看到这些。我们以为可以对他指指点点，事实上，他比我们更智慧。

文学有变量也有不变量，不变的是对社会、人生和自然的关注，变的是新的写作实践与操术。先生很早就注意到这一点，带头走上光明、坚实的道路，我们有什么理由拒绝他的指引和召唤呢？

启示之二：关于诗的意义

在小川先生所有诗作中，意义占据着重要的，甚至可以说是中心的位置，意义是他心灵的负荷，他对此不觉沉重，反而因此快乐。

他始终把自己置于歌唱的绝对命令下，这一命令不仅为他的追求提供了动力，而且为他的生存提供了规则。

他总是把超越于个人的国家情怀作为诗的意象，把对祖国之爱上升为一种精神之爱，以非常专注的热情歌唱祖国和人民，关注祖国乃至全人类的命运。他有如火的诗情，更有严肃深沉的思考。他对人类生存的追究，特别是那些切入生命深层的对生命困境与尴尬的叩问，给人以极大的震撼。

作为诗人，当命运以种种磨难考验他的信念和意志时，他没有辜负命运的期待，他以自己生命的光华和诗篇表现出对困难和苦难的非凡承受力，从不放弃真正担当人生的机会，不像有些诗人，总是企图让一切适应自己的愿望与幻想，以"我不相信"拒绝一切。先生敢于正视他所面对的世界，更多地接受这个世界，主动承担艰难，于是，在先生笔下"向困难进军"就不仅仅是号召，而是我们生存的坚实基础，符合我们生命的本性，显示出人生的独特意义。

我格外看重先生的长诗《一个和八个》，那是大爱、大自由，有人性的深度。

这就是我看到的精神现象中的先生，他使我有把握认定，在我们的诗中，意义不该失落，也不应该消解。热爱生命，热爱生活、自然、爱情、亲情、劳动、责任等等恒久的价值因素，不脱离个体的血肉生存也不回避生命的深度，应是一个诗人的基本思想立场和深刻选择。

启示之三：关于诗的形式

先生是一位思想活泼，善于变革诗歌形式的具有多种艺术探求和才能的人。他十分注重诗的形式化因素，在重视诗的意义的同时，重视诗歌形式的意义，艺术上纳汉赋、骈文、古典诗词、民歌谣谚以及时代口语于一体，有着"化铁铸鼎"的大家气象。这些，已有许多论述。我想说的是，我们年轻人在这方面至今注意不够，影响了诗创造，已经成为教训。

诗人郭小川给我们启示是多方面的，比如关于诗人的真诚、关于童年的馈赠等等，限于篇幅，不再一一阐述。以上谈到的，也仅仅是对重读时一些感受的回忆，说不上研究。而先生这样的诗人，恰恰是值得我们认真研究的。

重读《乡愁》

　　尽管我所喜爱的诗篇的数量不是在随着阅读的广泛而增长，却也依然数不胜数，并且，其中有一些诗未必被更多的读者所重视，比如小说家托马斯·哈代的《噢，你在掘我的坟》，柳沄的《瓷》。而在我所重视的诗作中，原先《乡愁》并不占有特别的地位，觉得它不错，但嫌来得过于直接、轻巧。有上述想法的时候，我正被那些复杂、奇异的作品所左右，非常看重有可破译性的诗，看重诗人探索的过程和导读者的分析。读那样的诗读多了，也累了，又想起那些凭直觉就能认定它而不是可以认为它如何如何的诗来，比如《乡愁》。

　　重读《乡愁》，我的眼睛为之一亮，仿佛突然间发现了黄金——它的典丽雅致，它的经久而深刻。正是这"突然间"的感觉，使我认识到一个读者在不同的阅读状态下对同一部作品可能会有的不同的评价，甚至是截然不同的评价，认识到给一个活的作品盖棺是多么可怕。为了这个"突然间"的感觉，我很投入地重读了一大堆作品，还在我参与编辑的《文论报》上开了一个专门栏目——"重读经典"。

　　重读《乡愁》的结果是——在我提笔要为它写点什么时，我已经很是担心它可不可以接受界说和哪怕暂时的限制了。它的不太容易被时间所左右的真性情，让我不得不放弃对它的具体分析，而只是简要谈论我爱上"这一个"的缘由——它提供了怎样有益的可资借鉴的东西。

缘由之一是《乡愁》使我更清楚地看到，诗，是在寻找、处理真实的事物，但最终它超越了它所关注的真实。

熟悉余光中的读者知道，余先生有着太多的称谓——江南人、南京人、常州人、川娃儿、台北人、中国人……儿时他生长在乡间和常州，十岁随母亲从上海到安南，又上昆明、入川，在四川乡间度过中学时代，考入南京金陵大学之后，又转入厦门大学，再后来去了台湾，去美国读书、讲学……他的一生，总是在路上，在与家人的聚散离合中，在与故乡的相互眺望中。

没有这个背景会有他的《乡愁》吗？也许会有，但不是"这一个"，不会如此叫人惊心。

不知是受了什么影响，我曾一度以为《乡愁》所传达的是共性的社会信息，如今看来是我错了。诗人有什么必要与谁去配合呢，诗人所倾心的完全可以是个体深层经验的把握和捕捉。如果说《乡愁》在客观上已经是一个社会信息的载体，那么它的到处受欢迎，则正好表明了诗的超越意识形态的力量。

《乡愁》四节，先写母子别，再写新婚别、夫妻别，而后写生死别，暗示着强烈而活跃的记忆力（也有人说是历史记忆力）和立刻的整合力。

为了证实我的说法，请看看余光中的与"新婚别、夫妻别"和"生死别"有关的别外两首诗。

一首是《当渡船解缆》：

当渡船解缆

风笛催客

只等你前来相送

在茫茫的渡头

看我渐渐地离岸

水阔，天长

对我挥手

我会在对岸

苦苦守候

接你的下一班船

在荒荒的渡头

看你渐渐地近岸

水尽，天回

对你招手

另一首是《红烛》：

三十五年前有一对红烛

曾经照耀年轻的洞房

——且用这么古典的名字

追念厦门街那间斗室

迄今仍然并排地烧着

仍然相互眷顾地照着

照着我们的来路，去路

烛啊愈烧愈短

夜啊愈熬愈长

最后的一阵黑风吹过

哪一根会先熄呢，曳着白烟？

剩下另一根流着热泪

独自去抵抗四周的夜寒

最好是一口气同时吹熄

让两股轻烟绸缪成一股

同时化入夜色的空无

那自然是求之不得，我说

但谁啊又能够随心支配

无端的风势该如何吹？

　　以上二首通达幽远，皆为上品，但比之《乡愁》，差别也还是有的。《当渡船解缆》和《红烛》中追忆的成分多，调动个人的记忆多，诗人独自在纸上散步，更接近于"生活的真实"，而远离人类共同的记忆。《乡愁》则不然，它是将具体生活充分转化为内心生活之后的产物，它让实际事件的深意保持在想象里，"邮票"、"船票"、"坟墓"、"海峡"作为一种基本姿势和基本形象而存在。它们不再是纯然的外在事物，而是灌注了诗人生命内部的深层体验。仅仅几个诗节，拥有了实际上需要若干岁月方能结束的故事，充满了现实世界的气味，但又超越了诗人所关注的真实。

　　作为一直专注于乡土的我，正是从余先生这里看到了自身的出路——诗，一定会从诗人自我专注的世界中走来。于是我开始固持于货真价实的本土写作，努力将自己的精神向一个总体上的大境界归拢，凝视那种端坐于血脉上游的被称作"乡音"的物质。我的类似"一个人独自向远方 / 背负整片故土的体温 / 我们的脚步，是母亲的针脚 / 我们的话语，是自己的碑文"这样的诗行，就是在重读《乡愁》之后才有的。

　　我喜爱《乡愁》的另一个重要缘由，说得大些，是它让我对古典诗词有了新的进一步的省认，说得小些再小些，是它使我看到模仿也是新诗出新的一条途径。

　　余先生善于继承传统诗词，他的诗作，大多与继承传统有关，以《乡愁》最为典型。据诗人吴奔星考证，《乡愁》是在体裁风格上模拟南宋蒋捷的《虞美人》："少年听雨歌楼上，红烛昏罗帐；壮年听雨客舟中，江阔云低断雁叫西风；而今听雨僧庐下，鬓已星星也。悲欢离合总无情，一任阶前点滴到天明。"

细细读来，余对蒋的承继、借鉴是显而易见的，但我确信，这种承继与借鉴实在不是一般意义上的，而是新的思维与智力空间中的自觉地对一种文化精神与理想的体察。一个诗人，怎么可能不受以往诗歌传统的影响，又怎么可能不依靠业已取得的艺术经验和成就呢？搬着典籍往前翻，诗篇一层摞着一层，青出于蓝胜于蓝的例子随处可见。

如果我冒昧地把余先生这样的承继与借鉴也叫作"模仿"，我想对余先生也不会有什么伤害的，因为谁也不能伤害《乡愁》这样出色的诗篇。学着在体裁风格上模古人一把再模今人一把，有什么可脸红耳热的呢，只要能像余先生那样干得好！

附余光中的《乡愁》：

> 小时候
> 乡愁是一枚小小的邮票
> 我在这头
> 母亲在那头
>
> 长大后
> 乡愁是一张窄窄的船票
> 我在这头
> 新娘在那头
>
> 后来啊
> 乡愁是一方矮矮的坟墓

我在外头
母亲在里头

而现在
乡愁是一湾浅浅的海峡
我在这头
大陆在那头

又读《悲歌》

——在《悲歌》研讨会上的开场白

今天我们重读并重新谈论《悲歌》，具有特别的意义。2000年《悲歌》问世，我们多么兴奋，拿起，放下，再拿起，十几年过去了，今天再拿起这个过程本身，足以说明《悲歌》重要。又拿起，归根结底是放不下，是它重要。第一版的时候，我看了三遍，想写《悲歌论》，开个头，最终放弃，力有不逮。对一部一般的作品，说说是容易的，而对高明的作家、作品，常常有心无力。或许这不是我一个人的问题，带有普遍性。《悲歌》问世以后，我见到一些评论，远远低于我的预期，我知道这是因为实在太难了，我想这也是促使大解亲自动手写《悲歌笔记》的原因之一。2005年，《悲歌》加上十万字《悲歌笔记》再版之后，又对照着看了看，感受多一些，却不敢张嘴了，谁还说得过他。有时我也自我安慰，我想大解写了《悲歌》，也不一定就能真正读懂它，这就是诗了，就是好诗了，就是好诗的魅力了。这也是我们今天继续讨论悲歌的必要性了。经过十几年的沉淀，尤其是在有了《悲歌笔记》之后，我们的认识应该不一样了。

在短诗集《岁月》中，大解把悲歌表述为长篇叙事诗，我看那是没办法的办法，所以如此，是因为大多数人脑子里只有长篇叙事诗或抒情长诗概念。我把《悲歌》看成人文长诗，或者是史诗，准确地讲是心灵史诗。

我特别想提出这样一个见解：《悲歌》是大时代才能拥有的大作品——即便这个时代是一个三流的时代，我也把它看成大时代，只有大时代才能产生《悲歌》这样的大作品。倒不是因为它接近两万行的体量，我是说它的结构、语言与信仰。有人说诗是倾向于沉默的言说，承认这一点，就意味着连沉默也是巨大的。传统农耕文明消退，工业和信息时代来临，技术的白昼带来世界的黑夜。大解在这个时候站出来，唱生命的挽歌。不是谁都能意识到一个大时代来临的，也不是谁都能身在庐山看清庐山真面目的。看唐诗，我认为最有大唐气象的是《望岳》和《春江花月夜》，"一览众山小"正是大唐气象，明月照古今才是超越时空。这就是大时代，不是小时代。

大解是善于幻想同时善于面对现实的人，是在场者，常常被天空与大地同时召唤。或许冥冥之中，他和公孙一样，经过了换心和洗心。他用最具体的方式把握了天地人神的存在，并思考这些存在，通过对呼唤的应答，让存在现身。思考的言语具有天性的诗意。它可以采用诗行的形式，也可以不用诗行的形式，真正的诗歌是领悟，所道超过所言，意义超过表达。假使不分行，《悲歌》还是《悲歌》，还是诗。

或许最值得研究的是《悲歌》的结构和结构能力。关于结构，大解在《悲歌笔记》中说得很清楚了，不再说了。

往具体了说，我特别看好《悲歌》第一部"人间"第一章"爱情"和第三部第一章"入世"。写爱情写的真是荡气回肠，——几乎透明的少女，在大地上铺满青草，身上有着美丽的花丛，在星光下悄悄张开了嘴唇，朦胧中还有两个月亮在胸前颤动……快感来临，好像进入了深沉的大海，叫我永世沉沦吧，让我死吧，像要已经完全消失。高潮时，两条河流立起来，在风中摇摆……爱情尾声的部分就是后来《百年之后》的前奏。我确信真有如此的爱情。而"入世"，实为转世，比如透过被水库淹没了几十年的家乡，在透明的镜子里看到清晰的影像。

我也确信真有那样一个家乡。那面镜子忒重要啊，它折射，呈现，而非再现，伴随着想象的事物，构造一个新的家乡，并使虚实相互转让，达成互补。

在《悲歌笔记》中，我觉得《四种原始冲突》《语言的现实》《生死之间》《幻象》《真实的乡土》《我们的身体》和《肉体的宗教》这样的章节相当于泄露天机。四种原始冲突，一是人与自然的冲突，这是人类生存中永远必须面对的原始冲突；二是人与人的冲突，你我他的冲突，我们都知道；三是人与自身的冲突，只有自省的人才能意识到人与自己的不合；最终是人与死亡的冲突。这四种冲突，不是大解的发现，但他对此有着非同寻常的理解。人类生存中最根本的问题是生与死。在生与死之间，是人的一生，不会比这更短，也不会更长。《悲歌》在大的结构上，构成了生死的循环，其轮回不灭寓意了一种可能的生存状态，即周而复始，生生不息。在这种周而复始生生不息中，冲突不断。大解对其进行重重追问，比如战争。战争几乎贯穿了人类的生存史，据有人统计，自有记载以来，人类没有战争的年份加起来也就两百多年。由此，关于战争，大解用了大量笔墨，对全书的格局有着举足轻重的影响。人，一而再拼命的征服掠夺，戕害天空，戕害大地，亵渎神圣和贬低自己，或者受征服，受掠夺，忍受折磨与痛苦，或者听而不闻，视而不见，抱着自己的脑袋寻找道路，扛着自己的大腿东奔西走。大解在《悲歌笔记》中说："在人民中，一个人的存在无足轻重。"所谓人民，是短暂者，但人民最终不死。大解写到神——公孙，惠，甚至泥人，我把泥人也读成神，读成土地老儿。诗人深切意识到了时代的贫困。当人们还没有领会自己的存在，诗人率先领会了自己的存在。当人们还没有发现或并不在意诸神的远逝或缺失，诗人却发现了诸神的不在并开始确立自己的信仰。诗人如此深情地寻觅着人的足迹，也寻觅神的踪迹。但最终我把神也读成"人民"。还有"影子老人"。影子老人再而三出现，大解说那有可能是一个民族的灵魂，但我有时却乐于把他读成时间或时间的随从。从哲学意义上说，人的居住拥有大地、天空、神圣者、短暂者，即天地人神四重性。神圣者有神性召唤的消息。神在其出席中显现，在其离席中隐去。短暂者是人的存在。人之所以是短暂者是因为人会死亡。死亡意味着能作为死亡而死亡。只是因为死亡，人才能真正继续地存在于大地上、天空下、神性前。诗人则处于人、神圣者与短暂者之间，他与在最亲近、与神圣者最亲近，他犹如在的信使、神圣者的信使，他给我们带来了在的到来和神圣者到来的消息，也就是我们走向存在和神圣者的消息。我们由此诗意地居住。所以，我们这些人必须学会倾听诗人的言说。倾听诗人的言说，正是倾听在的言说，神圣者的言说。诗人使人达到诗意的存在。不要怪我嚼舌头，这不是我的话，这是海德格尔最著名的论断。

大解在《悲歌笔记》中还一再讨论语言，给我的印象是，语言和结构一样，对这部长诗同样重要。在《语言的现实》一节中大解写道：

　　所有书写作品都不可能接近准现实。我们的书写大多是在处理两个向度上的事物，一是处理记忆——即"此刻"之前的事物，是时间的堆积物；一是处理虚幻中存在的事物。

　　在现实和语言的双重的虚幻背景下，人的存在变得模糊不清了，真实和虚幻混淆在一起。我的诗歌不是要去澄清它，而是去加深它的浓度，努力去展现物理的和精神世界中的全景。

　　基于这些，在书写中，语言的现实就成为最高的现实，是超越物理现实的存在。《悲歌》的意义在于把人们领入一个语言的世界，在纯粹的感觉中，唤起人们的记忆，进而揭示生存的多重性和模糊性。在这样的书写中，你所感受的一切，都不是真实世界的绝对反映，而是语言的现实。语言的现实是一种无法找到实证的现实，它只能存在于语言之中……因此你不可能在现实生活中找到《悲歌》里的人物原型，他们不依常理而存在，他们过的是一种不可能的生活。

　　人类掌握了语言，也就是掌握了世界的各个层面。在人类的生活中，没有精神不能到达的境界。生活中存在的一切，我们已经经历；生活中不存在和不可能存在的事物，我们可以通过各类语言文本，大胆地进行虚构和创造。

以上应该给我们以非常大的启示。人常常自以为是语言的主人，往往从主观方面去理解思想，从客观方面去理解存在，使思想和存在区分并构成主客体的对立。实际上语言才是人的主人，是诗人的主人。语言是存在的显现与人的言说的统一，以显现、敞开、照亮的方式呈现世界，凭借命名的力量，使各在者呈现出来。

　　除了结构和语言，《悲歌》给我留下不灭印象的还有"身体"。大解在《我们的身体》中说：我相信一个新的宗教将在幻觉中诞生。这个新的一个人的宗教真的就这样产生了，但并非产生于幻觉，而是产生于语言，在诗行中确立。在这个宗教中，身体是我们唯一可靠的根据。大解告诉我们，对肉体的崇拜从尊重每一个人做起，进而尊重所有的生命，万物归于同一个体系。文艺复兴运动从神本到人本，确立了人的主体性，人获得了精神解放。大解从人本到身体，是人向本体的又一次革命性的回归。这就是一人的宗教。我信，就变成了两个人的宗教。

从生活现场到诗歌现场

——见证大解的几首诗

读唐诗，一旦身临诗境，几乎无法把诗人的生活和诗歌分开，诗句所传达的，仿佛就是诗人现实生活或人生的一部分。甚至可以说，好诗，特别是被广为传唱妇孺皆知的那些，基本上都是诗人在生活现场的灵机一动有感而发脱口而出。陈子昂登上了那个幽州台，发出"前不见古人，后不见来者。念天地之幽幽，独怆然而涕下"的千古一叹，这诗是"登"出来的，"叹"出来的，不像是写出来的；李白登黄鹤楼，举头一看，"眼前有景道不得，崔颢题诗在上头"，现场感太强烈了，太可爱了；另一次写下《黄鹤楼送孟浩然之广陵》，朋友远去了已经没影儿了只见天际恍兮惚兮了，李白还在楼下目送朋友，其中多少深情多少惦念，超越了时间和空间。

读新诗也有类似的情形，但总体感觉有所不同。尽管许多新诗看似是从生活现场来的，但它们不能被还原到生活现场中去（停留于某些现场的貌似诗歌的小型个人琐碎纪事除外），需要重新确立一个诗歌现场。难道这与古体诗词和新诗的区别有关？前提是，承认或否认古体诗词是散文的内容诗的形式，而新诗恰好相反。

我暗自承认了这个前提，为此欣赏并四处鼓吹大解的一些诗。

大解和我，有缘同出燕山，有着相似的生活和创作经历；上世纪

90 年代初，调到河北作协一个门下干活，一并参加了诗刊社第 11 届青
春诗会；我们还有一个共同的爱好，喜欢石头收藏，常常结伴上山下河。
正是在这样的早出晚归中，自以为知道他的一些诗的来路。

火车连夜开进燕山
凌晨三点到达兴隆
这是晚秋时节
正赶上一股寒流顺着铁轨冲进车站
把行人与落叶分开
在树枝和广告牌上留下风声

凌晨三点星星成倍增加
而旅客瞬间散尽
我北望夜空那有着长明之火的
燕山主峰隐现在虚无之中

二十年前我曾登临其上
那至高的峰巅之上就是天了
那天空之上住着失踪已久的人

今宵是二十年后
火车被流星带走夜晚陷入寂静
在空旷的站台上我竖起衣领等待着
必有人来接我必有一群朋友
突然出现乐哈哈地抱住我
必有一群阴影在凉风之后
消失得无影无踪

作为见证人，我知道那是 1999 年晚秋，我老家兴隆组织诗歌赛事，让大解我们去担任评委。"火车连夜开进燕山"，我俩凌晨三点抵达兴隆车站，大风中福君来接，乐哈哈抱在一起。随后我们躺在燕山主峰雾灵山下金牛洞热得快要发红的大炕上挺兴奋，大解是因为二十年前登临燕山"至高的峰巅之上"，不由怀想，我是因为回家。转辗反侧睡不着，先是仰着，说燕山，说着说着说到燕山中的诗人：郭小川、刘章、何理……侧过身来面对面，一看彼此也是诗人，相互鼓吹一番；之后趴着、坐着，从智利聂鲁达到衡水姚振函，把诗星悉数一遍，成倍增加。难以见证的，是那些住在天空之上的失踪已久的人和那凉风之后消失得无影无踪的那群阴影，以及流星带走的火车。

类似的我觉得知道出处的作品，大解有很多，像《百年之后》《车过太行山口》《泥人》《漏印的书》《一个修自行车的人》《原野上有几个人》等，单是我们一起拣石头"拣出来"的诗，他就有一个"河套"系列，包括《石斧》《睡佛》《小石人》《衣服》和《河套》等。

大解有两把石斧。一为迁西诗人碧青所送，另一把眼见他在韩信背水一战之河滩上捡起，他写到的应该是第一把；"睡佛"出自赞皇河滩。那天大解统共遇到三尊石佛，一尊比一尊形象，一尊比一尊精致。那时我们不懂珍惜，熊瞎子拜棒子，看到一个好的，就把前面捡到的随手丢在河滩，看到更好的，又把上一个放弃。他提到的这尊，在乱石滚滚的河滩里，竟然睡着了，胸前带着自然而然的念珠，当他乘坐二百里汽车之后被大解搬到楼上，依然没醒，至今还睡着；至于他和家人捡到的小石人，可不止一个，哪一个都好，都值得一提。我常常羡慕大解家儿女双全，都有出息，他说还要加上大猩猩（也是一块石头）小石人，一个都不能少。说到《衣服》和《河套》，那也是我陪着他在井陉河套里"捡来的"。

三个胖女人在河边洗衣服

其中两个把脚浸在水里　另一个站起来
抖开衣服晾在石头上

水是清水河是小河
洗衣服的是些年轻人

几十年前在这里洗衣服的人
已经老了那时的水
如今不知流到了何处

离河边不远几个孩子向她们跑去
唉这些孩子
几年前还呆在肚子里
把母亲穿在身上　又厚又温暖
像穿着一件会走路的衣服

　　这就是《衣服》。本来是一群妇女在绵河边洗衣裳，他把其中三个且胖且年轻的挑了出来，以便于突出她们的大肚子强化她们的生育能力。此诗问世，好评如潮。的确好玩，有趣，内里充满人与人、人与自然的休戚关系和生命意趣，令人会心，往深了想，"衣服"这个细节化的意象加上流水背景，还具有时间意味以及 1+1>2 的意义可能。但两相比较，我更偏爱《河套》，尤其偏爱这两节：

河滩上离群索居的几棵小草
长在石缝里躲过了牲口的嘴唇

风把它们按倒在地

但并不要它们的命

有一年秋天在坝上草原看草，再次说到此诗，大解我俩几乎异口同声说出："风把它们按倒在地 / 但并不要它们的命"。当时我们就谈论，为什么我们写了许多诗连自己都记不住，而对这样揭示或呈现我们的生命和生存状态的诗句念念不忘？

更令许多人念念不忘的，是他的《百年之后——致妻》：

百年之后当我们退出生活
躲在匣子里并排着依偎着
像新婚一样躺在一起
是多么安宁

百年之后我们的儿子和女儿
也都死了　我们的朋友和仇人
也平息了恩怨
干净的云彩下面走动着新人

一想到这些我的心
就像春风一样温暖轻松
一切都有了结果　我们不再担心
生活中的变故和伤害

聚散都已过去　缘分已定
百年之后我们就是灰尘
时间宽恕了我们　让我们安息
又一再地催促万物重复我们的命运

　　从今生今世写到了身后，还是我能够见证的吗？我说能。我能够见证的，是诗人的处世和襟怀，百年之后，不过是一转身的事。

　　好了，再如此"见证"下去是愚蠢的，我知道。

　　终归，艺术永远不会等于生活，不等于人，需要特殊形式的见证。

　　诗是感觉的文本，凝聚了的经验，其视野和目标更接近具体的异议、光明磊落的隐私，不可能是现实本身，甚至连准现实也不能接近。

　　看大解诗的活动起点，始终是一种生命体验。而体验，有时是个人的、内在化的亲历，是对生命瞬间的反思式直觉；有时好像例外，比如我们一起去拣石头，捡到了什么样的石头他的诗中才会出现；有时则是观察、感悟，如《衣服》，如《河套》上的草。他喜欢真实的事物给他的启示，但不依赖原型，有一种对神话内容的向往，因而他的作品更自由，更空灵，不被现实所累。

　　他的澄明的书写，大多是在处理两个向度上的事物，要么处理记忆，即"此刻"之前的事物，要么借助事物，直接进入对象，但点到为止，打破主观和客观、现实与意愿之间的界限，暗中确立虚幻中的存在，提供主观、能动的合理性。他把体验具体化、过程化、细节化，似乎在凌空蹈虚，却又句句落到实处；他用具体超越具体：通过具体、抽象，达成新的具体，保留具体经验的鲜活、直接，再以宁静但信心十足的精神命名势能，进入意味十足的想象力状态。

　　在他的每一首具体的诗中，人和事既是真实的，又是虚拟的，大部分是靠想象来补充的。就算有依托，如石头，如泥人，还摆在他家客厅，一旦进入作品，就搬了家，从生活现场来到了诗歌现场。从此，时间的向度失效了，他把他们领出了时间的禁区。

　　大解在他的《悲歌》笔记中一再说："语言的现实是最高的现实，是超越物理现实的存在。"不错。在他的书写中，你所感受到的一切，都不是对真实世界的绝对反映。语言担当了创造的重任，已经超出了对客观事物的表述功能。有趣的是，他的表面上的口语，实际上不能为口语转述。

大解又说:"在不断的对昔日的追踪中,诗歌帮助了我,让我写下大量的怀旧的诗篇,这些琐碎的瞬间的感受暴露了我的灵魂,同时也使我在匆忙的世上得到慰藉和安歇,我找到了高于生存的东西,并藉着它塑造出自己的生命。"

倒是后一段话,无意中道出了真实的大解。语言作为存在之家,诗体作为诗的房子,尽管都不次要,但真正重要的,还是诗的肌质、内质和活生生的诗魂,是诗人超现实主义式的想象力连同诗人生命力所塑造的新生命。

事体情理近在眼前

——读浪波诗选集《故土》

当我面对我熟悉的父辈诗人，就像面对我家老爷子一样，亲和，深沉，严正，神圣，令我敬畏。我常常写到母亲，把母亲比作什么，可是很难把父亲比作什么，不是不敢，是不能。这种感觉是命中注定与生俱来的，在机关，在家中，人前背后，诗人叔叔大爷从来就没有离开过我，以至于在河北省文联和省作协，有好几个和我年岁差不多的同事开玩笑说："向东比我们小一辈儿。随便从大院里找一个孩子，管我们叫爷爷叫姥爷，管你叫叔叔叫舅舅，你信不信。"我说，信。本该如此，本来如此，恰得其所。抛开世交不说，单单从诗的角度看，是父辈把我抱大，我是靠他们的诗哺育成长的。哺育之恩，没齿不忘。

因为父亲的诗书便利，小时候我就读过浪波先生的诗，可惜读了也白读，不会感受。真正过目不忘，是从读组诗《京华古意》开始的，那是上世纪八十年代初，我已经开始学诗，见谁就想模仿谁。记得读《京华古意》之一《景山》，读到"忠臣和驯仆今在何处？谁念我世代圣眷皇恩？一具尸身在空中升起，一个朝代在人间下沉。历史是一面湛湛明镜，毫发不爽照亮了古今：金城汤池挡不住风暴，千古兴亡皆在于民心"时，只觉得诗意与意义浑然一体，扑面而来，佩服得真是五体投地。恰巧有机会流连京华三日，我专门上过景山上过长城，去了圆明园又去颐和园，在回音壁前还喊了几声，只可惜胸中无墨无泪，感受不到，模仿不了。联系自己当兵，当时勉强得一首《安定门旧址情思》，好不得意，直接送到《诗刊》编辑部，有幸变成铅字。十几年后，在写作长诗《燕山》时，用上了长城和回音壁，写出了"尘埃零落了，青山不老 / 长城长，长城生长 / 在怎样的血肉上才能生长"和"就在我的对面，有个回音壁并不遥远"那样的句子。还有一个重要发现，也是在读《京华古意》时得到的，那就是：大诗人不能被直接模仿。

为了参加研讨活动，我又把诗集《故土》看了两遍，感受挺多。最终，我选择了一个很狭小的视角，就是像当年读《京华古意》一样，选择先生和我共同经历、面对过的东西，用曹雪芹的话说叫作"事体情理"的东西，作简单比照，说出我的感受。

读《洛阳牡丹辞》

饰以词采，约以声律，这样的诗令我迷醉。闻得着的是天香，看得见的是芳魂，诗人本为仙子，牡丹化为诗意。我看花，花看我，彼此两忘；花似人，人似花，物我合一。每个词都有灵性，真是感时花溅泪，于无声处甚至可以听见牡丹的一声叹息。我看见一个神奇的洛阳，一片神奇的中原，那是"故土"的缩影吧，可以诗意地栖居。

想到我，到洛阳一共五次，牡丹看我三回，我白去了，愧对牡丹。

读《诗史——记抗日诗传单》和《卢沟桥》

谈诗的诗，我读过一些，这首让我心灵颤动，令我沉思诗、诗人和诗的历史、诗的未来。重要的是它本身就是诗的，是形象的，让我一眼就看到了握着枪的诗人，拿着笔的士兵，看见他们在马兰纸上，在墙头上，依旧排着出击的队形，从血管里喷出鲜血，从枪管里射出怒火；并不次要的是，它是对现实的确立，对历史的命名。说确立，是我们这一代人特别是我们这一代诗人，的确需要接受这样的启蒙，需要这样的传统，需要这样的诗歌精神；说命名，是那历史的诗篇，无疑是血写的诗经，是一个民族英勇不屈的诗的碑铭。就在不久前，有朋友见我新近又写了一些抗日诗，还特意打电话来，说不要再弄那种东西了，写属于自己的东西吧。我不知说什么好。自己的东西什么样？那怎么就不是自己的东西呢？是先生告诉我，《诗传单》是"自己的"东西，《诗史》是"自己的"东西，是我们这个民族自己的骨头和血性。

与《诗史》有异曲同工之妙的，是《卢沟桥》，我喜欢它，还有另外的原因，就是我曾多次审视这座桥，却无从下笔。

"当老师摘下老花眼镜，挥泪演讲；山河破碎，秋风冷雨正摇着寒窗；他讲历史，讲京华故都风流文采；他讲地理，讲芦沟晓月春露秋霜；讲白玉栏杆狮子夜吼，低沉悲壮；讲七月七日一声号炮，慷慨激昂"，那么深远的历史背景，那么令人凄怆的历史，借助老师，借助教科书，形成抒情诗的艺术情节，形成简洁朴素的诗句，带领诗人深入其中，最后凸现于桥上："纵然化干戈为玉帛，怎忘烽火疆场；我在桥头，桥在我心头永远珍藏。"我倾向于把这心中的桥看作断桥，那是家愁国恨，但愿它有一天成为友谊之桥，那是后话。

读《枣树和母亲》

还是那棵老枣树

在故居的老屋

青瓦檐下，格子窗前

弓着腰站在那里

谦恭而倔强

如我的老母亲

还是我的老母亲

在故居的老屋

格子窗前，青瓦檐下

在那里弓腰站着

倔强而谦恭

如那棵老枣树

读到这儿，此诗意尽，我一下子就成了孩子，回到老屋，站在炕上，扶着窗台，透过格子窗，看见了弓着腰的母亲，看见了那棵老枣树，看见他们的影子重叠在一起。恰巧我家老屋前就有这样一棵枣树，恰巧我就有这样一位母亲，诗，唤起我的记忆。仔细想来，有多少格子窗前有这样的枣树，又有多少这样的母亲！这就是诗的发现，它的最大特点是，似乎谁也没有注意，诗人注意了，真切地贴近普通人的日常生活和普通人的正常思维，又绝对是诗。

读《愚公》

"太行王屋万仞险，巍峨耸峙门前，开辟千里通途，你毅然扛起扁担。担山担水担日月，自知任重道远，代代传递，从你的肩，到我的肩。"从这首诗中，我读出的是乐观、自信和担当。我也写过愚公，那是面对王屋山愚公雕像的时候，猛然想到的是"头一个醒来的老汉／首先学会了沉思的老汉／竟然姓愚"，看到的是"他是普普通通的老汉／地地道道的中国老汉／与我爷我爸一个样儿／因劳动而活着／为活着而劳动／残损的手掌／只听从内心的使唤／让命运／随它的便"，而最终，"在他的眼神里／山还是山"，这就是差异。真正的诗人以自己的诗篇作为他生命形式的呈现，而他的生命留在了诗中。

读《韶山行》

　　这是我至今读到写韶山的最不寻常的一首诗，说它不寻常，表面上是因为它特立独行，实质上是因为它没有作伪，没有作秀，看到了寻常，说出了寻常，说出了生存与生命的真相，因此一说即盛。它使我想到"诗与真"这个古老命题的现实意义。为了表达我的喜爱，我趁便抄出《韶山行》，愿意大声朗读它：

　　　　山也寻常，水也寻常，路也寻常，
　　　　没有神圣的光环，何必杜撰夸张；
　　　　寻常人家，寻常田舍，寻常风光，
　　　　不须虚饰的油彩，依旧土色土香。

　　　　寻常处，不寻常，当年虎卧龙藏，
　　　　神州陆沉，有铁肩担当天下兴亡；
　　　　不寻常，却寻常，荒寒陋室空堂，
　　　　千秋大业，从来是起于僻野穷乡。

　　浪波先生从1956年开始创作，1957年发表作品，已经五十多年了。记得冰心先生曾经说，年轻人几乎人人都可能成为诗人，如果到了七十岁还能写诗，那才是真正的诗人。浪波先生七十多岁了，七十多年诗心常在，五十多年创作不衰，至今仍在完善着一个诗人梦，是真正的诗人，本色的诗人。套用他的诗句，叫做"天长地久有时尽，此情无尽！日月星辰或可灭，其志不泯"！他置身于有生命力的传统之中，始终关心生存和生命的力量与真实性，努力唤醒历史记忆包括故土的记忆，是一个有精神大势的人，有着真正的快乐和悲怆；他以史为咏，以事为咏，以理为咏，以情为咏，以字以词为咏，澄明而又刚健、工整而又华丽，个性鲜明，不满自成一格，终于自成一体。他的诗，读来大气磅礴，饱满奔放，篇体光华，风清骨峻，有赤子之心，有金石之声，有慷慨悲歌之气。我难以一一解读那些杰出的诗篇，只是读一读，觉得赏心悦目觉得能够意会，启我心智。

并非偶然的旅行

——读《王琦诗选》

1989 年，王琦的诗集《灵魂去处》问世，为他赢得诗的声誉。随后，王琦悄然挂笔，但熟悉他的诗友和读者，一直没有忘记他和他的诗，毕竟，只要谈论塞外承德乃至河北新时期的新诗创作，就离不了他。

新近，《王琦诗选》由作家出版社出版发行。说是诗选，其实是新作选，对十几年前的作品，只象征性收录。我承认，解析他的新作有一定难度，或许一说就错，这难度，是我在这里更多欣赏而少解析的原因之一，但主要还是因为，我觉得用王琦的诗行恰恰可以进行"王琦判断"，他的诗行本身，比任何解析都能更充分、清晰地显示他的心迹、新的灵魂去处。王琦在《这些年》里说：

这些年不敢回想

这些年还没等想一想

就没了

这些年过来不容易

这些年走了几千年

抑或从新开始

这些年的我也不知去向

    如上诗行，初读给我以错觉。尤其末尾两行，给我的印象关乎一个诗人"这些年"及其当下的状态。沿用新时期之初迎接"归来"诗人的思路，加上前些年对"重新做一个诗人"呼唤的积极响应，当王琦借助网络再度现身于诗人行列继而出版诗选，我们很容易把他看成"归来"者，这"归来"或"重新"，倒是便于说明他的心灵对诗的选择和归属，以及他的脱胎换骨。待一一读完《王琦诗选》，我不得不说，王琦本色是诗人，拥有诗化人生和对永恒精神的信仰。他沉浸于诗，何曾离开，只不过是他没有跟着赶集，他沉着，不怕孤独，不凑热闹，不肯把分行的文字随意写在纸上。而他的心，始终是一颗诗心。对他来说，写作不是某日某年的事情，而是一生的事情，甚至是以长时间沉默对抗虚无。但在现代理性动力的支持下，他暗中行动，踏上寻诗之路，"这些年走了几千年"，逆水寻源，朔风而行，以自己的方式加入古今和中西纵横两大传统。事后他才说：

当太阳熄灭大地漆黑

人们只依赖心灵的光芒

……

为什么先哲们都逃走

只剩我一人

光天化日下泪流满面

无数次追问

从屈原开始甚至更早一些

沿着殷商甲骨的纹理

> 沿着黄河无数次改道的河床
>
> 沿着谷穗倒伏的方向

这"从屈原开始"的《一声追问》，是屈原式的追问，屈原式的疼痛，也是屈原式的浪漫与承担。大河改道，流水无常；谷穗倒伏，疾风所驱。诗人置身其间，喃喃自吟——《我带走那些难题》：

> 欲望多么可笑，捉弄我不止一次
>
> 这应该是最后一次
>
> 现在我背对你们，往回走
>
> 那是我来时的道路
>
> 我的疲倦，来自挣扎
>
> 来自微弱的一次感动
>
> 我将迎着太阳，以逆光的角度
>
> 完成一次偶然的旅行
>
> 现在，我回去了
>
> 我要带走那些难题
>
> 把美好全都留下

至此，王琦"以逆光的角度／完成一次偶然的旅行"。最终，依赖心灵的光源，他在人与自然的契合处找到了"自我"——一个《影子》：

> 我是水中的倒影
>
> 无声的影子，无法回到岸上
>
> 我在水中慢慢下沉

我也曾与你们一起
与这些沉默的旁观者
观察自己
怎样松开命运

我要离开，不做挣扎
离开这莫名其妙的光的傀儡

说是"我要离开"，实际上是沉潜；因为不再挣扎，内心反而平静；"一次偶然的旅行"，也并非偶然，而是出于求索的自觉。"我背对你们，往回走，那是我来时的道路"，为我们暗示了其求索的方向、精神运行的向度：生命开始的时候，连绵血脉的上游⋯⋯

那么，这么多年默默的求索之旅，王琦获得了什么？

窃以为，是告别又重新返回的现世生命体验，是一个诗人的精神自治和对自我生存状态的命名能力。此时的王琦才是王琦，不再像别人。他的人生，他的心灵，通过他的诗行变得可以触摸；而诗行，不再背叛他的内心。

我们成长起来的时候
天已经冷了
我们不是麦子
但是我们错过一次深深地扎根

亲人在心里　家在很远的岸上
又是秋天
我们不是麦子
却一片片倒下

　　《又是秋天》片段，或许在有的读者看来，并不起眼，但令我惊心。理论上，每一个读者都是另一首诗，其实也不尽然。王琦和我，都出生于"瓜菜代"，赤脚穿过十年浩劫文化废墟，我们感同身受。"我们成长起来的时候，天已经冷了"，注定"一片片倒下"，这样的现实，被王琦确立了，同代人的命运，一经揭示和命名，读来忽然心热，想来三生齿寒。

　　生命和灵魂，曾经是王琦创作的起点，当下已成根基，使他的诗篇充满了奇妙、神秘、诱惑和注定的悖论。

　　如果说，在《灵魂去处》时期，王琦的诗中同样充满生命经验，灵魂的苏醒和呼吸，但较多类的概括，整体性情感歌吟，或隐喻，或对历史现实直接评判，那么而今的诗篇，则通过生命体验——一种比经验更深的人生切入，形成了体验与生命同构、共生以及与时代生存的密切观照，生命因体验的亲历上升为"思"，无数细微的事情，融合为宏观的、普遍的把握。《倾听〈天堂的阶梯〉》和《今晚的风这样急》，堪称代表。

> 把音量调到最低，使双脚并拢
>
> 才能与这支曲子平行。肖邦的专注像一位工匠
>
> 只是敲打的节奏更有顺序，更加幽深
>
> 让我们快乐地迈出右脚，踩住低音的区域
>
> 一串身影开始攀爬，谁也没有表情
>
> 我们失去感伤，失去依托
>
> 在这段平缓的叙述中身体悬空
>
> 坠落。不可想象，深渊就在下面
>
> 袭人的寒气穿裆而过
>
> 也是四分之二的拍子

　　这是全神贯注的倾听，个人化的细致，内在化的亲历，个体生命的瞬间展开和对生命瞬间反思式的诗性直觉。"深渊就在下面"，是发现，也是感悟，一刹那，诗人唤醒了对生存的警觉，打破的鬼打墙式的噩梦，超越了人生中的凄迷和狂妄，显示出令人震颤的本真。

　　与《倾听〈天堂的阶梯〉》不同的是，《今晚的风这样急》，先是进入、在场，而后拉开一定距离，一边叙述，一边分析自己的叙述，化见为识，最终伴随诗的形象回到现场。成熟的心智使一个普通现象转化成为经典性的、对人具体生存情境的分析和研究：

今晚的风来势很急

不知穿越了哪些时间哪些地点

在我的背后突然加速

在我的眼前突然一片羽毛飞起来

是上下翻飞

告诉我它和风一起存在

跑在前面的还有树叶

树叶后面是尘埃，尘埃后面是我

在这样的急风中

我被很轻的物质架住胳膊

不走不行，我知道风的来意

它已经跟踪我很久

现在我像羽毛一样

轻的没有丝毫的信心

我开始上下翻飞

——像一个同谋者

扑向前面的人

一阵风——或许压根儿称不上事件，作为现象，也是平常，来了就来了，去了就去了，那么多人经受，但从不记住。是诗人的瞬间体验、立象，使它形成不容置疑的、被广泛理解的存在；是诗人的在场，给出如风的有限人生的瞬间姿态。

这就是境界——诗的境界。

我要称道的，正是这样的境界。我们写诗、读诗，常常觉得缺那么一点点东西，缺的是什么？就是这样的境界。写作的难度，就在于达到这样一种境界。在并非偶然的旅行——有了自己的传统、文明，有了一再告别又重新返回的现世生命体验之后，王琦写着写着，顺手一推，就把事件性的叙述转变为情感的抒发、对事物的命名或对现实的确立，境界就出来了，就比以前高了许多。

诗集《母亲》本事

堂弟福君诗集《母亲》问世，作为家里人，我先睹为快，最早被感动，并以参与操持河北省诗歌艺术委员会之便，回乡张罗这个诗集首发式，但因全国哀悼日，原定的首发式延期，只好先写了几句话给他：

不管是谁，都有母亲。

但不是所有的母亲都有一个好儿子，更不是所有的母亲都有一个充满爱心并善于发现善于表达的诗人儿子，也不是所有的人都有一个充满强大生命力、充满诗意的母亲。你诗中的母亲是有福的，你是有福的，母子相得益彰，若有神助。你们娘儿俩是我的亲人，我觉得非常幸运，我常常暗暗祝福你们，今天，让我再次深深地祝福你们。

写母亲看似简单，事实上很难，写好更难。我也有一个好母亲，也曾经多次写到母亲，希望自己写出母亲唤我回家的那种声音，写出母亲心疼我的那种眼神，可是我至今没有做到。"母亲"，自古以来作为诗的母题，题材不新，不但不新，甚至可以说被人写烂了。立意呢，按习惯的看法，也很难再高起来。鼓舞我的是，与众多写母亲的诗歌比较，你的这些诗，具有突出的特点。第一，诗中的情感真挚动人。一方面，是你对母亲极至的爱心，另一方面，是母亲的至善、至纯、至美，两者缺一不可，互为支撑；第二，感情的表现取得了情境、想象、诗意和意义的有力支持，具有鲜明的个性和时代特征，突出的例证是这样一些诗篇：《母亲的手机》《母亲的上午》《山桃花的对面住着妈妈》《给喜鹊喝杏仁露的母亲》《母亲把带"福"字的苹果藏起来》《母亲的七个没有棉袄的冬天》《母亲的预言》《欺负刘肝儿这样老实的人有罪》《母亲，让王保庆生前吃了五顿饺子》《母亲的遗憾》《让母亲想了三十年的知青》《捡果子的母亲》《母亲说给病重的父亲》《母亲与姚明》《母亲夸吴仪》《听母亲唱歌》《高速路边的母亲》《母亲对"神药"夸个不停》《母亲看到了她永远的家》，我之所以数家珍，把这些诗篇一一记录在案，是因为这样的诗，古人望尘莫及，今人望诗兴叹，你们娘儿俩已经分享了这些诗歌专利，拥有独立知识产权……

前几天，我的老师、诗歌批评家陈超教授读过《母亲》，欣然写了一篇读后感，其中有"看似寻常实奇崛，成如容易却艰辛，《母亲》是一部从内容到技艺都颇有魅力的诗集……是中国诗坛亲情诗的重要收获"这样的话。能够得到又一位专家好评，为福君，甚至为我自个儿，我都打心眼儿里高兴。

福君却因此不安，来电话问，如果拿去发表，类似"这样的诗，古人望尘莫及，今人望诗兴叹"和"是中国诗坛亲情诗的重要收获"这样的话是否言重了？我说陈老师是由衷的，你见他无原则地夸过谁啊？至于我说过的话，当然也有依据。

福君诗中的"母亲"原型，是我八十岁的"大娘"，"娘"而且"大"，对我，虽不能说比我的生母重要，也并不次要。我是亲眼看着我大娘生活亲眼看着君弟写诗的。

诗人雷抒雁在《诗刊》上读到福君一个写母亲的组诗，曾经夸奖说："刘福君写母亲，用的全是'真材实料'。他既不虚构母亲形象，编织离奇故事；也非理性阐发，写母亲的善与美，高大与非凡。他的母亲是一位质朴的农村小脚老太太，在她身上体现的精神，是每个农村孩子几乎都经历过的母亲的宽大与深厚。而这一切，刘福君都以真切的细节和故事表达出来，让我们面对他的母亲，如同站在自己母亲面前，眼里潮湿着，直想喊一声："娘！"

是的，全是真材实料，包括细节和故事。我核对了一下，诗行中出现的那些名字，除了"王保庆"不姓王，其他都和吴仪、姚明一样是真名实姓；福君买了手机，放在母亲枕边，几乎天天和她通话，于是就有了这个诗集中的第一首诗《母亲的手机》。老太太只会接听，不会拨打不会发送，拿着手机对我们说："我是管接不管送啊"，本来这已经是诗句了，可惜在福君参加一个诗会时被大家讨论掉了；因为年年把带"福"字的苹果带回家，因为我的堂兄弟的名字中都有一个"福"字，才有了《母亲把带"福"字的苹果藏起来》；为了供刘阳老叔和大哥福堂念书，我大娘的确有过七个没有穿棉袄的冬天；类似给喜鹊喝杏仁露这样的情节，编是编不出来的，就连桃花，就连栗子树，也确有，而今在原生地和诗中同时生长；至于"神药"，是福君买的，叫"人血白蛋白"，我大病中的大伯，今年春天几次就是靠此活过来的……

我之所以说一部《母亲》，"古人望尘莫及，今人望诗兴叹"，理由就在这里：这些诗篇，是在特定的生存背景和精神背景下由娘儿俩用人格共同完成的，对于母亲，是灵魂的分娩，对于儿子，是生命的重铸。他们的所作所为，把这些诗和其他人的诗从根儿上区别开来，换个人，无论多么技艺高超，也无法复制这样的生活和心灵；单从个体创作角度上看，或许可以说是一位平凡而伟大的母亲，成就了一位诗人，但这位诗人，是在取得了一个合格的儿子的资格之后才上岗的。

所以我说，从一定意义上，这部《母亲》，是一部诗体母亲史，同时是一部深情孝子史。

但请不要误会，虽然《母亲》是具体的，诗行是具体的，但它并非

"本事"，也不是关于母亲的小型纪实。私下我拿福君的《母亲》与捷克诗人雅罗斯拉夫·塞弗尔特的被诺贝尔文学奖评委称为"感动了一个民族的赤子诗篇"的著名诗集《妈妈》进行粗略比较，发现许多东西是共同的。比如写的都是具体的、个别的母亲，都以"如其本然所是"的方式呈现，但在诗的本质上，终归是一种思考性的行动。看似直接的、原来就在诗人身边"母亲"，同样经过了感、觉、悟，经过了提炼，经过了主体心灵的渗透和想象力激活。我格外偏爱塞弗尔特的《妈妈的镜子》，就像喜欢福君的《母亲的上午》《母亲把带"福"字的苹果藏起来》和《高速路边的母亲》，有兴趣的读者，不妨比较一番。

透明的诗心

接连两个长夜，沉浸于一部诗书，在我三十多年不间断的阅读中不算例外，但少有。我说的是《霸州诗词选》，选入2008年河北霸州市149位诗人创作的1192首诗词。即便不看内容，仅2008、149、1192这些数字，相对于一个县域的诗词队伍及其创作，就值得特别关注。何况它赏心悦目，令人沉浸其中，让我看见透明的诗心，一颗又一颗，亦真，亦善，亦美。

> 雪，落下一张洁白的卷子
> 任人幻想，任人涂抹
> 儿子以麻雀的姿态飞出屋门
> 书包似乎轻了许多

此乃王永才的《雪，落下一张洁白的卷子》首节。天大地大的卷子，蓦然铺在面前，而它不是空的，以麻雀的姿态飞向它的孩子，就是活灵活现的答案之一。孩子身后的书包，因一时快乐似乎轻了许多，实际上依然不失沉重，如同麻雀背负天之一角。

去年我盖新房

　　特意留一块空地给你

　　春，你也盖一间吧

　　那样，即使你走到天涯

　　我们也是邻居

　　张书杰的《邻居》，轻灵而不轻薄。深邃的灵感，动人的启示，惜春爱春之情油然而生。春，或许真的就是季节，或许真的就是芳邻，是心上人，也说不定。看着看着我心一动：好吧，杰，俺就是春，到哪儿我都要带上你！

　　你的半生

　　我的半生

　　我所记得的

　　绝不仅仅一生

　　这是齐芳的组诗《母亲》之六《从沉睡中醒来》，字字平实，内里见心。从沉睡中醒来，一念，涉及两半辈子，今生和来世。诗人身边沉睡的人啊，你多有福，我听见此刻你在睡梦中笑出声儿来。

　　叫我格外偏爱的另一位诗人，叫王之峰。你看其（之峰和霸州所有诗友请谅解，您们是男是女，在下不敢妄断）《见证·旁观者》：

　　瞬间

　　泥水掩盖了大地的缝隙

　　炊烟变换

　　卷曲的课本里沉淀尘世的波澜

　　阳光留下

　　洁白的盐

一张白纸
有了
可以重写的背面

　　诗人在场，是亲历者，又是旁观者，双重视角，双重心态。改革
开放中社会与自然的历史性变动，给人以创世的感觉，但摆在我们面
前的不再是一张可以画最新最美图画的白纸，"可以重写的背面"，意
味深长。再看其《多少年》：

多少年
年画旧了
换了又换

多少年
引来海水的牧人
放弃大海
得到盐

多少年
书上的尘土
一层层沉淀
屋门有了欢乐
和痛苦的片段

　　暗里我把"多少年"，看成人类漫长的历史或全部历史。"放弃大海，
得到盐"，变化中结晶的生命滋味；"书上的尘土，一层层沉淀"下来，

大地成册，是文言的线装的风、雅、颂，也是春天的故事，全新的片段。这些看似漫不经心的诉说，其实是格外精心的"宏大叙事"，含有超越叙事的寓言功能。

抄下这些诗行，凝视再三，随手记下一些感受。

随手一：

我个人欣赏这样的写作，有生命，有精神，有自我，有心灵。诗人的生活和诗歌是连在一起的，诗里所要实现的人生，和现实人生密不可分。正是这些名不见经传的诗人，在生命和生活现场，有感而发——承接了诗歌写作最重要的精神命脉。

随手二：

这些诗，明白晓畅，通俗易懂。说明白晓畅并非专指语言，说通俗易懂亦非专指语法。以普通人的思维和习惯，表达对万事万物的观察和诗的感受，想象和内心，看似不难其实不易。

随手三：

他们歌唱生命和爱情，揭示人与自然，探索时间和命运，不求共识，但求磋商与对话，有着敏感的审美和繁复的心灵活力，捍卫了诗的真实性和诗的想象力，使二者互相激活并达成平衡。

随手四：

我特别看好他们的"在诗状态"，即在诗的感觉上、对诗的迷恋和生命的本真状态上。

随手五：

诗歌的内质和精神，决定诗的成败。这些诗人，有生命力，有精气神儿，横竖都能写出有活气儿的诗篇。

或许有人会问，这些诗有你鼓吹的那么好吗？看起来它们不够时尚。是的，当下时尚，常常是支配写作的主要动因，在这一点上，霸州诗人似乎"落伍"了，固执于自己的精神境界和艺术信念，不左右随风，不低昂随流。表现在形式上，《霸州诗词选》有"怀旧"迹象，不是偶然的，从作者队伍和作品数量上看，学习写作旧体诗词蔚然成风。

　　　　小弟随哥后，阿爷我拜年。

　　　　姑姑忙抱起，压岁买书钱。

　　　　　　　　　　　　　　　——《拜年》

　　　　匠心生妙趣，双雀斗蜘蛛。

　　　　稚子疑谁胜，悄声问小姑。

　　　　　　　　　　　　　　——《题扶耕画雀》

　　信手拈来的是张占魁的作品，随意但非随便打油，有诗词的韵味，但一看就知道是当代人作为，呈现的是新时代新生活风貌，我朦胧觉得，这暗合旧体诗词现代化的前进方向。

　　霸州诸位同好，我钦佩并感谢您们。那么多人说诗歌历来是小众的，不是谁都有一颗诗心，面对您们，我看见诗歌是大众的——诗的大众化传播有空间与时间两个向度，拥有广泛热爱或传之四海的空间普及是大众化表现，经久不衰的时间普及则是大众化另一种体现；我还看见，众人都有一颗透明的诗心，天和地，也都有一颗透明的诗心。

对变味儿歌的态度

——在河北儿歌研讨会上的发言

分配给我的发言题目是"儿歌与儿童早期教育",碰巧有些话说。家父和我都是写诗的,比较注意诗教。在我女儿小时候,让她背过许多古诗、儿歌,那时,正好我父亲创作、整理了一本《小宝宝歌谣》,曾一首一首读给他的孙儿和其他孩子听,验证孩子们是否喜欢。本来我以为,女儿因此是记住了许多古诗、儿歌的,事实上,并不如我所愿。前段时间,她写了一篇作文,叫做《属于我自己的歌谣》,记述了这件事情。她说:"儿时背过的唐诗宋词早就就饭吃了,而今记着的,全是上学以后在书本上学的。至于儿歌,我还真记着两个,并且,从刚刚记事记到如今。其中一首是爷爷整理的'小白兔,去赶集,买个萝卜当鸭梨;咬一口,怪辣的,从此不买带把儿的。'(她说听爷爷一念就记住的,只有这一首)另一首,情况特殊,令我没齿不忘,长在骨头里了:'我叫刘远芳,家住石家庄;老家兴隆县,爷爷是刘章。'这是我刚刚学会走路时,爷爷怕我丢了,专门写了个纸牌,挂在我脖子上的。"孩子的记述大体是准确的,这两首歌谣,已经成为其记忆。记忆选择了这些而没有选择其他,有可能是一个人与另一个人的根本区别,仅从儿童早期教育的角度看,或许也表明了什么样的儿歌才具有实质性的意义。我的孩子就说:"我总是把我自己与爷爷写给我的那首歌谣联系起来，把自己和老家联系起来，和血脉联系起来。却原来，老家——养育了我爷爷和我爸爸的那山那水那小山村，也在冥冥之中保佑着我，并且，让我拥有属于自己的歌谣！"应该说，这孩子从这独一无二的歌谣中受益不小，甚至比我们想象得到的还要大。

近来，正视变味儿歌的呼声越来越高，尤其是那些孩子们在校胡编或改编的偏激、夸张甚至低迷、消沉的儿歌，让老师和家长们全都"一声叹息"，认为事态非常严重。窃以为，对此确实需要正视，反思我们的社会及儿歌创作，但绝不可以大惊小怪，天塌不下来。

我早就注意到了孩子们自编或改编儿歌。早在七八年前，我女儿刚上小学，一帮孩子就围绕《射雕英雄传》编了一个老长的歌谣，开头是"郭靖来到桃花岛，遇上黄蓉在洗澡"总共有好几十句，表面上非常荒诞，细心体会，又觉得非常流畅、精彩。也是在那时候，大院里有几个孩子常挂在嘴边的一首儿歌是：

> 一个小孩儿穿着红凉鞋
>
> 高高兴兴去上学
>
> 老师说他年纪小
>
> 背着书包往家跑
>
> 跑跑跑，跑不了
>
> 了了了，了不起
>
> 起起起，起不来
>
> 来来来，来上学
>
> 学学学，学文化……

我一直跟踪这几个孩子，在他们读到三四年级的时候，他们还能背上几句，后来，异口同声地说一点儿都记不得了。倒是我记住了。由此我想到那些目前正在孩子们中间流传着的被认为是"变了味"的儿歌，如"我在马路边 / 捡了 10 元钱 / 马上交到警察叔叔手里边 / 他手里拿着钱 / 转身买了烟 / 我对叔叔说一声：你真不要脸！"之类，并不特别可怕。针对这样的儿歌出现，已有教育工作者指出，至少有三个问题值得注意：第一，这些"儿歌"反映了长期以来在孩子成长过程中存在的问题，只不过现在是孩子自己提出来了，更说明问题的严重性；第二，孩子们能够把压抑在心底的东西唱出来，可以说是一种进步，是他们自主性提高的重要体现；第三，换个角度看，孩子们变着法"改编"歌曲和传统儿歌，说明适合儿童的歌曲和儿歌太少了。我大体同意这些分析。

那么，针对孩子们自己动手改编、篡改歌曲、儿歌，我们当持什么态度呢？

记得汪曾祺先生生前曾在《童歌小议》一文中指出，不外乎五种态度：

> 一种态度是鼓励。截止现在为止，还没听到一位少儿教育专家提出应该鼓励孩子们这样的创造性。第二种态度是禁止。禁止不了，除非禁止有童年。第三种态度是不管，由它去。教师对淘气孩子"唱那样的歌傻了眼。"傻了眼"不失为一种明智的态度。第四种态度是研究它。我觉得孩子们编这样的歌反映了一种逆反心理，甚至是对于强加于他们的过于严肃的生活规范，包括带有教条意味的那些严肃歌曲的抗议。第五种态度是向他们学习。作家应该向孩子学习。学习他们的信口胡编。第一是信口，孩子对于语言的韵律有一种先天的敏感。他们自己编的歌都非常顺，非常自然，一听就记住。……其次是"胡编"。就是说，学习孩子们的滑稽感，学习他们对于生活的并不恶毒的嘲谑态度……

取哪一种或几种态度，汪先生讲的是再明白不过的，值得我们记取。

　　二十世纪八十年代，思想政治工作者有过这样的慨叹："老的方法不行，新的方法不灵。"很像是时下我们的儿歌的境遇。老儿歌在消亡，新儿歌在生成。值得注意的是，老儿歌大多无作者，是爷爷奶奶、姥爷姥姥、爸爸妈妈顺口编出来的，也有些是孩子自己编出来的，创作于有意无意之间，富于生活情趣，再经大家伙儿修订、修正，朴素，沉静，朗朗上口。而现在的儿歌大多是创作的，作者队伍小，有时又过于刻意，强调教育意义多，概念大于形象，往往事倍功半。孩子们或许什么都缺少，都需要，但有一点是不缺少不需要的，那便是强加给他们的思想。

　　创作一首好儿歌是非常难的。在孩子们中间流传着的儿歌，如果哪个是专业作家的作品，那么这位作家，一定是了不起的作家和教育家。我对这样的作家充满感激。

快乐的自由撰稿人

——陈超教授和他的诗学研究

　　如果不是我过于熟悉我的老师，而仅仅是他诗学研究著作的一个读者，或者有一面之交，只记住了他那老成的表情，或者听过他的课，我想我不怀疑他是正带着一群研究生的中文系教授，不怀疑他的实力诗歌批评家地位，但我不相信他是 1958 年出生的人。他的学问他的人，都太成熟。

　　同样是因了我对陈超老师的熟悉，我说我有把握认定他的诗学研究并非从理论中确证理论，而是有着如醉如痴的描述"当下"的热情；他写作的个人方式，是介于诗人与批评家之间的那种，类似于快乐的自由撰稿人。

　　他说："是。"

　　但这并不妨碍陈超成为理论家。他是理论家，同时又是诗人，有大量诗作。我十分赞同他的话语立场，十分乐于接受他的那种诗情随笔式的表述。对他来说，文体或许并不是特别重要的，重要的是那些被精神浸透了的可以让人获得愉悦的文字，是自由的心性。

　　近年来，陈超老师给自己规定了两项任务。一是立足文本细读和形式感，经由对诗的历史语境的剖析，揭示当代人的生命话语体验；二是将诗放置到更广阔的哲学人类学语境中，在坚持诗歌本体依据的前提下，探究诗的审美功能。实际上他的这两项任务是沿着一条线索展开的，这条线索就是研究个体生命——生存——语言之间的复杂关系在现代诗本体中的展现。

陈超老师认为，诗学研究的本质，乃是其对形式自足体和深层话语结构的分析，它不能离开现代语言学和结构主义的基础而专事于"印象"的批评，要有明确的适合于对象的方法论。高度的专业作风，使陈超老师的诗学研究取得了实质性进展，在诗学界产生了强烈反响。是他最早开启了我国诗学界新批评"文本分析"的先河，他的自觉的立足于细读之上的诗歌分析，标志着诗学在方法论上的根本转型。"文本分析"的重要成果是其专著《中国探索诗鉴赏辞典》，精彩准确的文本分析，独到的见识，丰富的诗学理论、诗史知识，使这一著作具备了很高的科学性和学术价值。研读他的这部著作，我觉得在他与真正的诗人之间存在着一种心灵的默契，每个诗人都可以通过他的眼睛反视自身。

尽管在我国诗学界有不少人认为陈超老师是"诗歌形式问题专家"，但他并不是一个形式主义者。读过他的另一部重要著作《生命诗学论稿》的读者会发现，虽然他十分关注诗人运用材料的方式，着迷于对诗歌本体依据的研究，但在个人方式上，他是始终坚持对终极关系、价值重建进行紧张追向的理想主义者。他在不断地寻找证据，来证明诗歌乃是生命的诗歌，诗歌理论即是生命的理论。因而，对光明和正义的追求，对通向精神高迈圣洁天空的仰望，就成了他的基本姿态，成了他抒情力量的主要来源，成了他进一步发展自身的力量。

陈超老师说，他希望能够从诗歌界各个不同的创造力型态中，都发现某种为他喜欢的东西，而不想彻底执于某一端。他认为他的随时肯定又盘诘，亲和又拆解的立场，使他不同阶段的诗学向度呈现出自身的磨擦，表示要不停地清理自己的思路，靠修改自身过活。我对他的"修改自身"特别在意，我想正是这一点，才让人不断体会到他的包容与超越，他的年轻和他的"自由撰稿人"的快乐与活力。

大地的女儿

——读叶玉琳诗集《大地的女儿》札记

1993 年秋天，在诗刊社举办的第 11 届"青春诗会"上，诗友们说我是"山民"，说叶玉琳是"大地的女儿"。我本山民，写过一本名为《山民》的诗，带到诗会上的诗，写的依然是山民，真山民也。而叶玉琳呢，生长在大海边，应是海的女儿，为什么说她是"大地的女儿"呢？不为什么，大家只是有那么一种感觉，就那么一说。今年初，她从福建打电话来，说她的诗集入选"21 世纪文学之星丛书"了，一听她的音调，就知道她是在好大的兴奋中。她的兴奋，是因了出版这部很是值得兴奋的书吗？她说：不，是因为诗集名为《大地的女儿》。

她多么看重自己是大地的女儿呵。

最早，我是在《星星》诗刊上注意到叶玉琳诗作的，她的那些清沌、细微、源于心灵深处的诗句，很是让我圈点一番，这个女诗人，真好。待我们在河南云台山相逢，见到她，我又说：真好。一起说诗，她说她实在没什么话好讲，说了几句，脸红了半天；再看她带到诗会上的诗，是写在一个小小日记本上的，和日记混杂在一起，并且不多，以为她的写诗，并非志之所之，不过偶尔为之，偶有所得。诗会过后不久，她给我寄来《车过河北平原》《回望太行》《西行列车》等新作，一看，把我给震了，好家伙，构思的缜密，语言的纯净，诗意的发掘，手法的夭矫，无不显示出她作为诗人的卓越。

因为我们同车从河南到河北，我对她的《车过河北平原》《西行列车》的写作背景是熟悉的。正因为熟悉这个背景，她的从平凡的、习以为常的事物中敏锐地捕捉诗意、深意和优美旋律的能力，才更让我吃惊。她在《车过河北平原》一诗中写道：

　　你难道真的不知道我为谁而来

　　在这片红土疙瘩上

　　背靠的是哪一个宽肩汉子

　　会心间是哪一只青骡

　　如果没有这一身风尘

　　又怎么会让我遇见

　　相约着今夜，车过前川……

她在《西行列车》中写道：

　　已经有了第一个梦

　　还会有第二个梦，第三个梦

　　自那遥远的晴川腾空而出

　　谁都是为了奔赴一个光荣的使命

　　此刻胜利者已微笑着沉沉入睡

　　只有我那么贪心

　　暝色中对你再次期待

　　因为你的默视而含羞

据林莽先生在《大地的女儿》一书序言中透露，在审读"21世纪文学之星丛书"时，吴思敬教授对叶玉琳的诗有过这样的审读意见："诗人似乎不介意于八十年代中期以来'第三代诗人'的喧哗与骚动，更没有去追求'后现代'效应，她只是恪守着自己的本性，真诚地敞开着自己的内心，委婉、深情而又灼热地唱着自己的歌。这是自舒婷以来，福建出现的又一位有才华的女诗人，她受舒婷的影响，但未被舒婷所拘围，形成了自己独特的风格"。如此的审读和评价，真是再好不过了。

叶玉琳生长在福建霞浦，在她写出优秀诗作之前，从未出过远门儿。对于她，比远方更远的地方是心灵，许是一无所有，但她拥有实在的日子和脚下坚实的土地。属于她的昨天的生活，肯定是极为平常的那一种，在传统的秩序中缓慢地运行着。这显然不是成就诗人的有利条件，但它又确确实实成就了诗人。叶玉琳与许多诗人的不同在于：她没有让世界适应自己愿望与幻想的企图，没有那么多的虚荣，她自觉接受她所面对的一切，并主动亲和，不蒙骗自己，更不逃离，善待大地上所有的事物，以客观的态度去抒写存在者的存在，最终，她还把她所得到的一切，都看成是大地的赐予。

因此，她是大地的女儿。

她是大地的女儿，拥有自己温暖的爱和灵魂的房屋。她的心，是异常宁静的，因而她总是可以听到隐藏在大地深处或房前屋后的声音。她的谛听，成为她不竭的倾诉的泉源。

在许多人一再追问对于诗人来说怎样的生活才算是真正的生活时，叶玉琳用诗告诉我们说：答案就在我们身边。从叶玉琳身上，我甚至觉出有使自己的生活的方方面面服从诗歌创作要求的可能性。

说来说去，叶玉琳在诗中到底都写了什么呢？大多凡俗的事物吧：插花、对镜、传说中持灯的人、婴儿床、河口、沙田、杨家溪、木兰坡、西禅寺、毛竹、秋葵、采石场、蘑菇房、牛蒡草、西洋鹃……她写了这些凡俗的、平常的事物，弄不好，是会写得不能免俗和稀松的。好就好在她有她的写法。

她是以她自己的方式与诗相遇的，有着卓然自立的自己的声音：

都是些冷而清亮的光羽

梳理着经年的美丽

离家的日子一一在握

心却渐渐变得凹凸

你不知道我十枝眉笔都是捷径

条条通往重逢的欢欣

你不知道薄粉最似秋雾

直把黄花挣作腮红

——《对镜》

就这样无端地盼望

在跌落牛羊的地方

牧归的少女一手提着草裙

一手提着夕阳

孤独的岩鹰泊在她的发梢

如果此时星星流了泪

那也一定在说

振翅吧开化吧我的土地

是石头是大鸟都得飞翔

——《沙田》

　　叶玉琳就是用这种超乎于技巧之上的心灵的声音，用她倾向于入世近俗的平民态度，不紧张，也不尖新，沉稳自在地向人们说话，传达她的经验而不是观念。如果说诗歌批评家对其诗作的欣赏更多是从文本出发的，那么以一般人眼光的悠然的欣赏，就是因了她对人类共同记忆的唤起吧。

　　叶玉琳的诗就是这样的风格和个性。或许有人会说，她的风格并不具有高度的个性特征，是因为太多的诗缺少个性，才显示了她的个性。我也这么想过，但不成立。

叶玉琳的诗就是那么自在。或许有人会问，是否还有可能更深入地表白内心或提升价值？也有道理。不争的事实是，强行走向内心，便露了贫弱和空虚，刻意提升诗的价值，只能更加沉湎于主观判断，伤害诗意，甚至从根本上抹煞自己对诗的发现。

叶玉琳在水边长大，她懂得真正具有深度的是纯澈，真正具有难度的诗创造也是纯澈。没什么外力可以借助，写出纯澈的诗，只能靠诗人心性。她以她的自然、坦率而不轻佻、细腻而不絮烦的诗句，感自己之感，言自己之言，出发点并不复杂，然而有效。她甚至用不着表达思想的结果，只表达思想的过程。深刻或别的什么，不是她歌与哭的必然前提。但她的诗，具有歌与哭的高度。

叶玉琳的诗是水浒牛蒡草，是大地的女儿。

我还注意到，叶玉琳的创作，十分努力地适应着现代诗、现代感性，与此同时，又很重视古老中国诗歌元素对现代汉诗的滋润。猛一看，她的诗来自传统，有着宋词的婉约情调和舒畅的律动，待细读，才知道她往往是站在河的对岸，与古老的中国诗歌传统应合着、喧映着——

> 我死，也要等到这一天
> 我已经看清了风中的命运
> 弱水三千团团而来
> 喧闹中逃不过静寂
>
> ——《生长芦荻的地方》

> 那一定是红杏的去处了
> 黑夜的冷寂关不住我
> 听藤萝的紫裳随风飘过来

橡皮树还是昨日的英武

佛也不孤独

经书隐藏在阳光深处

鸟声加速春天的心跳

白塔醒在明月的窗中

——《春过西禅寺》

　　你看，从修辞到情绪，怎么看都可以看出古典诗词对叶玉琳的影响，而她的艺术，又分明是现代艺术。据她自己说，在她十岁前，在母亲的要求下，她背过了整本的《新华字典》；十一岁时，她用她的劳动所得，买了一本《宋词名篇赏析》。她是幸运的，字典和宋词，帮了她的忙，而不是倒忙。她令我想起了波德莱尔在《1859年的沙龙》一文中说过的一句话："修辞和诗律不是暴君们随意创造的，而是精神组织本身所需的规则。修辞和诗律决不会妨碍独特性的产生。"

　　叶玉琳的诗是坚实的，是盛开着的西洋鹃，是大地的女儿。

陌生与熟悉

——我看《赵丽华诗选》

一部《赵丽华诗选》，我读了两遍。

我原来企图用午休时间仰在床上将其读完，因身心不能完全投入，导致对丽华思维与智力空间的不适应，陌生感随之而来。临近赵丽华诗歌研讨会召开，夜深人静之时，我再一次通读了这部诗选，竟然有了与前次大相径庭的感受，甚至相反。她的诗非常好进入，尽管有作者"这一个"的文化符号、心灵密码，但不缺乏实指意义；尽管有写意，有象征和暗示，但不失理性，甚至有许许多多的写真，陌生感烟消云散。作为一个读者，在不同的阅读状态下，对同一部作品会有不同的感受或不同的评价，这足以说明，不光写诗是身心一体的活动，作者应该被一首诗或一行诗的压倒一切的力量所凌驾，读诗同样应该是身心一体的活动，同样应该被诗篇所凌驾。基于这样的认识，我就格外相信我的新阅读感受。

就赵丽华的选材、基本思维方式、意象的物理真实性、意象组合习惯、感受与认知的哲学倾向性，以及审美特质、技巧等等方面看，我以为丽华诗的大部分可归结为现实主义诗歌作品。我这样说，不是对她诗作中所流露或隐含着的非现实主义因素、浪漫情怀视而不见，也不是否认她在诗的情绪、观念、技巧及审美取向上的当代性，我主要看重的是，她的大部分诗篇，都是基于她的经验世界，展示她的生存感知，换句话说，她是站在诗歌发展的基点——生命体验上开始歌唱的。我固执地认为，创作方法本身无优无劣，用哪一种方法，都有可能写出好的作品来。这一想法，在丽华的诗中再次得到印证。

看得出来，丽华有过读万卷书的经历，有着很好的写作训练，养成了良好的写作素质，这使她的作品一开始就踏上了专业化轨道。在她 20 岁多一点，她便进入了有方向性、有母题的写作，从一般的揭示个体生命的写作，转入了通过个体生命揭示生存，努力不被客观事象所束缚，努力穿过生活和思想的原生带，努力将诗的感受经过理性的滤沥，使她的诗参与到了人类的经验与本性之中，诗的内视气质、主观性和意象性得到较好的发挥。

稍嫌遗憾的是，丽华的作品数量尚少，绝对的写作时间也不长（1986—1987 年较集中），当她从她的百余首诗中选出五十多首作为诗选出版的时候，好像还缺少更多的成果来印证其追求。如果说丽华诗作的展示与其追求还有差距，窃以为这个差距主要表现在其诗的语境上。

> 我就在这样的心情下写诗
> 仿佛洞察一切
> 实际仍然迷惘
> 随随便便遣词造句
> 既不是鱼鲠在喉
> 也不是满腹尤怨
> 一直想那些极为简单的问题
> 以及其中所包含的哲理和奥秘……

以上是《1989 年的春天》中的一节。从亲切自然的角度来考察，它们肯定不错，但因为"随随便便的遣词造句"，似乎妨碍了我们体会诗的魅力，也影响了诗意表达的深入性和诗歌精神的提升。我把这些说成是丽华诗的短处，但如果从相反的方向来看，或许正是丽华诗的长处，她有意使其诗行随便、简单化，在那些"极为简单的问题"的下面或者背面，有只能意会的哲理和深奥。这种"简单"，是化复杂为"简单"，需要不一般的驾驭能力。你看，"把凉凉的嘴唇贴在你的手背 / 静静望你 / 我们深望 / 一直这么望着 / 然后接吻 / 拥抱 / 爱 / 死去"，文字异常简便，甚至很少带有潮气，然而写出了一个繁复的大的生命过程。因了诗人的"简单化"，读者就必须复杂一些了，必须学会在大的空间里进行二度创造了。

一般情况下，诗的整体语境构筑于回溯或追忆之上，这样，就绝不可以排除那种准确、本真的细节提炼。在丽华的诗中，当我读到"怎样的水曾经注进来 / 怎样的唇曾经接触过"；当我读到"灯光在河里静静的流泪"；当我读到"你只能左手扳着你的右手"和"我渐渐的融化是感伤的泪 / 挂满光天化日的腮"；尤其当我读到《对土地的爱》中的一节："我的父亲 / 已埋进家乡的土里 / 夏天的雨浇下来 / 我看见父亲一个人在雨地里 / 没有伞，没有蓑衣 / 他找不到家 / 找不到我妈妈 / 找不到我"（抄录过程中对个别字句有增删）时，我为之所动，我看到了丽华诗中难以蹈袭的存在。这时我才对丽华熟悉一些了，她的"随随便便"是有意的，她的不随随便便也是有意的，有了怎样的内容，就有了怎样的形式，全都是志之所之。她脚下的诗路是如此之宽，稍不留神，就走到诗坛的高处去了。

丽华的诗，不那么贵族化，有内涵，有血性，有灵魂的温度和光彩。当我读到她的《有一天》时，我不能不赞叹她在有限天地里的的广阔视野，她是怎样有效地利用了直接经验与间接经验——

有一天我敲你的门

你认出我

然后抱住我

说再也不要我走了

……再也不了！

有一天我突然死去

你走来对我忧伤的母亲说

"我来为她

料——理——后——事。"

　　诗的内容看似简单，没有向我们炫耀某种令人惊羡的思想，只是站在一个超尘世的视角，对仿佛片断的生活来一个小小的回首，于是，某一时刻的存在就让人变得不可忘却了。这样的诗，与普通的人类记忆相对应，调动了诗人自己的和他人的生命经验，可以在纸上带动众多的灵魂。

　　上面这样的诗，几乎使我对丽华诗的某些苛求失去了意义。

读姚振函

——《感觉的平原》研讨会散记

把会址选在太行深处的野三坡，主要是陈超的主意。他大概是想看看，走出平原的姚振函，而对连绵的山，又会生发怎样的感觉。当然，陈超自己呢，也未到过野三坡。

姚振函把眼镜擦了擦，在拒马河边仰视，很认真的样子。有什么心事？他自己知道。

与会者们，满脸兴奋无比的表情。站在高处，在野三坡吊脚楼上，刘小放运了运气说："在辽阔的华北平原上，产生了姚振函；姚振函在华北平原上，是一座奇峰！"这感觉是山风给他的，姚振函听了为之一笑，脸儿还多少有些红，好像他自己也有类似的感觉，只是，他不说这个。

那天，正好是癸酉端阳。还有比端阳与诗、与诗人联系更紧密的节日么？此时谈诗，妙极了。

与会者又一次捧起了《感觉的平原》，尽管，大伙对这部诗集并不陌生，有年轻诗人说，他能一首一首的背诵。那也得再读，再体会。他的这些诗，何以在初次发表时就引起全国诗坛的强烈反响，得到那么高的评价？何以被誉为自足的一无依傍的纯诗的代表，为中国新诗创作尤其是乡土诗创作杀出了一条新的生路？

姚振函说："我发现，诗越是到后来，越是背负了沉重的负担。它不是为自己而生存，而是为别的什么目的而生存。这样怎么能纯得起来。"因而，"我常常在真实和存在面前久久发呆，用心灵直接面对并感应存在。那些自然存在物，那些普通得毫无特色、朴实得毫无光彩的事物，常常是我凝目的对象。"于是，"在我这里，乡土和自然几乎是一回事。正是它们，引导我走向朴素、本色和纯粹。"

人们把以上这些文字从姚振函的诗书中拔将出来，便是这个研讨会的根了。

也不光是读姚振函，读哪一位诗人，你也得追溯他的大部分创作历程。陈超认为，纵观姚诗创作，至少可以看到他的三次背叛：一是他的早期政治抒情诗对极左政治的背叛；二是从语言运用上对"新华体"的背叛；三是对固定语义的背叛。单就《感觉的平原》中的大部分诗篇而言，我们已无法在同一操作规则上，将姚振函与别的诗人进行比较了。在剔尽了其他目的之后，诗歌自身就成了目的。陈超很有把握地认定：姚振函为中国乡土诗："发明"了一套写法，可以到专利局立个户头了——反思想、反修辞、反诗眼、反易感、反阐释，整个一个"五反分子"，一个诗歌艺术的革命者。

邵燕祥则沉浸在姚诗唤起的对平原的感觉之中：露水、狗叫、夜晚隐隐的唢呐声、麦子熟了……邵老说这些都是他所熟悉的，但没能写成诗，姚写出来了，这不是偶然的。

唐晓渡所看重的，是姚诗感觉的独立和文化渗透过的语言。他说姚试图在语言之中建设一种语言，以构成超然于现实的存在。而苗雨时，对姚振函的早期诗作记忆犹新，如《清明，献上我的祭诗》《致法制委员会》，他是从背后看姚诗的走向的，因其在背后，深知诗人从哪个路口迈向了艺术本位，爬上了感觉的峰顶。但是，苗不把姚诗看得纯而又纯，他认为姚诗根本上说是旧的田园生活的挽歌。

不同的意见，来自不同的价值取向，这是诗人和诗的荣幸。有时也有接近重叠的看法，那便是：姚振函从七十年代末一登上诗坛就是别具一格的拳手。

那么，姚振函是怎样一路拳手呢？刘小放认为，他是他自个儿那个量级的，打的是一路轻松自如的直拳、悠然自得的感觉拳。他的招数，给我们提供一个途径，让我们进入快慰、幸福、知然的境界，足可以让人称道：这拳不赖，可以自立门派，让人作揖、打拱。

他甚至让人想起气功。读姚振函的《在平原，吆喝一声很幸福》《麦子熟了》《什么鸟在头顶上叫》《夜晚的唢呐声》《残雪的去向》《祈盼洪水》《躺在高高的庄稼车上》《炊烟在村子周围缭绕》，不难感到诗的涵蕴，难的是体会这究竟是怎样一种涵蕴。这些涵蕴在诗的内部、背后或别的什么地方，犹如一个"气场"，只有在冥冥之中才能感到它们的存在和包围。

人们还注意到，姚的好诗是身心一体活动的结果，他常常被一首诗的压倒的一切的力量所凌驾。而有时，听别人说好他就来了劲头，像写某一首诗那样写了一批诗。正是这些诗，被他的弟子和非弟子所仿制。

与会者一致认为，诗人姚振函的美学理想已经上升到了一个新境界，尤其是他的形式实验，已近极至，他面临着一个更深刻的艺术危机的来临。好在姚振函历来是自信的，他说《感觉的平原》并非他诗歌创作的顶点，更不应该是结局。

人们等待着他的"绝活儿"。

除以上邵、唐、刘、苗、陈诸位，在研讨会上发言的还有王燕生、桑献凯、刘向东、刘兴华等。牛汉老先生有恙，硬是被家人拉住了，与会上通了电话，说遗憾啊遗憾啊，一声接着一声，与会者把耳朵伸得老长。

这，自由的纯民间诗歌文本

沛君让我"看看这是不是诗"，把"这"发到我的邮箱里。不知是疏忽还是故意，读完了我也不知道"这"的作者是何方神圣。但我基本上有把握对佩君说，这，是诗，而且有些还是好诗。当然，诗，尤其是新诗，没有公认的标准，一个人有一个人的阅读感受，感受及会心程度也因人而异。

我说"这"是诗，主观判断罢了。窃以为，诗无古今，亦不分中外，只是诗人心中独有的那一点念想，从世俗中来，到灵魂中去。

分开了说，诗是感情，是，但不完全是；诗是思想，也不一定；诗靠想象，靠灵感，靠，但有时又靠不住。诗，在每位诗人的创作甘苦中。它在形式之中，也在形式之外；它是潜意识浮现为意识，又是客观现实世界的特殊反映；它求真，但不能直接求真；它唯美，但不能直接以美为目的；它是奇怪的舞蹈，没有规范动作，只求平衡和节奏，但常常需要带着或明或暗的镣铐……

诸如此类之玄乎，在我看来，恰恰构成诗的要素，而我所面对的"这"，就大体具备这些要素。原谅我不能针对"这"的生成做具体分析，那或许就是一套诗学，我的能力不够。

"这"的最可贵之处，是自由。从形式上看，这，是自由诗。不论中外，自由诗总比格律诗更古老，都更接近心灵的习性；从内容看，这，不受制约，作为思想感情的原始形态，在原始生命力的推动之下，接近生命本真的诗意。由此，这的纯民间特征十分明显。拿"这"与"知识分子写作"去比较，很容易见到真正的"民间写作"姿态。

或许在以报刊上的分行文字为诗之参照的读者眼中，这，是诗吗？起码不像是一位读书人所为，如果说这有感觉，也仅仅出自作者的直觉，如果说这有诗意，也仅仅出自作者本心。但愿大多数读者都这么看，可真是太好不过了，那就意味着，作者是一位天才诗人，正如古人所说，"夫诗有别才，非关学也"。有两种可能，一种是作者在《白日梦》中表露的，其创作相当自觉，随心所悟"把真实召唤"，另一种可能，是作者处于并不自觉的自白状态，写作出于偶然，而这的状态，真不错，值得巩固下来，永远保持下去。

这，摆在这儿，完全可以交给读者了，可我忍不住还想多嘴。《鸽子》《巨变》《说谎》之类，多好的寓言，有的本身就来自寓言，通过比原来更简明的表达，使寓意得到了延展；《道歉》《躲》和《倔驴》之类，是真有情趣，不是假有情趣，也不缺少内涵；《春秋》《风景》《种棉》《父亲》《农民的爱》等，简洁到家了，看似小小的，内里却大，沉甸甸的；最令我动心甚至揪心的是《农转非》，记忆啊，几乎是一个民族的记忆，像梦，但带着血和泪，令人刻骨铭心。

这，一再让我想到一首令我念念不忘的名为《一碗油盐饭》的短诗，抄来比较一下：

前天，我放学回家
锅里有一碗油盐饭

昨天，我放学回家
锅里没有一碗油盐饭

今天，我放学回家
炒了一碗油盐饭
放在妈妈的坟前

　　看似简单的形式，平凡的文字，负载了本真的生命质量。如果只是扫一眼，很可能不以为然，用心领悟，才有可能感受到这首诗的震撼力和穿透力。

小蜜蜂生逢春花烂熳时

——任寰其人其诗

《女子文学》创刊号上曾发表任寰的《我的诗》，诗歌评论家谢冕先生写了热情洋溢的评论文章。不少小读者给任寰写信，热情地鼓励她："你的诗真好！以后可要多写呀……"

我和任寰住在同一个大院里。她极懂礼貌，见面喊我大哥哥，她那长长的睫毛下忽闪着一对儿水灵灵的大眼睛，那圆圆的、胖乎乎的脸蛋儿，常使我想起乡亲对自己儿时的形容：哈！小脸儿像个大红苹果。

任寰七岁开始写诗，几年来，写了三百余首，发表了几十首。她令我欣喜，一是为她的才气，二是为中国诗歌的活力。通过任寰，使我看到了中国诗歌的空前繁荣。晚上有时间我就去看她，每次去，她总是坐在那细长条的板凳上，趴在写字台边，或读书，或做笔记，或做作业，像是中学生正准备迎接高考，像大学生正准备毕业论文。事实上，她还上小学呢。

任寰能够写出许多有诗味的诗，除了她的聪明和好学，家庭的影响也是一个因素。她的父亲是作家，母亲是演员，家庭的艺术熏陶容易将子女引到文艺这条路上来。也许有人认为，作家的子女搞创作，不是大人们捉刀代笔，就是大人们帮着改的，发表也是靠关系。其实，这是误解。任寰的诗，除了个别错别字，她是从不让父母改一个字或一个句子的，为此，常常使她的父母生气又高兴。任寰就是这样一个有个性的孩子，就连她写诗的时间也与众不同，不在早晨也不在晚间，而选择中午。她说："中午脑子灵，来得快！"父母教她该怎样摆正学习与写诗的关系，她将头一歪说："我懂！"刚上五年级，她已经四次被评为"红花少年"和"三好学生"了。

原来，我以为任寰写诗不过是始于兴趣。经过一段了解，我发现自己错了。有一次我问她："你为什么要写诗？""为了抒发自己的感情，诗最能抒发感情！"（这多像大人说的话！）她答得很干脆。的确，任寰没有那种词藻堆砌的或凭空编造的诗。她的作品大都是感情的结晶。她八岁那年，父母双双出差，学校的老师像妈妈一样帮她洗头、洗脚，为她买水果，使她"感受到了人们之间的友爱"，她为此写了诗，后来诗稿丢了，她差点哭出声儿。任寰怀着一颗天真、美丽的心朝诗坛走来，朝生活走来，她写孩子的天真、欢乐，写老师写同学，写父母和哥哥，写自己的所见所闻，情绪在纸上跃动，情感是那样纯真，其基调真实、健康，其特色细腻、清新，她不受任何形式的束缚，以孩子特有的方式，自由自在地表达自己的情思。

同学们捉到一只小蜻蜓，看着它扇动的翅膀，她想到那是它正苦苦哀求："好孩子，你放了我吧！妈妈在等着我回家！"（《蜻蜓》）看着夏季一会儿像小鹿，一会儿像老狼的云彩，她出神，甚至喊出声来："呵，不好！老狼追上小鹿了！小鹿快跑！"当有人告诉她这不是真的，她写道："要是真的，我一定救下小鹿，让它来我家做客！"（《夏天的云》）对于她认为闪光的事物，她歌唱，反反复复的歌唱。相反，她的笔可是不客气的。当她看到生活中某些事不公平，她大笑着写道："我没有病！我是在笑——笑这世界的不公平！我要是上天了，第一件事——在老天爷肚里装一杆秤！"（《笑》）对于别人甚至自己的缺点和弱点，她总是提出尖锐的批评。一次她写了一首批评哥哥的诗，哥哥看到一半就哭了，说："我就这样儿？"当她自己做错事的时候，"回家想不做出惊慌的样子，可忍不住！"（《我做错事了》）她写过一首题为《希望》的小诗，只四句："我希望别人的事，往往是自己办不到的。我希望别人诚实，自己却不很诚实。"她写得多么坦白。

任寰善于思考，她的诗渗透着思考。"小鸟飞在天空，小鸡走在地上，蚯蚓藏在土里，小鱼游在池塘。这是谁发明的？我想呵想……"（《我想呵想……》）这是她七岁时写的，"这是谁发明的？"问得好妙！入学第一天，她思索："教师们并不老呵，为什么要叫他们老师？"（《入学第一天》）清晨起床，她一眼望见雪白的墙上挂着中国地图，想到："我的祖国呀！您像雄鸡一样美丽，我家的雄鸡只会给小院啼鸣，而你，却把整个世界从梦中唤起！"（《我的祖国》）她从鸡形的版图，想到小院里的鸡，想到祖国的国土，想到整个世界。

目前，任寰正以每日诗一首的速度写作，从总体上看，她的诗不仅仅是"智力的产物"，还是用形象思维来说话的，是用纯真的明快，浅易的语言表达的。她写"风姐姐"，让人通过"小树点头"看到"风姐姐"的形象；她写知识、写书，形象地把知识比作桥，把书比作桥的支柱。正如谢冕先生在《任寰的诗读后》一文中写到的："她已默默领会了诗对世界万物的再创造。这种创造的结果是生活和自然界的诗化的表现。"是否可以说，任寰的诗不但可以给学诗的孩子们以启示，也能给我们某些成年诗作者以启示呢？

自然，任寰的诗还有不足，但她今年才是个十一岁的孩子啊，我们怎能怪她的诗表现的生活还不够广阔，思想还不够深刻，手法还不够多样呢。

除了写诗，任寰还写了五十多篇人物速描、十几篇小小说、童话、电视小品和大量读书笔记。家里书架上凡是她能伸手够着的书，大部分她都看过了，看完后随手记下自己的感受。她说她最喜欢的书是《聊斋志异》和《柯岩作品选》。任寰的兴趣是广泛的，她甚至想将来用自己的稿费买一架钢琴，用来为父亲的作品写曲子和演奏。当然，任寰还小，虽然她有"用诗表达一辈子感情"的愿望，但对于她的将来是难以估计的。但我还是有理由相信，只要她努力，她一定能不断创作出好诗来。

任寰也有苦恼。对于她的进步，有赞许，也有妒嫉，有的人张口闭口叫她"小作家""小诗人"，她说她需要理解。她还苦恼，为什么有的同学不好好学习，甚至在课堂上偷偷练拳？她不明白他们的心理，她觉得自己的诗对此也是无能为力的，不得不给《中国少年报》写了信……

最近，任寰将她自己较满意的作品编了一个集子，她给集子起名《我是小蜜蜂》，真好，这只小蜜蜂生逢祖国的春花烂漫之时。

我们的队伍向太阳

——读诗集《探金颂》

人们有所思、思而满，不吐不快，发言为诗，这就是我们的耳边总不会缺少歌唱的缘故。在我读了全国煤田地质勘探战线广大职工自己的诗集《探金颂》之后，我对我的上述想法就更加确信了。

这部洋洋五百余页的《探金颂》，收入了几百位作者的几百首诗作。这些诗的大部分作者，显然不是一般意义上的那种诗人，他们的作品，也明显地带有非专业化印记，但我还是被感动了。我的被感动，首先是因为这些直接来自劳动者的歌唱，或直、或曲，或虚、或实，全都蕴含着一个行业的几代人的经历、遭际、个性、气质、理想与追求，昭示出煤田地质勘探战线广大干部、职工生命的音响和光华，以及被他们的诗行所延伸了的情感历程；更加感动我的，是这些诗的昂扬的基调。一群"从普罗米修斯的古老神话；读懂了'火'的文章；听了后羿射日的久远传说；寻找着当年坠落的太阳"（摘自吴建华《探煤颂》）的人，凭着现代人对生命的理解和释放能量的渴望，向着太阳行进，在荒山野岭间边走边唱，直到人和太阳溶为一体，这是何等的辉煌和高迈，这种辉煌和高迈，决定着这支队伍生活的质量和事业的质量，同时也决定着诗的质量。

就诗而言，我觉得整部诗集是多种元素的合成，尽管，他们的笔有"金"这一同一指向。概括起来说，这些诗作所传达出的牺牲精神、创业意识、哲理性和生活气息，是合成《探金颂》的主要元素。

——牺牲精神和创业意识。当我读到"卧听牛宵曲飘飘，一夜秋风叶尽凋。身作东西南北客，心同琴瑟路迢迢。千般辛苦犹昨夜，万家灯火是今朝……"（杜振寰：《七律·塞外感怀》）时，我想作者一定是一位老煤田地质工作者了，一生创业，千般辛劳，化做万家灯火辉映下的一脸笑容；当我读到"大漠马上看月"而后又"旧山松竹已老，鬓角白发还生"（杜若岩：《水调歌头·赞勘探队员》）时，我会很有把握地认定，作者尚年轻，稍有几许愁滋味，仍掩盖不了立志创业的浪漫。而谷早的《去远方》，就真的把我也带向远方了——

> 鸟儿飞不到的远方，
> 才是真正的远方。
> 山鹰飞不过去的高山，
> 才是真正的高山
> ……
> 为了寻觅太阳石，
> 我们风雨兼程，
> 没有走不到的远方，
> 没有攀不上的高山。

这显然是创业者的必要宣告。

而他们的宣告，不是口号式的，恰恰是诗的。作者们懂得诗是歌唱生活的艺术，诗的内容的主体是抒情。他们在表达他们的牺牲精神和创业意识时，总是力求通过智慧的语言来完成。为了在诗中将自己的存在和经验表达真实，他们将思想有血有肉地带入感觉领域，又将感觉勇敢地带入思想领域，在这种状况下，他们将感情、形象、思想融为一体，已很难分辨它们各自的独立存在。

——哲理性。在《探金颂》中，有很多很精粹的哲理诗行，展示了作者独具特色的观察、感知和体验，闪烁着睿智的光芒。请看卓济贤的《黄昏，一段柔婉的慢板》中的一节——

> 风雨泥泞中，
> 不懂得什么是真正的风雨泥泞。
> 坎坷浮沉中，
> 不懂得什么是真正的坎坷浮沉。
> 如今懂了，我已走近黄昏。

再看蔡勇的《嫩生生的测井员》。作者写一群嫩生生的人儿，像面对一部书，如走进了新的课堂——

> 躺着看不懂，
> 坐着看不懂，
> 边走边看，
> 仿佛又朦胧。
> 跨越了自己，
> 才知道，
> 只有在磕磕碰碰中，
> 这本书才能读懂。

细心的读者会发现，诗饱含哲理，而哲理，不是填鸭一样填进去的，也不是无谓的辩证，它们并没有使诗和诗人变得复杂起来，不需猜谜，但求体味。

——生活气息。整部诗集，大部分作品都充满生活气息，抑或人性、抑或人情。这些来自对平凡生活的热爱和体恤，给人以温馨，与那些蔑视生活的某些诗作，形成了强烈的反差。

> 看天边对我闪烁的那颗星星，
>
> 那是她期盼的眼睛。
>
> 因为她的注目，
>
> 工作时我动作尽量放轻，
>
> 怕的是震耳的撞击声，
>
> 透过星光传出，
>
> 惊醒她永恒的梦。
>
> ——刘广哲《零点班上》

看了如上诗句，谁能不为之心动呢，似乎也只有这样的诗句，才能使平常百姓们心动。

粗读《长庚》

——在王秀云诗集《长庚》研讨会上的发言

按我的批评理念，批评一部作品，必须建立在细读之上。可惜的是，因了些俗事杂务，对秀云这部《长庚》，只是粗读，因而我的看法，注定是有欠缺的。

好在我们对秀云的诗并不陌生，记得几年前在雾灵山下的一盘土炕上，诗兄大解与我掰着指头悉数天下诗人，王秀云上了拇指，其诗歌成就，爱诗者有目共睹。

我非常同意香久诗兄在《王秀云诗论》一文中对秀云诗作的把握，比如他说：

> 在她的诗中，"方向"一词被使用的频率非常之高，寻找生命和生活的方向成了她最主要的心灵动因。
>
> 她感觉到了冥冥之中命运之手的强悍。
>
> 她熟悉了在一切没有诗性的生活中提纯诗意。
>
> 她的诗并非是她个人生活的直接复述，然而却在质地上与她的情感历程相对称，这似乎是一种宿命。
>
> 诗人似乎在刻意地挖掘人类内心的共同记忆。
>
> 王秀云的诗，有一种承载命运重荷的力量……始终坚持一种

生存信念的建设……

　　形成了一种克制的、自我约束而又全神贯注的诗歌风格，使她具有了一种优良的诗歌品质，也使她的写作更贴近了命运。

这些概括是准确的，可信的，可以经受推敲。

或许是由于我与秀云远距离观照，我觉得大体可以看见她的写作姿态。我看见——

在别人为爱痛不欲生之时，她为无爱痛不欲生，而且举目无亲。

她很想为她的诗带上某种当下气息甚至某种程度的社会性，而这个愿望几乎落空，她觉得自己好像"无法作这现世的歌者"。

她是一个倾听者、谛听者，她总是听到枪声、惊鸟和落叶落花，听万物在黑暗中歌唱。同时，她又是一个倾诉者，她在消化痛苦的过程中，或喃喃自语，或与另一个精神的"我"交谈，有时也写在纸上，转换成具有暗示性的质地优良的诗歌。

她是孤独的，可是她说她"必须把自己留下来，谁都不给"。好像她自己就是那"夜的王"，"已经到达黑暗的中心"。其实不是。她把自己留下来，是等待，有着宗教式的虔诚，等一个口唤。她的内心是光明的，深情的，"泪水打湿那梦中的泥土"。

有时她又是个旁观者，她是在远处，是一个"目光犀利的女子"，对那已经发生的、正在发生的和将要发生的事情，一清二楚。如果她是在你的背后，她肯定最知道你在什么地方走错了路。

作为诗人，无法永远保持沉默，这时，她才是一个向人们说话的人，只是读者当特别注意，你不要听她已经说出的话，要听，你只能听她还没有说出的那些话。

正是因为这些，她的诗有了丰富性，从其有效的表达中，可以看见生命与生活的长度、深度和幅度，同时得到现实经验的质量。

在这部诗集中，有不少好诗，我更喜欢的，是这样一些诗作：《玻璃时代》《轻伤》《弹痕》（第二节）、《我的诗歌注定不能流传》《门槛》《狐独》《夜的王》《灵之底》（四、五节）、《信仰》《十五年》（二、四节）、《眼睛》《酒神》（第四节）、《家居生活》（之二）、《长庚》（二、五、六节）、《红旗在飘扬》《回》《上菜的历程》和《2001年的一片落叶》。当然不是说，我没有一一指出的那些不是好诗，而只是说，这些诗触动了我的心，作用于我的生命了。想来我喜欢的是它们的朴素与内在，是它们的风清骨峻，是它们的气血充盈，是它们的节制与本真。

诗是最最唬不了人的文字，它运行在诗人的血液中，脱口而出，随出即盛。因而要求诗人必须秉持本真，抓住内心的诗性直觉，长驱真入，不做任何趋附。

如果秀云思想更解放一些，胆子再大一些，对诗的体察再悉心些，表达再节制些，定将凭借自己的诗的造诣，站在诗坛的高处，把更多读者的灵魂猛然照亮。

误读《沉溺》

——在郑道远长诗《沉溺》研讨会上的发言

前年大解的长诗《悲歌》问世，那么神圣、人道，富有诗性，其诗体建设的本领也令我折服。纵观《悲歌》，那是生存的悖论，生命的挽歌，心灵的历程，语言的现实，又是一种确立，尽管我不知道怎么命名，仿佛宗教，近乎信仰，是生死两极，是此刻，也是未来，是在大地上建造的天堂。未来是空的，无形的，因为没有未来，《悲歌》确立了未来，窃以为这是《悲歌》的一大贡献。我从《悲歌》中找到通往未来的道路，那是从城市回到乡村，从乡村回到身体，回到内心。我接连看了三遍，妄图写一篇《悲歌论》，但力不从心。为了分析和研究《悲歌》，我重读了我们熟悉的那些经典长诗、史诗，并把已经翻译成汉字的民族长诗、史诗几乎搜罗殆尽。可是我至今找不到参照，人文长诗《悲歌》，是一种全新的创造。今年《悲歌》再版，增补80篇长达10万字的《悲歌笔记》，我正在阅读中，正在加深对《悲歌》的理解。恰巧此时，我读到了长诗《沉溺》。说实话，对《悲歌》和那么多长诗的阅读感受，影响了我对《沉溺》的阅读和判断，在比较中产生的联想，有可能导致我对《沉溺》的误读。

我们已知的最古老的长诗，是巴比伦史诗《吉尔伽美什》，由于刻在泥版上，成为活化石。据考古发现，它以苏美尔王为主人公，确有其人，确有其事，并非出自艺术的虚构。这使我想到"诗言史"，想到《沉溺》本来不虚。

诗言史的另一个有力证据，是希腊史诗《伊利亚特》，其历史背景，是旷世十年的特洛伊战争。《沉溺》写主人公高远三个时期的爱情经历，时间大约也有十年，而且是我们并不陌生的十年，有经历的读者一看就心领神会。当然，从诗学意义上说，诗中没有事件的真实，只有文字的真实，心灵的真实。我们必须承认这个事实，才能把诗读成诗，把《沉溺》读成《沉溺》，把《悲歌》读成《悲歌》。

大解说，一部戳得住的长诗或史诗，应该有几个要素：一是它的结构，再是看它是否有民族文化的支撑力，三是个人化的创造性言说方式，四是语言和材料的组织能力。他说对于一部长诗，结构是最重要的，它是所有意义的载体和生成器，可以因读者的知识结构和知识含量的不同而生发不同的答案。这是靠得住的经验之谈。我注意到《沉溺》的结构比较特别，像一组砖木民居，像一群蒙古包。语言和材料的组织不笨重，但整齐、稳定、结实。与长诗的建筑同等重要的是诗的声音。《沉溺》的声音结构是单声连缀，如中国传统民族音乐，不是交响，不用奏鸣曲、和声和复调。中国传统音乐结构，就是散体，多体连缀，不追求内在张力，如《诗经》，如唐诗，如宋词。西方音乐与我们不同，是逻辑性结构，其结构原则，是对立统一，他们的长诗，也大多遵循这一法则。这是民族思维使然。例外者，古有《离骚》，今有《悲歌》。

在我们这块土地上，长诗没有进入汉民族的知识体系，但少数民族兄弟不缺少这方面的传统。大解是满族，道远是蒙古族，这个事实就很有意思。

世上经典长诗，多为史诗，吟诵而成，抒情成分少。而受"言志"说的影响，好像自宋代以来，很多诗人忽视诗歌的叙事功能，导致了汉语诗歌对叙事语言的疏离，成为抒情的专门工具。从诗人到读者，在这样的语言环境中，要抵御强大的抒情惯性，使叙事语言回到诗中，有待时日。汉唐不这样，看《古诗十九首》和唐诗，有不少是言史的，起码是言事的，或长或短，有情节、情境或故事线索在其中。《沉溺》一方面在回归这个传统，一方面在迁就现实，因此使它在大的叙事背景下，保留了相当多的抒情成分，成为这个特定时代的产物。事实上正是乡土的叙事部分，给《沉溺》以诗趣。尤其是第五章中的不少对话章节，简约，生动，传神，诗意充沛，和波斯史诗《列王纪》写母与子彼此呼唤的部分一样，让人动情。

在《沉溺》的整体叙述过程中，诗人克服了一个相当大的困难。由于叙述的滞后性，无论在流动的时间之内还是在对历史持续的回首之中，没有一种叙述能够得心应手。大解分析说，诗人不可以不在场，不在场的叙述一看就假；而诗人一旦在场，必然担当角色，陷入事件和情节，因而必须及时隐退。你不出场，你便不在，你若出场，必遭质疑，是左右为难的事。这关系到长诗的结构。我说《沉溺》的结构靠得住，就是因为这个问题解决的不错。显然，主人公"高远"已经是一个词，穿行在《沉溺》所有文字中。他参与了时间的流动和空间坐标的建立，担当了叙述者和亲历者的双重身份。在这个前提下，有时还需要一个"我"，即诗人自身，于是在高远经历不到的地方，诗人亲自闯入到文字中，为他的缺憾做了补充。诗人直接出场，让他的命运与主人公的命运扭结起来，一加一已经大于二，高远变成了复数，成为"我们"，起码是一代人。起码是我们这一代人，能够在诗人"不规则的线谱上找到共鸣"。

《沉溺》的总体布局和形式美，类似普希金的《叶甫盖尼·奥涅金》。普希金按照古老、优雅的十四行体书写，《沉溺》每节十二行，受新格律的影响。他们全都带着镣铐跳舞，可谓同工。这是外在的。往内里看，却有异曲，它们在格调上正好相反。从总的格调倾向上，《叶》是向下的，前半部分明朗，后来越写越阴郁、低沉，以悲剧告终；《沉溺》是向上的，最后写到改革开放之初，天上有了星星，地上有了灯火。它们都是社会转型前夜的产物，是时代气氛的反映。这再次使我想到了我们这一代人，想到了历史性变动和人民的命运。还牵扯到一个重要命题：写作中的历史与现实。大家都是过来人，不用说。

依我看，如果说《沉溺》的魂是爱，那么它的肌质应该是本能、欲望、情感和情分，展示的则是压抑环境中的原始生命力。与其说写的是爱，不如说是压抑，当然也有寻找的过程，也有梦想。三个女性，三种形态，如果三位一体，那该多好。这就是梦想。爱是世间万物的第二推动力。爱是生物本能的冲动，是生命的发动机，是生命中固有的理性。开花为了什么，为了结果，结果为了什么，为了留下种子，有变量，但没有变数。把爱视为第二推动力，是肉体与灵魂的双重需要。由本能到理性，爱支配着生命，成为生物世界中一种至高的法则。男人随身带着种子，女人随身带着子宫。就连植物也是有本能有欲望的，尽管它们和人不同，它们的自然属性，决定了它们只关心在最基本的遗传层面上更多地复制自己。人的社会属性，则决定了欲望之上的东西，这欲望之上的东西，成为永恒的主题，宗教的心脏，有着挖掘不尽的内涵和无穷的魅力。盈春钻进高远的被窝，使我看到一个女人有可能能为一个真正的女人，一个男人已经成为一个真正的男人，而爱刚刚开始，一个新时代刚刚开始，生活有可能进入高潮。

一群人阅读同一个作品，不可能得出同一个结论，否则，只能说明这个作品是失败的，说明它没有给人留下思考和再创作的余地。审视《沉溺》，我就有冲动。沉溺是什么？是"陷入不良的境地"。诗人在其《献诗》一节中用了许许多多的"沉溺"，不管沉溺什么，"沉溺"这个词的本意是一种资源，也是限制。它成就了一首诗，也影响了它的格局和气象。是不是还有更多更大的可能性呢，比如从沉溺到超拔，把诗写得更辽阔，更深远，更厚重，更繁复。

于是我就开始胡思乱想，开始顺竿爬。我想到弥尔顿和他《失乐园》。《失乐园》是写人类最初演变的，题材借用的是《旧约·创世纪》

中的神话故事，就是我们大家所熟悉的耶和华上帝用尘土按照自己的形象造人之后的故事，围绕着那棵苹果树，直到亚当和夏娃被赶出伊甸乐园，建立一个新世界。这是情节的第一主线。写到这儿已经是好东西了，可是诗人没有停下来，精心设计了另一主线，写撒旦的历史，那是根据《启示录》想象出来的东西。撒旦后来是人所共知的"敌对者"，原先可不是，他是天上的天使长，比天使更天使，因故被逐出天界之后，他变了。两个故事情节主线，构成复线结构，把两个主题关联起来。一个是人，失去地上的伊甸园，从此靠自己，确立的是现实，是新世界；另一个本是神，失去天上的乐园，写的是宇宙和历史。这极大地丰富了诗的内涵，让我们更清楚地看到正反从来相对，矛盾无所不在，两种势力始终并存。《沉溺》可不可以沿着有些线索走得再远一些呢，比如高远他们父辈这条线索。这是可能的，是后话。歌德写《浮士德》，写了六十年。结构庞大，内容复杂，把自己八十年的全部生活和思想都倾注在里边了。因此别林斯基才说，它是当时所处的德国社会全部生活的充分反映。尤其是第二部，把从海伦直到拜伦的三千年历史，中世纪和现代人的思想感情，全部包括进去，令人眼花缭乱，有时还节外生枝。看来成就一首长诗，不要怕眼花缭乱，不要怕节外生枝。

我还想到但丁。但丁在写作《神曲》之前，写过一部《新生》，也是专门写爱情的，写给他所钟情的女人贝亚德。《新生》是《神曲》的先驱，《神曲》的根源。最终，经过不断的书写，不断的理想化的提升，贝亚德成了教徒心目中的圣母。我之所以这么想这么絮叨，是我觉得《沉溺》近乎《新生》，到此为止很好，不到此为止会更好，加深对生存的追问与思考，反复蕴育，不断精进，把写作进行到底，《沉溺》有可能脱胎换骨，焕然一新。

诗状态

——读谷晓军近作

　　我们谈论诗歌，往往谈论结果而忽略过程，其实过程有时比结果更容易接近诗歌。所谓过程，就是一个写作者（读者也一样）进入一首诗的状态，如果在诗的感觉上，我们称之为"在诗状态"。凡是认真写过诗、读过诗的人，都能体验到这种对诗的迷恋状态、生命的本真状态，更多的是对迷失的生命本真的追忆。

　　晓军的这些诗，是在诗的状态上的。这个评价，看起来似乎缺少一些高度。其实不然。这已经是很好的状态了。有的人写一辈子，也不一定具有这样的状态。有时这个状态来了，没有被抓住，跑掉了。从天时上说，当下诗歌已经进入到了一个公共写作的时代，进入到了一个相互复制甚至自我复制的时代，经验是公共的，感受是公共的，甚至连语言的节奏感，都是大同小异的。很少有人能对这种潜在的公共性，有必要的警觉，不断出新的诗人更少。

　　晓军一插笔就在写自己。

　　《东方晨阳》系列，是一次尝试。这一定是晓军心上挥之不去的几个美好字眼儿，或者是会心，是一个情结。天下没有比汉字与诗的关系更直接、更密切的文字了。汉字是现存的几乎唯一的象形文字，"象形"建立在视觉的会意基础上，它用象形的方式来直观地为世界上的万事万物命名。晓军笔下的东、方、晨、阳，让我一下子想到最初的"旦"字——日出东山。一眼看上去，"旦"是文字，也是图像，更像一个诗意的句子。晓军把"东方晨阳"四个字拆开，一一特别关照，调动感受，发挥想象，其生命与生存，甚至命运，在期间悄然运行。因是观念在先，或者说还没有真正抵达现场，正在寻找具有生活质感的细节来表达感受，她的观念有待在更具体的现实中展开。诗歌和小说一样，在实感层面，也要创造一个生动的世界，这需要诗人的各种感觉器官都向这个世界敞开，心灵能力，也要通过这种感觉的释放传达出来。

我说晓军在诗的状态，首先看好她的诗性直觉和有效表达。她能够一上来就把你抓住——

让我重回你体内

无论幸运与灾祸　我必须

返回原始的爱与最初的体验

——《鱼之恸》

明天我会很早出发

先走国道，然后从高速公路上疾驰而去

虽然路途遥远，但一想到爱，我会迅速抵达

——《许诺》

有一阵风，从北方的北方吹来

在我居住的这个地方落了一下脚

一阵风，站在窗外的树梢上

向窗内望了望，掀起了柔情的小风暴

一阵风，穿堂而过

匆忙中带走了惊慌失措的玫瑰花香

一阵风，消失了

池塘里小鱼虾在扩散的波纹中不再宁静

——《一阵风的三个版本·B版》

诗性直觉和可靠的表达，是成就诗人的基本条件之一，但仅有这些是不够的。

诗歌不能产生诗歌，需要现实的、激情的、实际的和精神的东西参与。

文学与社会的关系，不是仅仅来自生活，不是题材内容的来料加工，而主要体现在其内在的精神结构中。其中之一，是诗人的世界观与整个社会结构形成的对应关系。

有一定创作经历的都知道，没有现实与物质的触动，就没有诗歌。诗，的确是从现实和物质出发的，但她不是现实与物质本身，诗的归宿不在此，诗将在对现实与物质的感受中飞升起来。面对流水，每一个人都有不同的感受。庄稼人首先想到的是要浇地，姑娘要浣衣，孩子要洗澡，口渴的人想喝。而孔子说"逝者如斯，不舍昼夜"，苏东坡说"大江东去，浪淘尽，千古风流人物"。诗就是这样，它必然要从现实与物质中超越，包含了比现实和物质更多的东西。

晓军做到了，《办公用品》系列，是其杰出表现。《档案盒》：

这些蓝色的塑料盒子

常常被我从南三条转运到

医院学校政府机关房地产公司的铁皮柜里

我从中赚取些许的利润

这些廉价的塑料制品，被贴上档案的标签

就摇晃着身姿由市场进入了管理层

别小看这家伙，它怀抱着巨大的秘密

暗藏在地狱与天堂的交叉口

从内心的纸片开始，沿着一条光明的主线，或者

不见天日的秘密，抽丝剥茧，进入时光的隧道

返回或跨越障碍，一些事，一些人，慢慢逼近

逼近利益，逼近我日渐枯萎的愿望

这些盒子开始有了重量，甚至超过了一座建筑

或坟墓。这些盒子也慢慢有了价值

甚至超过了道德和黄金

不容置疑，我赚取的一点点微薄的差价

竟有如此之价值

　　诗乃化见为识，真实的事物是重要的。"识"是超越，是与精神的契合，也并不次要；"诗"这个词，在西语中由希腊文"创造"一词派生而来，有创造的意思，诗歌对现实与物质的超越，与精神的"同构"，意味着当诗行作用于纯粹客观实在，形成现实，或曰确立现实；而面对万事万物，进行——命名。

　　《档案盒》就是晓军的创造。也是命名，对"档案盒"的命名。

　　熟悉新诗状况的人都知道，在此之前，有过一首著名的《零档案》，成功地模仿了档案这一文本和语式，实现了对一个人的历史状况的书写。在对档案的模仿中，档案的真相昭然若揭，达到了触目惊心的地步。但是，权威文本偏偏遗漏了"档案盒"，留下这命名的机会。晓军用极短的篇幅，揭示出巨大的秘密，完成了对那么多人生命内容和方向的书写。我个人真的喜欢这样的诗，有发现，有生命的投入，有精神的苏醒，有自我的觉悟。但凡好的文学，正是从这个路径走过来的。文学的后面有人，有历史和文化背景，有心。

生命之诗 命运之书

——长诗《汶川涅槃》读后

阅读的心情和感受，因时而异。郝斌生同志的长诗《汶川涅槃》，我先后读过五遍。前两遍在汶川特大地震发生一个多月之后，斌生以河北日报社记者的身份从灾区采访归来，匆匆写就第一稿，打印出来广泛征求意见，也送我一份，粗读之后，因为看好其潜在价值，又回头细读一遍，私下提出一些具体的意见；长诗付印之前，我又和斌生分头逐字逐句润色、修改两遍，都想尽可能完善它。而今再看这部作品，纯属欣赏了。

如果说我第一眼看好这部长诗凭的是直觉，那么现在，则依靠作品本身的质地。以我几十年来持续读诗所积累的经验看，这是一部看似寻常实奇崛、具有史诗面貌及一定史诗品质的作品，是生命之诗，也是命运之书。

汶川特大地震之后，产生了多少与之相关的诗作？有资料说以十万计，长长短短，我读到的也成千上万。有一些作品亦曾令我心动，但因这个题材的可公度性和情感的共识性，诗人普遍面临着艺术创造力不足的问题，整体给人以"都差不多"的感觉。

而《汶川涅槃》独树一帜，不可多得。

这部长诗分三大交响，共二十六个章节，洋洋八千行。编者在出版前言中指出："诗人从不同角度、不同侧面选取人物和事件，对抗震救灾中的人民解放军、武装警察部队、公安干警和白衣战士以及灾区干部群众中涌现出的英雄人物进行了讴歌和礼赞。通过一个个感人至深的瞬间和细节，艺术地再现了抗震救灾的全景和全过程，为逝者奠，为生者吟，为奉献了爱心的人们留影，向世人展现了中华民族不屈不挠、团结互助、艰苦奋斗、不怕牺牲的优秀传统和时代精神。"这个更接近新闻的视角的导读，倒也符合斌生作为高级编辑、记者的身份，指明了这部作品的"诗报告"特征。仅从诗的角度，我看《汶川涅槃》与众不同，是因为亦是出色诗人的斌生，在举国共识中写出了个人化的会心，在庞大的"公分母"中最终没有被"约分"。他不仅对得起"汶川涅槃"这个重大、严肃而深挚的题材，更对得起"诗本身"的艺术尊严。

　　一般说来，诗在现实和语言的双重虚幻背景下，让人或事在其中的存在变得似是而非。面对汶川特大地震这样并不一般的题材，诗人何为？是实打实还是避实就虚？实打实意味着硬碰硬，大大提高写作的难度；避实就虚有可能从某个概念出发，虚张声势或言不由衷。

　　《汶川涅槃》是硬碰硬的。诗人用的全是真材实料，没有虚构形象，没有编织故事，也很少理性阐发。我粗略统计了一下，诗中涉及两百来位人物，其中 184 位用了真名实姓，需要的时候，还常常落实到人物籍贯、出生年月，甚至大幅度调动记忆。写到彭小枫将军，诗人趁便写到他的父亲、抗日名将彭雪枫；写到某军医大学的校长张雁灵，诗人当即指出他就是当年"非典"时期小汤山医院的那个院长；写到映秀镇灾后抢种玉米的农民李秀英和沈慧英，就老实告诉读者李秀英是映秀镇小河边人，地震夺走了她的丈夫、儿媳和两个孙子，而沈慧英是彭州人，比李秀英小 10 岁，右手缠着绷带，袖筒上还为其逝去的公公戴着孝……

　　几乎每一行都落实到具体的事件、真实的人物，无疑使这部长诗首先具有了质实性。但从诗的本体依据上看，诗歌毕竟不是说事儿，而是生命的灵韵或性情之光。诗的活动起点是生命体验，这种体验，主要来自对生命的反思，如何以轻御重，以小寓大，以具象含抽象，是对诗人诗艺和真诚的双重考验。如果一件事、一个人没有用技艺去叙述，诗的价值将大打折扣。

斌生恰当地处理了抒情与叙述的关系和具象与抽象的关系，把无数事件、人物融合为宏观的、普遍的把握，做到处处有细节，有形象，有真情，但不零碎，让人如见如闻，过目不忘。

诗人以情感为主线，以形象为副线，抓住某一瞬间的个人经验中的历史质量，在深情的叙述中，把事件和人物一一托出纸面，揭示真实历史境遇下的生存。

请看在行进着的救灾部队将士身旁：

有一位老大娘

她手里拿着一把蒲扇

不停地跑啊

不停地追着给战士扇凉

请看坚守一线指挥救灾的将军叶爱群：

这个红军的后代

沂蒙山的汉子

63 岁的老人

记住他充满血丝的眼睛

像两只电压严重不足的灯泡

那是三天三夜没有睡眠的明证

记住他在乱石丛中奔走的身影

像一匹红鬃汗血马

长风中回响着他的嘶鸣

记住他是个糖尿病患者

在灾区背着身边的警卫

自己给自己打胰岛素

记住他干嚼方便面时

心急火燎

囫囵吞枣

把牙套当成了佐料

请看为了保护孩子而光荣献身的人民教师谭千秋：

孩子差不多都走了

走得只剩下四个了

如果你走在这四个孩子之前

或许还来得及

……

有人看见

最后一个孩子是他踹出去的

那是他一生中第一次无情地踹人

那是最光彩的临门一脚

再看灾后赶种玉米的农民：

一个汶川的农民

向来施救的人们说

帮我们弄些玉米种子吧

现在种下，秋天就可以收获

我们就可以不吃救济粮了

……

汶川的玉米种子

就这样种下了

伴着泪水种下

在余震频频中种下

在掩埋了亲人的尸骨后种下

在一片废墟上种下

汶川的玉米

紧挨着亲人的坟头

以一部长诗集中处理一个大事件中的若干具体事件和与之相关的人物，情感上难免会形成自我蹈袭，可喜的是，《汶川涅槃》却不给人以重复之感。诗人精当地把握了抒情与叙述的关系，特别是其独特的叙述成分，几乎无法模仿。其中有什么奥秘呢？

我在前面提到，《汶川涅槃》是生命之诗，也是命运之书。设想一下，诗人的足迹、目光和情感，是怎样进入了汶川地震现场的几乎每一个角落？

我在北川曾走过很多地方

在巴郎山临场遛马

在淋冰沟阳坡上放羊

在太白林场开怀畅饮

把信天游唱到天亮

原来如此。从长诗第一章的开篇，我们就获得了这样的信息：诗人对他所要书写的土地是早就熟悉的，地震，不过是令他心灵剧烈震颤的一个触发点；而从诗人对那些人物的今生前世的叙述中，我们已经知道他对许多人物长期关注早就了然于胸，写作这部长诗，不过是一次集中整合。而下面这样的诗句，则无意中展现出诗人的爱的天使身份：

> 在去映秀小学的路上
> 我带了很多册一年级课本
> 我看好其中那篇《爸爸的猎枪》
> "爸爸，你知道吗
> 我亲眼看见
> 你去伤一只快乐的小鹿
> 我的梦就再也不能飞翔"
> 这篇文章本是孩子的读物
> 但孩子走了，带走了对猎枪的恨
> 也带走了对人类的希望

成如容易却艰辛，一切都不是偶然的。集新闻人与诗人于一身、毕生求真求美的斌生，心怀大爱、良知和悲悯，拥有稳定而又强大的精神意志。知天命之年，他把庄重地以泪水的语言书写《汶川涅槃》作为一个诗人的天命，自己也涅槃了。这就是奥秘。

感受《黄河游》

——董猛先生长诗《黄河游》浏览

对于我来说，阅读和解读《黄河游》这个万行长诗是困难的。一方面，是诗人拥有的特殊经历，我没有，诗人的才学识见和浪漫，我不如。另一方面，是这首长诗产生的特别的年代背景及其特别的文本意义，本身就是一个不小课题；单单是诗中的用典，就令我敬畏。

因而尽管我通读了它，也只能说浏览了它。

因而我不能解读它，只能表达我的感受。

一个特别的长诗文本

说它特别，一是指它的写作时间。1973年完稿，2005年整理。在我有限的阅读视野中，中国产生于"文革"期间的有一定诗学意义的长诗是有限的，我知道的有孙静轩的《黄河的儿子》、王授青的《斗天图》和李永鸿的《红菱传》。由于特殊的原因，《黄河游》完稿后未能及时问世，这是一个无法弥补的遗憾，凭它的内在质量，若能及时问世，有可能洛阳纸贵。尽管诗人在重新整理过程中，加入了"与时俱进"，我觉得其总体格局和基调，仍然是1973年初稿奠定的"社会主义的锦绣江山，无产阶级的伟大时代"。对一部旧作进行整理修订，与其说是需要勇气的，不如说是需要前提的，这个前提，就是作品的共时性，也就是说，它对过去、现在和未来都存在意义。因为意义的存在，诗人没有也不可能推倒重来，读者就只能回溯，历史地看待它。任何文本，都是历史的文本。只有在特定的历史语境中，才能显现它的价值，或者说，越是在特定的历史语境中，越能看出它的价值。它对于那个时代，究竟意味着什么？在当下又意味着什么？是值得我们研究的。

再是指它的书写方式。我们所熟悉的长诗，一般是诗史，所谓"诗言史"，常常是志之所之，事件带动诗人，诗人言事，世代口耳相传。《黄河游》不同，它虽然借助了历史和神话，却是在诗人的主动带动之下，似乎只能命名为"人文长诗"或"个人史诗"。这首先得益于诗人的西学。如果我们能够证明《黄河游》是当代中国人文长诗或个人史诗的开山之作，其意义将凸现。

一个行走者的精神通道

《黄河游》是在诗人面临人生困境的时刻完成的。我注意到，在完成这部长诗的同时，董先生还写了许多诗词，这些诗词的突出意象是"窗户"，如1972年8月27日的《抚窗》，1972年10月20日的《夜起》，1972年12月27日的《窗望》，1973年6月的《凭窗而望，见故人一顾，顿觉暖流》等等。亮灯的窗户紧闭的门，就像围城，外面有人想进去，在里面则意味着困顿。好在董先生本质上是一个诗人，是一个燃烧的人，虽然生活的烦忧，政治上的失意，造成了对其生命活力的深重压抑，却强化了他的诗化人生，在铁的现实面前，他不一定是现实的反抗者，但一定是超越者。出于理想，出于本能，甚至出于无奈，他超越存在的方式，是诗的，形而上的。他借助西学，提炼本土元素，生成一个梦幻，开始了精神的游走，最终他找到了通道，犹如但丁找到了天堂，有了暂时生活在别处的可能。

诗人是一个行走者，黄河一线，就是他行走的通道。他有一个制高点，那就是中华文化的源头。诗人瞬间陷入时间的漏洞，回到了遥远的历史深处，犹如进入"水府"，这不像是对时间概念的一次怀疑和试探，而是对自身精神能力的一次检验。在全民迷失甚至失踪的年代，他因神游黄河这个特殊的事件而完成了自己对自己精神的引领，彰显了自身，尽管，他能够引领自己的精神，但不能引领自己的命运。

这使我一再想到天安门前的红海洋，那已经成为一个象征。巨大的洪流，可以湮没一切，个性消失在群体之中。在这样的背景下，诗人的出场本身，就已经赋予这部长诗以一定的价值和意义。

一条大河流动的记忆

必须承认，我们写下的任何文字都是记忆。这并不是说我们的精神向度是逆向的，是时间的性质决定了我们所写下的东西必然是经验性的，是历史的积淀。

我想把《黄河游》定义为一条大河的记忆——黄河的流动的记忆，尽管它可能是记忆片断，甚至有许多是"锦绣江山"和"伟大时代"的倒影，可能失真。失去记忆，人类的生存是悬空的，河流是凝固的。诗人不是从文化哲学的角度，他仅仅从一个诗人的角度，从对一条河及其子民的热爱出发，在他的行走中，历史、地理、民俗和神话传说等所有通向文明的道路纷纷打开，这得益于他的识见，人智和爱。从技术上说，也得益于河伯这个人物的设计。作为一个在无意识中进入历史并来到现实的人，我倾向于认为，河伯有可能是大河的灵魂，起码他不应该仅仅是一个导游，而应该是一个导师。

我一再鼓吹诗人大解的长诗《悲歌》。恰巧，《悲歌》也写了黄河，写公孙逆流而上，寻找人的道路，最终，公孙在永远动荡的波涛中发现了生命的流程和秘密。

　　黄河这个题目，是一个涉及东西上万里、上下几千年及亿万人的大题目。黄河同中华民族的起源、历史、文化、发展乃至整个世界文明，都有极为深厚的联系。与众多大河不同，黄河是一条特殊的河流。从地理上看，它发源于世界最高的高原，其跌宕的幅度和丰富的经历是所有河流都无法比拟的。从生理上看，它的水流本是黄流，曲折，泥沙俱下，染黄了一个民族的皮肤，其周期性洪水泛滥同中国社会的周期性震荡又颇为相似。因是英雄所见，《黄河游》与《悲歌》都关注它，而且有非常相像的地方：一是以黄河隐喻中国的历史，二是打破河流（空间）和历史（时间）的束缚，抓住它与长城（还有丝绸之路、长征之路）的大致平行，印证历史发展的脉络，三是都通过个人、历史和自然三者之间发生的关系，让河水参与一个民族的生命循环，成为命脉。所不同的是，在《悲歌》中，黄河作为公孙进入生存历史的一条可行的途径，是回溯之路，寻找的是根；而在《黄河游》中，河伯和诗人则是按空间位置移动，顺流而下，满载国土崇拜、历史崇拜和祖先崇拜。我猜想，这与诗人所处的时代和生存处境有关。董先生身处狂飙时代，在"高处"，凭窗而望，魂出囹圄，神及八荒，自己也被激活，被民族情感充满，沉浸于荣耀与伟大，不可能有任何怀疑；大解不同，他居住在自己的内心里，开放的全球化蔚蓝的背景，加深了他的孤独，他因困惑而追问，于是黄河远上，向神问路，满怀对民族历史、文明、命运的全面思考，寻找的是人类生存的真相和真正的故乡。

　　他们从两个不同的方向让曾经断流的黄河在纸上流动，我们正是在这流动中，感受到悠久的历史仍在继续。

一个充满悖论的诗体标本

　　《黄河游》的叙述是从容的。从容是一种风度。

　　它的建筑风格也独具匠心。庞大的体积，蜃楼的格局，严谨的修辞，精致的格律，对立统一于矛和盾之间。它的节奏，是敲着梆子行进的节奏，九言万颂，颇有古风，自成新格，其诗体建设成就，是显而易见的。

悖论由此而生。

我们关注一首诗，首先关注的是诗意。所谓诗意，当不仅在于使用优雅的词汇和表述理想的景观。李白的幻象是诗意，王维的禅味是诗意，杜甫对于时代生活的准确描述是诗意，李贺的生涩也是诗意。诗意是一种使我们超越事物一般状态的感觉。我感觉《黄河游》所叙述的一般性的东西还是多了些，还应更深入地切入生活、触及事物，强化诗性直觉。

诗的基本建筑材料是语言。诗的语言大体上有三种，一是诗意的语言，二是有意义的语言，即有思想，三是诗意语言加上有意义，并结合得好。使用什么样的诗的语言，就有什么样的语速。语速的快慢，反映诗的语言节奏和力量。在当代生活中，似乎人人都有急事，要赶在时间的前面，因而诗的节奏诗的语速也在不断加快之中，这是时代需要。从这个需要来看，《黄河游》不一定适应。

从诗的内在质量看，诗是分层次的。层次性作为事物的质感表现，在诗作的艺术价值和审美情趣上，概莫能外。照相机式的"如是吟"是一个层次，具有可感性，在诗中揉进自己的主观成分实虚结合是一个层次，凭借智性，给诗以翅膀，给思想以温度，是另一个层次。《黄河游》的层次很高，但也存在问题，一是出在虚实结合上，比如游河，一级一级顺河而下，并看见当下，表面上给人以实的感觉，但因为缺少细节提炼，还不是特别生动。另一个问题出在被鲁迅先生视为"诗歌大敌"的"平稳"和"冷静"上。董先生古典诗词修养深厚，在诗的形式上追求完美，令人肃然起敬。但叙述太节制了，用力过于均匀了，显然限制了杰思，影响了想象力的发挥和诗的结构。对于像董先生这样的高手，戴着镣铐跳舞可能也会有漂亮舞步，如在《黄河游》第九、

第十和第十一节中的古诗今用、对完整故事的诗化处理和对信天游的引进，都很漂亮，但终归不如不戴镣铐。

　　一首诗的呼吸，同生命的呼吸一样，是追求最大自由的，它不应该接受任何有违生命价值的原则和任何控制。一首诗，无论有多么美好的形式，如果它阻碍了诗思自由而充分的发挥，就应毫不犹豫地拆毁它。偏于一端虽然可能有助于风格的建设，却不利于艺术向着复杂的世界敞开。事实上，在诗的形式面前，不独董先生，每一个诗人都面临困境，正如巴尔特在《写作的零度·导言》中写到的那样："形式在注视的目光前如同一个悬置的物体：如果它光辉灿烂地站立，它便显得过时；如果它是对自己的一种规范，它便不是社会性的；只要它对时间或人类而言是特殊的，它就只能意味着孤独。"

　　谁也无法摆脱悖论，这就是写作，因为写作本身，就是坚持自己并承担可能的后果。尽管如此，我还是期望一部更加完善的《黄河游》，我觉得它有着更自由、更博大和更神圣的可能性，我期待着通过《黄河游》，看见胸脯里的火焰和脉管里起伏奔流的波涛。

我家"老爷子"

　　我家"老爷子"，吟诗填词，舞文弄墨，四十年如一日，有三十多部著作问世，有些名气，拥有一批读者。"老爷子"原名"玺"，嫌用字陈旧，少时自行更名一个"章"字，印章的章，文章的章。"不让皇帝老儿把持着了，我把自个儿交给了老百姓。"说起来这名字改得可不坏，刘章，刘章，诗章文章，还有一堆石头印章，打"章"上来了。只是他的不少上了年岁的亲人至今还是叫他刘玺的，有时也唤他的乳名。

　　"老爷子"而今有了年岁，却也说不上有多老，虽已鬓斑，尚未花甲，因而我心中的"老爷子"三个字，用于他总是要打上引号的。前几年我喊他"老爷子"，他挺在乎，脸色并不好看，喊多了，慢慢地与喊"爹"叫"爸"没什么两样儿了，他全都答应。"老爷子，吃饭啦"我妈也喊："老爷子身体怎样？"我的朋友，甚至是"老爷子"的朋友也致以如此的问候，他还觉着美呢。

　　其实我也不是瞎喊，尽管我喊出第一声"老爷子"之后有些后悔，怕他真的就老了。谁让他出名太早呢，二十岁出头就是全国热热闹闹的诗人了，就成了当时中国作协最年轻的会员了，人家和他一般年纪的作家、诗人，有的至今还是"新生代"呢。可报刊上一提他，得，"老诗人刘章"，不喊他"老爷子"喊啥？有的人不了解，还硬说他"年逾

古稀","老爷子"为此打油一首,曰:

> 老汉今年五十七,
>
> 安贫乐道闭门居,
>
> 一身是病精神好,
>
> 可望平安过古稀。

原来,他是借人家吉言呢。我喊家父"老爷子",还有另一层意思。我们父子,没有"代沟",喝酒,相互把壶,吸烟,有时他也递我一根。父子乎?朋友乎?还一起写诗,有了诗稿,彼此传看,各陈己见,脸红脖儿粗,若同志一般,真是"多年父子成兄弟"了。

我家"老爷子"有句名言:"回头看,你走过的每一步都是对的。"有时我也帮他回头看看,可不,没错儿,一步一个脚印,一个比一个深。我心里说:"老爷子",你走对了,那可不是自然而然地就走对了,是你行得正,未曾踏上错误的道路嘛。

持续地回首,我看见那个养育了他的叫做上庄西沟的小小山村。小小山村,没有电灯、电话,没有电视、电影,报纸十天半月来一趟,有个收音机,舍不得买电池……你怎么写诗?怎么就成了著名的诗人?还有,五十年代末,你们那一代农民诗人多了去了,走着走着,这么大个中国,怎么就只剩了你和你的影子?

这里面一定有个"秘密","老爷子"却说:没有。

我知道,"老爷子"天赋好,这个,我不说,熟悉他的诗文的人也都知道。我要说的是他的诚实、爱心,还有持久的学习和勤奋。就说文化大革命那些年吧,晚上挨批斗,白天放羊,有盐给羊舔了,米汤喂了羊羔,一家人白水煮白菜,有时还揭不开锅。乡亲们饿成了"大眼灯",眼巴巴看着他翻山越岭去借粮食,走投无路时,他把手伸向他的姥姥家门口,就差给人家跪下了。事情过去了许多年乡亲们还念叨:

"那年，要不是刘章，咱们饿死了！"在我的记忆里，他外出借粮时是黑瘦的，而归来上身全是红的，掉了一层皮！就是在那时，他也不曾忘记读书，他把他能找来的书全都读了。山上读，让清风帮着翻页；灯下读，任两个鼻孔黑了又黑。几十年下来，对于他，有粥就是好日子，最美的美食是盐水黄豆和咸菜鸡丁，只有书是常读常新越买越贵重了。有一年，卖了将军诗人朱增泉送他的好烟，买了一套《全唐诗》，去年呢，凑了好一阵子稿费，咬了好一阵子牙，终于还是把一套上千元的大书搬回了家。他就是这样。如果不是这样，如果不是把学习当成生存之外最重要的，他会不会早就在某个地方"一二一"了呢？

还有勤奋。就说我吧，能玩牌不聊天，能聊天不看书，赶上节假日，一看天好就要去钓鱼，下雨了还想下河寻找观赏石，偶尔写上几笔，还有人夸用功。"老爷子"可不这样。过年过节的，和家人热闹一下，他就又去读他的书、码他的字了。我对"老爷子"说："要是我也像您这般用功，早就成了大诗人大作家啦。"他淡淡一笑说："也不一定。"

我是常常看着"老爷子"为诗为文的，我知道那诗文是怎么来的。他的笔，是用他的心握着的。他的笔下，情是真的，意是真的，事物是真的，全都正经，没丁点胡闹和瞎掰的事。放了几年羊，先得"花半山，草半山／白云半山羊半山／挤得鸟儿飞上天"（《牧场上》）这样的诗句，后得一首《一蓑烟雨任平生》；半生土里刨食，当过社员、支书，挨过批斗，吃糠咽菜，脱皮受苦，得一组《北山恋》；当了好一阵子水库指导员，得了两条老寒腿和《湖光》《过老虎沟水库》两首小诗；在河北省歌舞剧院住久了，才有了《演员》这样的诗句："要心碎你就心碎，要流泪你就流泪，不要问我：'你演的是谁？'唤醒自己的真情味！唤醒自己的真情味，不要问我：'你演的是谁？'要流泪你就流泪，要心碎你就心碎！"

有自己的追求和特点才有自己的高度。"老爷子"是自觉的诗人，他的写作，有来自他骨头和血肉的那些元素，又有他对新的时代美学精神的努力适应。他在古典诗歌和民歌的基础上发展、推进诗歌艺术，自成一格，才在中国当代诗坛多样化的格局中找到自己的位置；他以亲和的态度拥抱和接近他热爱着的大自然和每一自然现象，才懂得自然的灵性，在隐微中洞察出有趣的东西；他对泥土的爱恋和土地上多年的躬耕，才使他发掘到泥土本身蕴含着的不朽的生机和伟力。如果一切都是偶然和盲目的，"老爷子"，你可太幸运啦。

除了写诗，"老爷子"还有不少散文、随笔，文白融合，闲中著色，涉笔成情，大多篇幅浓缩，不铺张，转折灵动，适可而止。有时又行文若流水，那水，是遇上一片叶子也要打个漩儿的。有《刘章散文选》为证。

"老爷子"肯定是热爱生活的人。他的写作，是从生活中来，忠实于生活的，但似乎又并非是因为他的生活过于充实，而是因为他觉得他的生活有待充实，尤其是心灵生活。

现实生活中的"老爷子"，有些"怪"有些"傻"，只是"怪"得不让人硌应，"傻"得有几分可爱。就说骑自行车吧，谁不是见了绿灯赶快走见了红灯绕着行呢，他不。他说他是见了红灯猛使劲，骑到停车线就是绿灯了，而见了绿灯慢下来，谁知道哪会儿变红灯呢？再说写信。我介绍经验说，有许多来信，用不着急着回，等上十天半月，大多可回可不回了。"老爷子"试了一下，说不中，午觉睡不了，夜里也睡不着，于是每信必复，于是越回复来信越多，写信写累了，喃喃地说："这人怎么这么不懂事"，喃喃完了接着回信；还有吃菜，认准就近那一盘，是什么夹什么，还说单调，待抬头一看，好吃的这么多呀，已经有眼福没有口福了，一笑；交朋友就更"邪乎"，对落了难的，无论如何要去看看，哪位官当大了，就不登人家门了，也不写信打电话了，想人家了，在家念叨，等人家来，来了就来了，不来算没事儿。最念念不忘的是他答应过谁的一件事，那是下辈子也不能不办的，人家答应给他的，也一定当真，就那么等，好像他从来就不知道这世上有"泡影"这个词，尽管他常常看见泡影。年年都必须寄去新年礼物的是他的老师，是乡下教过他小学算术的一位老师，出了书，也总是最先寄去。理由是唯一的：他是老师，而且是一位好老师。

"老爷子"干的许多事情，像是哄自己玩儿一样，许多以一般人眼光不能悠然欣赏的，他却悠然地欣赏着。他的做人，是我辈不好学的，哪怕一点点小事。

> 无争无欲自无愁，
>
> 有子有孙书半楼，
>
> 敢向人间夸富贵，
>
> 知音好友遍神州。

此诗乃"老爷子"新近口占，本可以为本文做结的。可我蓦然又想起他在四十七岁那年写的一首诗，我觉得那才是毫无保留地展示了他自己的一首诗，是真的可以为他的前半生划分号的东西。原诗太长，不好照抄照搬，只抄录其中十几行吧：

> 只因为闰年闰月，
>
> 混了个老虎属相，
>
> 其实是山中野兔，
>
> 可怜无三窟躲藏！

> 爱书籍胜过生命，
>
> 爱土地如同亲娘，
>
> 恋月白风清，鸟语花香；
>
> 成熟时老气横秋，
>
> 天真时儿童一样！

白发是太多的感情，
消瘦是诗人的形象；
人比诗还要单纯，
诗比人显得张狂。

好了，就抄下这几句，句句是真，字字可当真，就是那么回事儿。

趁便多说几句。"老爷子"不老，心不老，诗文不老，登山极顶，下海弄潮。而这两年，我明显地感到，他总是觉着自己真的就老了。难道是我叫"老爷子"叫多了不成？越是觉着自己老了，看见了一切不快、不安、不真、不善、不美的事，就越要皱眉，越要叹息，忧国忧家、忧世忧友的。忧的太多，必然感到心累，于身体于诗文，都不是多么得当的事。

重读写给母亲的诗

有位前辈作家拉着我的手说："写写你父亲吧，你写你的母亲的文字太多了。"事情过了好多年，我始终也弄不明白这位前辈的话里是否还有话，只是在我又想写写母亲的时候，同时想起他的劝诫，比如当下，就想是不是应该先写写父亲。好像写写父亲也并不太难，把记忆库打开，有一个完整的单元是有关父亲的——他的深沉，他的严正与慈爱……单单他的美德，就已经是一笔非常巨大的财富了。在所有的称呼面前，我甚至无法找到一个比"父亲"哪怕稍稍神圣一点儿的称呼。我可以以"母亲"二字比做什么，或者把什么比做母亲，而我不敢拿父亲打比方，不！不是不敢，是不能够。问题就在这儿，当你要写写父亲的时刻，有关他的一切生活细节都向后靠去，他被概括得不能再概括，被提升得不能再提升，对他仿佛只有敬畏和信任。

写母亲则不然。1977 年参加高考，作文题目叫《我的第一个老师》，我一下子就想到了母亲，一路写将开去。写母亲相对容易，我想和母爱与父爱的区别有关。在一个家庭中，母爱要比父爱更物质，抚摩鞠育，无所不至，当我们大量地需要母爱，母爱就大量地向我们涌来，这样，孩子在对母亲有了特殊依赖的同时，也加深了对她的了解与理解。而母亲呢，把一个新的生命亲自带进这个世界，看着他成长，梦想他有远大前程，她每天被具体的母爱体验所凌驾，身心一体，不打折扣，甚至有些盲目，致使她的形象越来越立体，易于在子女的记忆中复现，调动他们的审美思维和真的感悟。

在我写作的几百首诗中，写给母亲的有十多首。其中一首《母亲的灯》，写我小时候和弟弟妹妹们抢着吹灯，母亲反复地点灯：

"好孩子，别抢
吹了，妈再点上"
点上，吹了，吹了，点上……
当我写下这些诗行
我看见母亲粗糙的手
正小心地护着她的灯苗儿
像是怕有谁再吹一口
她要为她写诗的儿子照亮儿

呵，母亲的灯
豆儿一样，在我模糊的泪眼中蔓延生长
我看见茫茫大野全是豆儿了
金黄金黄。金黄金黄的涌动的乳汁啊
我今生今世用不完的口粮。

还有一首题为《我的妈妈》：

你似乎不会走路
总是一阵风似的
每天从清晨跑向黄昏
腿肚子是永远紧绷的发条

> 背后瞅，你的身影不如别人清楚
> 迎面瞧，你的衣襟总是呼呼飘着
> 浇园的水是跑着挑
> 生火的柴是跑着抱……

　　写母亲就是这样，一不留神，生动的细节就全都溜达出来。我写《母亲的脊背》，说她的脊背总是"背着风背着雨背着烈日／当您迁往城市的那天／你背着一块压酸菜缸的石头。"有朋友问，这最后一行，你是怎么想出来的呢？我说，那怎么可能是想出来的呢。我还写过一首《有福的母子》，写母亲送我参军："自从您送我来到边防／您就盼我回到身旁／您一边送我一边想／边防就是边防，他乡不是故乡。"有人说矛盾了不是？她不想让你去，又要送你去，何苦呢？对此我无言以对，我只有在心里对母亲说：您知道您是对的。

　　我当然知道，任何一首诗中的"母亲"，更多的只是象征；而更为明确的是，我诗中的"母亲"，是有根的形象，是一代中国妇女的缩影。

　　如今我也早就"不惑"了，重读写给母亲的诗，觉得并不太多。当我和母亲一起成长，我长大了，体现在除年岁之外的差别越来越不显著，我对她就越觉得亲近。和父亲一样，母亲素常不再过多地叮嘱我什么，而是向我诉说她的快乐或苦恼，让我和她一起分享一起分担。往后，我还会有诗献给母亲么？

　　细想也不光诗情，我的对生活的比较健全的责任感也是受母亲的影响更直接一些。在我的父亲看来，这样的责任感和孝顺一样重要，或者说，这本身就是孝。或许母亲也是这样想的，但她不说。

父与子

　　蒙《诗刊》美意，让我为"诗人风采"栏写稿，以《父子诗人》命题，当时想都没想，就满口答应下来，觉得也就是写写我写过不止一遍的"我家老爷子"，捎带着写写自个儿。一写才知道根本不是那么回事儿，儿子写老子，深了浅了，咸了淡了，俗了雅了，不好弄，找不着北；写自己，就更难，是也不是，不是也是，滋味不大好受。

　　父亲刘章，担得起诗人之名，读者在承认了他的诗篇之后，承认了这个诗人。至于我，写了二十多年，终于晓得做一个真正的诗人之难，名字印上《诗歌辞典》，没好诗也是枉然，不过是文字分行工作者。写诗为文的，在我家不光爷儿俩，二弟向阳、三弟向海，也横涂竖抹，父子四人，还曾合著一部《父子诗钞》，被人戏称为"写诗专业户"。一家老少，四人写诗，不知内情者就以为是"书香门第"，其实不然。我们是山野草民，祖祖辈辈，伐薪烧炭，土里刨食。远祖赤贫，没裤子穿，穿一条纸裤子（想必是见了人烟才穿上）从山东乐陵逃难至燕山深处；我爷爷以赶驮子卖炭为生，外号"狗不理"，夜行百里，见了他，狗都不叫，可见人缘。"寻根"之风盛行时，见古代名人之后俱增，我说要不咱也试试？父亲连连摇头。他说："想来汉高祖刘邦最为显赫，且子孙众多，可两千多年过去了，知道哪一代出过差错'串过花'？刘向、刘禹锡也不错。不错归不错，别高攀，你说你是谁谁之后，考察家一考证，某公后人某代未娶，岂不笑话！草民就是草民……"

父亲的话在理。在理归在理，有时他一高兴，也洋洋得意，忘乎所以，说自己的鼻子长得多么多么老刘家，肯定正宗。

父亲原名玺，字尔玉，1939 年 1 月 22 日出生在燃遍抗日烽火的河北省兴隆县上庄村，后嫌"玺"字陈旧，自行更名为"章"。他的幼年，"在慈母之怀，侵略者枪炮惊魂，爱与恨种子同播。石洞野穴与山鼠同眠，密林幽谷与小树共长。野鸟啼幽，是童年音乐营养；山花灼灼，为儿时美的熏陶。七八岁前不知书为何物，惟民歌鼓词填寂寞心境……"他很会概括，地理的，历史的，几笔，便跃然纸上。只是，到底他还是写雅了，何止不知书为何物，那时，他甚至不知肉味，不知酱味。1945 年春，家乡父老被日本鬼子从深山抓进"人圈"，幸被地下党人保领回家，以玉米稀粥相待，没菜吃，抹一些紫色糊糊在粥里。他吃一口，说香，问我奶奶："这是啥？"奶奶说叫酱。那顿美餐，父亲终生不忘，至今回味。说起这些，他说扯不上苦，山野草民，寻常百姓，加上国难当头，全都那样儿。他回味酱味，是在反思。他认为，日本人之所以对他们历史上的侵略罪行反省差劲，一个重要的原因，是战争未打到日本本土，假如他们的酱坛醋罐也被打个稀巴烂，让他们的孩子也不知酱味，或许教训会深刻些。

说起来我父亲还是比一般山民幸运。他在 16 岁偶然写诗，很快闯上《人民日报》，20 岁出了诗集，23 岁加入中国作协，用他自己的话说，那叫"一半是努力，一半是侥幸！"。他一再回忆，说那时新中国刚建立不久，文艺复苏，写作的人少。可惜自己根底浅，甚至不知鼓词中那四句"闲言序罢"，如"年年岁岁花相似，岁岁年年人不同"之类是诗，只觉着好。对于一个不知诗为何物，只喜欢看看唱本和皮影戏的山里娃子，少时走上诗坛，且一生坚守，不断精进，真不容易。

1957 年，父亲在承德高中读书，写诗，读诗，有了点儿书生意气。人家说流沙河的《草木篇》是大毒草，他硬说不是，闹个人英雄主义，受到大批判，卷了铺盖。1958 年，新民歌创作潮流涌起，他在垒坝造田的空闲，诗兴复发，击石而歌，苦中作乐，写短章百首，《诗刊》竟一下子选用 20 首，碰巧那期刊物发了毛主席诗词，一时洛阳纸贵，举世震动，他也跟着沾光，给他以极大鼓舞。

事实上，他的锄杠撸得再好，因了他手中的笔和一副眼镜，在乡亲的眼里，他永远也不是一个真正的庄稼人了，无论他多么热爱他的家乡，他也仿佛是家乡的外乡人。当生产队长的堂兄福春就曾送给他一个绰号："海外天子"，意思是说，他情况特殊，拿他没办法。他当着大队党支部书记，有时还让人抽去写点儿这个编点那个，本来下地干活就少，却又一边干一边想诗，挺逍遥的。他倒自觉，自己有个记工手册，自个儿给自个儿记工分，每月把记工员多记的工分割（la）下来。到年底一算，一年只挣了 1600 分，顶个半大劳动力，收入 96 元，不够口粮款。在我想来，当时他肯定要大哭一场，一问，他说没哭，顾不上。现在看，多可怜啊，那个年代的那个诗人父亲，比不上人家李白斗酒诗百篇，竟饥不得食，寒不得衣！而作为农村党支部书记，无力领导乡亲致富，只会给自己致贫。在我刚刚学习写诗时，曾记录这段生活，有一首《苹果熟了》，写的是母亲面对刚刚从生产队分回来的落苹果，嘱咐我说："大小子，牙口好，你多吃几个。省下一碗粥，叫你爸爸喝"，这些在别人读来像是扯淡的句子，我父亲读了，悲怆无比，眼圈儿都红了。

生活的苦难改变不了他，改变不了深入到他骨头和血脉中的诗性。他步入文坛不久，赶上了"以阶级斗争为纲"，觉着总有个举着大棒的人跟在身后，时刻都准备敲他的脑袋。1958 年以后，《诗刊》接连发表了他的组诗和叙事长诗，在诗界有了影响，马上就有好心人劝他："你可要谦虚谨慎，千万不要骄傲自满，追求名利，重走刘绍棠的路……"，他说他像林黛玉走进贾府，不敢多说一句，不敢多走一步……他曾一度在公社里做文化工作，领导让他下乡，赶紧穿上粗布衣，戴上老头帽，年轻人见了他喊"老大爷",哪知他才二十多岁。得了稿费不敢买手表,买块怀表悄悄揣着;被中国作协吸收为会员了,也不敢声张,甚至再也不敢在白天写诗。但终归,诗人就是诗人,有其天性。我家屋西百米,有一砚形石潭,自古以来,人们叫它"大石井子"。"明明石潭若砚,却叫石井子,多土!"灵感来了,他信手在石壁上画了一朵荷花,题了"燕山/诗砚潭/一九六三年正月"几字,美得发慌。又想,用錾子刻一下岂不长久?找来錾子便刻,刻了还不过瘾,觉着涂点漆才更醒目,白荷,红字,好不招摇。对这些,老子无心,儿子有意。正是小小一朵花,三行字,成为我儿时眼里最美的风景,让我觉得父亲特有文化,来了客人,随手一指说:"看,燕山!"

要写我父亲,写我自个儿,就不能不写牧羊。"文化大革命"开始时,父亲还是村干部,上了黑名单,让造反派造了反,群众选他,造反派罢他,三落三起,三起三落。说话之间,到了清明,生产队的山羊一头接一头死去,活着的生疮长癣,一身脓包,眼看着不行了。乡亲们急了,开会选羊倌。父亲说,让我放吧。大伙就摇头:一个书虫儿!还属虎!他放羊,能旺?可是,不让他放,谁去放呢?一群烂羊,没人敢接。就这样,他当上了81只山羊的羊倌。一开始,真叫腻歪,上山时,病秧秧的羊们,赶都赶不动,得一个一个用手推,弄得他满手粘乎乎脓血。他反复观察,羊们生疮长癣,是因趴了湿圈,他就每天中午晒土,到晚上一筐一筐担回圈里,天天如此,至晚回家,星月满天。放牧时,他见小羊儿走上绝壁,转不过身来,咩咩惨叫,就抠着石缝攀上去,把羊挟在腋下,头发都立了;他的近视眼镜腿儿坏了,无处去修,用手捏着镜片,看羊,看风云,找回家的路;红日当头,羊儿装一肚子青草,他装一肚子凉水,走起路来直晃,能听见胸脯里水响……放来放去,他和他的羊彼此有了感情,扔了羊鞭羊铲,带一口哨,一吹,羊们隔山听他召唤。有一日他把羊撒入大山,忽然大雾弥天,黑暗如夜,他果断吹响口哨,紧急集合,羊儿飞奔而回,一个不落,跟着他离开

雾海，那场面，着实动人。他白天放羊，夜里，时常还要被人拉去批
斗。他跑到公社去申诉（可叹公社书记大人不见他），几十里山路，沉
沉暗夜，空谷独行，也一定要在清晨赶回村，不误撒羊。为了他的羊，
他查看医书，把一条巨大的毒蛇拉回家，装进酒坛，埋入炕洞，待烘
干之后，碾成粉末，投进啖羊的盐面儿里，疗疮治癣。转眼到了夏至，
羊疮不见了，癣也没了，一个个乌黑油亮，脊背平平，肚子冒尖儿。
到了秋天，一般是一胎一羔的羊，有一头竟下了三个羔儿。生产队长
见他急着给羔儿找干妈，忙着用奶我妹妹的奶瓶奶羔儿，就安慰他说：
"没听说一胎仨羊羔的，别急，死了也没人说啥。"父亲却说："人一胎
五子都能养活，我就养不活一胎仨羔？"果真都让他给养活了。三年
之后，三个羊羔成了大羊，父亲不再为倌，可一听到他的声音，它们
还像小时候一样咩咩奔向他，蹭他的腿，舔他的手。

　　我总是想，这段牧羊生活，对我父亲对我都特重要。是在这时，
他吟出了"花半山，草半山，白云半山羊半山，挤得鸟儿飞上天……"
（《牧羊曲》）这样浪漫、美丽的诗句，被广为传诵，成为文革中硕果仅
存的诗篇之一；是一群羊儿，是野花山鸟，平等待他，给他的灵魂以安
慰，给出真正的乐观与悲怆，让他学会悠悠然地面对社会，进一步确
立入世近俗的平民诗人观。

　　新近几年，父亲几次写到他的牧羊生活，写了《一蓑烟雨任平生》，
写了《牧羊诗》，包括他获得首届全国中青年诗人优秀作品奖的组诗《北
山恋》中的一些诗行，也与这段生命环境有关。我也有些心得，写了
《牧羊人——忆父亲牧羊》《感谢羊群——再忆父亲牧羊》。事实上，这
段生活对于我们，是挖掘不尽的，已经在血液的循环往复中，已经成
为骨头中的钙。那是在1968年初冬，父亲被红卫兵揪去批斗，7岁的
我和13岁的堂姐翠云代他放羊，把羊赶上西大坡冒烟洞下，奇冷无比，
羊都哆嗦。寻个草丛偎着，忽想起装着白帽火柴，准备点草取暖，往
山石上一蹭，大火忽地一下就上了几丈高的大树，一架山，就那么完

了。我哇哇大哭，怕把羊烧死，怕红卫兵说我故意放火、破坏集体财产。可是羊们，那些本来不把我放在眼里的羊们，不知什么时候跑到了我的跟前，齐刷刷地瞅着我，一声不吭，等着和我回家。那些红卫兵，老远看见火光，中止了批斗会，狂奔十里，上山灭火，一个个奋不顾身，神勇无比。在灰烬面前，他们跟羊一样瞅我，没人说什么，没人给父亲和我扣大帽子。这给我以极大的震撼，我懂了什么叫灰比土热，学会从不同的角度看人，认识事物，努力发现不完美的完美，打小就开始与生活讲和。

很多时候，我是看着父亲为诗为文的，我知道那诗文的来龙去脉，他的笔下，几乎全是真实的具体的事物，这是他的优长，自然也是拘囿。好在他勤奋，不像我，老想着玩儿，偶尔写上几笔，还自以为是。即使是在他放羊的岁月，他也在读书，身上背着塑料袋，里边装着唐诗、宋词，沾着露水翻阅。

父亲天天写诗、读诗，特用功，几乎可以忘掉一切，可见其对诗情有独钟，诗，是他的命根子，他的口粮。写得太多，质量参差，他自己知道，想改，也改不了。说来也怪，他实际上并不过于看重诗的作用。他说诗肯定是有用的，如果没有，人们写诗干什么？在中国历史上，因一首诗，甚至一句诗，写诗的官被贬、头被砍的大有人在，那是因为统治者把诗的作用看得太大了，对诗太怕了。可是，你见什么时候有一首诗推翻过一个王朝呢？又有哪首诗使一个国家转危为安脱贫致富了呢？没有。因而诗人，大可不必把自己及自己的诗看得有多重，倒是有必要经常检讨自己，丰富自身。在1991年召开的"刘章诗歌研讨会"上，他有一个简短的《致谢辞》，说自己本山野村夫，诗写得并不好。努力师古人，师今人，师同辈，他说仅仅在河北诗坛，就这方面不如这个，那方面不如那个，一连说了六个不如。听完他不足400字的答谢，我流了泪，我看见诗评家吕进也流了泪。对他自己的名字，他就更珍视，写了《我与刘章》一文，说是"我所知道的几个同名，有古人，有今人，皆有长处于我。我这个人有许多不足，有了这些同名，似乎觉得得到某种弥补了……我要认认真真地写好'刘章'这个名字，才不玷污他们。"这令我羞得慌。看到这世上有太多的人与我这个"刘向东"同名，曾有兄弟劝我说：写诗用个笔名吧。我说不！那么多刘向东，诗人刘向东又有几人？说完了，脸都不热。

　　写到这儿，本想专门写写我自己，也好扣上文章的题目。一想，父亲牧羊，我替他牧羊，父亲种地，我也种过地，分头写诗，并肩赶路，共同生活，却原来，正如我诗兄郁葱所言，一个人的历程，几乎就是一代人的历程，甚至是几代人的历程。在我们这个古老而又落后的国家，对我们这等平头百姓，尤其如此。为了讲我自己，我还专门向父母讨教，让他们帮我说事儿。说来说去，父子极其相像，全是苦孩子出身，为诗为文，也都先天不足。父亲儿时不知诗书为何物，不知肉味酱味，我儿时知道有诗书，却是锁在破木柜中，"偷"、"摸"一两本出来，也只随便翻翻，只要天亮着，就去打柴、割荆条、采猪草，月亮底下也不能闲，浇田又搓麻，夜深了，想读书了，点不起灯油，也敌不过瞌睡。我母亲回忆说："我怀着你时，赶上瓜菜代，你在胎里就没好伙食，生下你来，脑袋挺大，脖子特长，软得挺不起来，麻绳一样拧着。会吃东西了，没什么可吃，白水煮萝卜，晾在桌子四周，把你放在桌子中央，转着圈儿地吃，想吃哪片抓哪片。"她还说，也曾改善一顿，小片开荒时，打下几升红小豆，以豆面为皮儿，以豆泥为馅儿，算是包子，结果，那个干巴啊，差点儿把人噎死。看看，无论身子，还是写作，父与子，全都营养不良。

　　需要特别说明的是，我们父子没有"代沟"，老早就没有。在我年少时，与他一起唱《红灯记》，争着抢着，谁多唱一句都不行。上山采山货，他不如我，当场拜我为师，我卖了山货打酒，请他一壶。"多年父子成兄弟"，就连诗题，也串换着用。我的诗题，有的是从父亲那儿偷的、抢的，有些是他扔了我又捡回来的，不少是他送给我的。有许多事物，他比我熟悉，他放弃了，我写了；有些材料，他写了，我也写了，写法有些不同。我父亲归纳说："同是一个事物，不同人将创造出不同的艺术生命来，虽父子亦不可替代。"我显摆说，按时兴的说法，叫精神运行的向度不同。有时我挺羡慕父亲，他有过的某些人生阶段，我也有过，几乎与他重叠，显不出"我"来。显不出就显不出吧，老子不算太老，儿子还正年轻，一起跨个世纪什么的，挺好。

亲　人

现在，我的书架上有六卷《绿原文集》，有《绿原自选诗》《绿原说诗》《人之诗》《另一支歌》，还有先生翻译的《浮士德》《里尔克诗选》《叔本华散文集》，案头是先生的信、明信片和贺卡。我就是默对这些，悼念先生。我想对先生说，您的书，我逐字逐句读过，包括您的那些非同寻常的注释。您和您的文字，对我有着无比的恩情！

先生，回想三十年前，我刚刚学诗的时候，偶读您的诗篇，才知道什么叫独具风骨！只读一遍，此生不忘——

人活着
像航海

你的恨，你的风暴
你的爱，你的云彩

——《航海》

有奴隶诗人
他唱苦难的秘密
他用歌叹息

> 他的诗是荆棘
>
> 不能插在花瓶里
>
> 有战士诗人
>
> 他唱真理的胜利
>
> 他用歌射击
>
> 他的诗是血液
>
> 不能倒在酒杯里

——《诗人》

先生，您的诗篇，令我没齿不忘的太多，再次默记这两首，是因为，它们直接作用于我的人生和我的诗。

老早就想给您写信，可是，我不敢。直到1999年初，我的稍微像样儿的诗集《母亲的灯》出版，才小心翼翼地给您写了一封信，连书一并寄上。四月初，您写信来说：

向东：

来信和诗集《母亲的灯》收到已久。常生小病，回信迟了，但病中却把大作读完。平日在《诗刊》上也读过你的作品，印象不是太深；这次集中来读，不意发现不少篇，或全部，或部分，令我激赏。把你称作"乡土诗人"，当然也有道理；不过，像你这样年轻而又锐意于创新，作为诗人的潜力是难以估量的，因此希望不要随着客观的某些褒贬，而把自己的方向和步伐限定下来。应当多写，写多种多样的诗，尽自己的精神触角向生活的多方面探索——应当像蜂一样勤快采集、深透酝酿而不断分泌。同时，在写作过程中，又须注意准确、节制、凝练，去掉一切偶然抓到、实际上可有可无甚至只可无、不可有的此时此地用得不确切的形象或意象，只留下最真实、最要紧、最准确、此时此地没有不行的字句，使诗成为有生命的健壮的活体，而不是一个五颜六色的装饰品。不要怕失败！对于勇敢的闯将，即使失败也有收益。这些话不是我的什么经验谈，而是阅读国内外大师的一点心得，相信对你也会有帮助。下面是尊集中我所喜欢的一些诗的题目，写出来与你切磋。当然不是说，没有写出题目的那些不是好诗，而只是说，这些诗不知什么缘故触动了我的心弦，引起了我的共鸣——《汉子们呵》《长城守望者》《娘亲》《儿时的照片》《老屋后的一棵小树》《麦子》《半坡村》《草原》《白洋淀》《落叶·飞鸟》《大鸟》《雨中》《洪水》《相逢》《一种爱恋》《记忆的权利》(组诗)《北京人》《牧羊人》《姥姥家门口唱大戏》《诗人荆轲》《燕山》(长诗)。

先生，收到您的回信，我的手和心，都在颤动。

或许对您来说，这只是一封平平常常的回信，而它实实在在地影响了我后半生的写作。正是从您点到的那些篇目中，我体会出它们之所以让您不弃的原因；正是您的嘱咐，让我在以后的写作中，开始笨拙的探求，注意准确、节制、凝练，抛弃了那些偶然抓到的实际上花里胡哨的东西。

先生，收到您的信之后，我还收到一封同样令我念念不忘的信，那是公刘先生写来的：

向东：

我在医院的病床上，将《母亲的灯》反复读了两遍，整体感觉不错。这些年来，一本诗集，能让我读上两遍的实在不多。我喜欢的诗作，有《青草》《本命年》《黄土》《黄土黄》《半坡村》《白洋淀》《山谷中的向日葵》《有什么高于一切之上》《蝉鸣》《大鸟》《石头》《有一些心事》《无头牛》和组诗《记忆的权利》等。《有什么高于一切之上》写得太棒了，充满了既是现代人的又是东方人的哲思。《记忆的权利》一组也特别突出，那处理方式值得称道；尤其是其中的《鬼子坟》，你选择的切入角度，不落俗套，表现了你的创作个性。至于《长城守望者》，虽然你自己似乎比较看重，我却觉得它不如《白洋淀》鲜活。诗是要讲究味道的。你的这部诗集，就蛮有味道。总之，它的最大特点是，真切地贴近普通人的日常生活和普通人的正常思维。

从此，一写诗，就总有您们提醒我：要最真实、最要紧、最准确；要真实真切地贴近普通人的日常生活和普通人的正常思维。

先生，有时我想，莫非是因为，您和公刘先生，都是我的本家伯父，才对我如此偏爱这般厚爱？

我的亲人！

脱口而出的诗句

——《雨季之后》序

　　吕君与我都还不老，却是老朋友了。这几天，反复审视他的诗作，五脏动摇，觉得确有话说。

　　我不知道吕君是否如李白那样"五岁诵六甲，十岁观百家"，知道他写诗并结识他，是在他十几岁的时候。那时，家父主持《新地》月刊，看稿时眼睛一亮，认定吕君是他文学新地所期待的好苗儿，他把稿件一揣，骑上自行车就跑，跑了半个石门城，只为告诉吕君一句话："你会成为一个诗人的！"或许就是从那一天起，吕君和我，都非常感谢我父亲这样的诗人、作家和编辑，他们浑身都是热血，爱文学如同生命。他们寻找着美，注视着文学新人、新作的诞生，心地的广阔与善良是非常具体的，对文学的爱与真诚也是非常具体的。一晃二十多年过去了，吕君忘不了那一天："那一天是八月十四，我见到了刘章老师。"

　　说来挺巧，1985年，我和吕君考入河北师大中文系作家班，且是同桌。我们相互鼓励，笃学笃信，甚是美好。课堂上有时也搞小动作，他画小人儿，我配诗文，他教我写钢笔字、戴眼镜，我与他说如何吃酒。

　　吕君的诗性直觉是极为出色的。在某些场合，他的基于诗性直觉脱口而出的诗句，有着出人意料的效果。那年夏天，在一节古典文学课上，他在笔记本上信手写道："五月／是古典文学发霉的季节"；有一回同学们结伴游嶂石岩，见古崖上有巨大钟乳石，不仅形似乳房，而且有清泉四溢，谁都眼热，却不可及。我打小在大山里生活，有些经验，取一长长树枝，上抵乳峰，令泉水顺枝而下，尽情吸吮。吕君强烈要求也来几口，来几口，嘿嘿一笑，说是"喝一口大山的乳汁／让我顿时长成真正的男人！"其聪慧，令众人惊讶。收在这本集子里的不少诗行，就更能展示其诗性直觉，当你读到"一九八八年的奥林匹克圣火／被约翰逊浇了一泡尿"，肯定会会心一笑。

后来吕君到了一家报社，当记者，也做编辑，继而成为记者部和编辑部的负责人，忙坏了。和他一起外出办事，或临风把酒，没听他再谈论"诗"字。有一回去邢台，趁着微醺，友人令司机直奔山东，想让我俩登东岳，观沧海。车过聊城，吕君醒了，说"回去，编稿！"特坚定，一行人只好由着他。我对他的敬业格外敬佩，并催生着我人性深入那些积极的部分，但我也有过担心：他还能不能写诗啊？

读了他的这部新作我就放心了。原来，诗不在其嘴上，是在其心中，一直守护着他生活的诗意，或者说，诗，是在他的血脉中，是在他的骨头里，是其生活必不可少的部分，已经成为教养。可以看出，在吕君从未间断的写作中，把写诗看成是一切写作之上的写作，始终坚持着对诗的尊重，对创造精神的尊重。因为有了诗，对他来说，真正的生活，是内心生活。

登大堤之高

今望九九八十一大淀小淀

淀枯竭

行人如鱼

有风的午后

沿着淀底漫步

我是一只长足的船

芦花飞扬
大镰起落
收苇的季节是九月
去年的船搁在岸边
泥李庄的三两人家
网已经破了

这是诗作《白洋淀》中的三节。这些诗行，我读来是极为亲切的。1987 年秋，我曾与吕君等几位同学去白洋淀采风，以"长足的船"大摇大摆地穿过淀底，呼唤着"水生！水生！"追赶拉着芦苇的马车。我们突发奇想，要去"泥李庄"采访写过"淀做脸盆风梳头"的渔歌手李永鸿，这一去，足足用了一天的时间。当我们找到"泥李庄"时，李永鸿正在高高的干巴巴的堤上发愣，他的渔歌已经被糖醋了，他的灵感已经被风干了。我们买了一大堆罐头，李老买了一只烧鸡，并召集了村子里所有德高望重的长者，脉脉把酒。那是一些"泪酒"，谁也分不清自己喝的是酒还是泪。老人们喃喃地说："泥土里到处都是不准出生的鱼呀！""人啊又把织网的权利还给了蜘蛛！""没了——野鸭子，没了——红鲤子……"吕君的这首诗，想必就是在此时孕育的。

《赵州桥》一首，我也熟悉，并且喜欢。当年我们曾并肩从赵州桥上走过，眺望另一座瘦弱的水泥新桥，有过不少感慨。

从这个桥眺望另一座桥
车水马龙
桥上行走的都是
当年石匠的后代

行走在一座桥上

就是对另一座桥的怨言

行走在一座桥上

就是对另一座桥的惦念

行走在一座桥上

就是对另一座桥的反叛

　　面对这一座和另一座桥时，大家的感受可能差不太多，也都有登临之叹。"假如不是吕君已经写出，早晚我也可以写出来"，试着这么想了一下，我的脸就热了。凡事说说容易，做起来难，做好了更难。常常是这样，有时你发现了诗意，特有想法，觉得写好是有把握的，写出来了，却不是那么回事儿，一般的解释，是说自己不能像善于想象一样善于表达。其实不然。写诗，要有感，有觉，还得有悟。感者师其物，觉者师其心，悟者师其性，此三境界，缺一不可。所谓"人人心中所有，人人笔下所无"，靠的是灵感，也是才分，没有才分，诗句怎能不背叛内心？有了感、觉、悟，又有才分，才能言之有物，形灵意足，神清，气逸，质扬，唤醒人类中普遍存在的沉睡着的东西或记忆。

　　《日子》《有一个人》《苦菜花》等诗作也令我欢欣，窃以为，它们标志着吕君在诗的技术上的"转型"。吕君以他对词语和技艺的锤炼，在不可能中寻找可能，在无意义中寻找意义，在纷乱中寻找秩序，在失望中寻找希望，最终在缺乏诗意中找到了诗意。

　　《2000年》的写作，则有着更特别的意义，尤其对每天匆匆忙忙的吕君。这显然是一首新作。表明了他对诗的持续的热爱和诗情的充分。在这个行将结束的世纪，蓦然回首，所有注定要面对的，我们都面对过了，我们的心灵日夜磨损，快要没了感觉，对什么都可以不以为然了。

诗人是个例外，他们仿佛天生不知道"绝望"二字，大声说："我要生活！"要看山脉隆起，大河奔流，要真正拥有时空和沧桑。这样的生命应该说是有深度的，体现了诗人对绝对精神的加入。

读了吕君这部新诗集，我一直在想：是什么东西使我们第一次拿起笔来就再也放不下呢？是什么东西让我们从事这种有时挺痛苦但又挺美妙的写作呢？想来想去，是心灵。是心灵在召唤我们，让我们认真地提升精神，接受人生，不放弃真正担当人生的机会。

我坚决不信任那些蔑视诗歌的人，说好听些，他们不学无术，往坏了说，他们没心没肺。

陌生的诗篇

——《白色恋人》序

这些诗篇，给我留下很独特的印象，在当今诗坛，难能可贵。对这些诗篇的成就和成就了这些诗篇的诗人，我充满感激。

在我动笔写这个序言时，我曾草拟了另一个题目"谁是彩虹"。彩虹是谁？谁是彩虹？就在不久前我还一无所知。

有机会在出版前读到这部诗稿，说来幸运。今年一月中旬，素昧平生的彩虹打电话来，说是河北教育出版社要出版她的诗集，想让我写几句话。我"喂喂"半天，她沉默着，等我答应，但因为我对她的陌生，一时踌躇。或许是她以为我在寻找回绝的借口，就说："别说'不'字，让我们见一面吧。"语调低沉，几乎快要被街头的噪杂淹没了。说实话，我不想答应写序。于是我就想，见面说什么呢？——但我不会拒绝一位热爱文学哪怕只是关心文学的朋友的来访，不敢说这是心灵习性使然，从工作上说，做为河北作协创作联络部的负责人，我清楚自己有着怎样的责任与义务。

初读这些诗时，她就站在我的身旁。她说她是从灵寿山里来的，名叫刘彩虹，以前也来过几趟，未能谋面。她把诗稿打开放在我面前，一定要我当着她的面看两首。我粗看了几页，觉得确实有基础，转而看她——你是彩虹？那么，彩虹是谁？我并未应承作序——这时又想：

你知道出本诗集有多难，是想出就出的吗？——但答应认真看看。对此，她还满意。连个地址也没留下，说走，就走了。

不得不承认，读完这部诗稿，我对自己素常阅读的广泛性产生了怀疑，对这些异样的但却充满诗性的诗篇产生了敬畏。谁是彩虹？这果真出自她的手笔？

如此提问，尤其是要当面问她，显然不够妥当。好在我没处去找她，想想而已。通读诗稿的那天清早，我与一位著名的老诗人、一位实力诗歌批评家和一位优秀女诗人——通了电话，咨询对彩虹其人其诗的印象，结果，他们也不熟悉。我把彩虹的几首短诗在电话里读给他们听，问他们有没有读过类似的诗作，他们全都说：没有。

我不得不把这些诗作重读一篇。这一遍，才使我有了认定这些诗属于彩虹"这一个"的基本把握。恰巧是星期天，把既是优秀诗人又是资深诗歌编辑的诗兄大解请到家里，逐篇诵读，有诗同享。他几次拍着大腿说："哎呀，好！"

"可不，好！"我说。

随后我又接通了河北教育出版社社长王亚民的电话，想简要通报我对这部诗稿的感觉，没想到他已经熟读了，大加赞许，已经拍板儿出版。——这时我想：到底有真正的出版家！

一

了解来了解去，对彩虹身世的了解仍是所知甚少，我只知道：她，已经而立，总是在大山里生活。那大山，乃河北平山与灵寿两县分野。她生在平山，家住山之阴，后来去灵寿工作，落脚山之阳。因为爱诗，因为爱诗爱到了几乎"疯狂"的程度，几次变动工作，继而失去了家庭，离开了孩子，最终衣食无着……

"原来如此"，我一遍又一遍地想。似乎只有如此经历风雨，她才有可能是她，彩虹才能成为诗人彩虹。

从她诗中，我体会出她是地道的山女子，得灵山秀水之华的山女子。她是山女子，没读过多少书（但她读到了当口，因而有效），不会"跩文"，不会"玩人"，她把诗稿捧在手上，就像来了客人时把家里的真东西好物件儿捧在手上，不一定多么金贵，却必定是真，是爱。

从她的诗中，我看出她是一个爱诗爱到极致的人，一个心眼儿一股劲儿不顾一切，身心一体被诗所凌驾。她在现实生活中可能有过许多不幸，有着如入炼狱的人生经历，心，已经破碎了。然而诗可以整合她的心，可以重塑她的生命。只要开始写诗，她就把痛苦或别的什么全忘了，面对诗歌，就是面对自己的命；有了诗歌，她就有了活命的粮食。无论她已经失去什么，无论她将要失去什么，她都可以以宁静的心情接受下来，只要还有诗的创造权力，把诗给她留下，她就不会绝望。因而我说，她的诗，是原始生命力推动下的诗的行动，是她的呼吸。

从她的诗中，我相信她失去了或从未得到过她深爱着的具体的人，她的爱因此有了极大的自由。她肯定有精神恋人，也敢于正视她的精神恋人，只是，这个精神恋人同样不是具体的人，而是精神幻象，心灵的对应物；并且，这个精神恋人最终与诗神重叠在一起，成为全新的形象，她称之为"爱人"，甚至称之为王。这就不难理解她为什么要"让爱返回初衷"、"给爱情做一件衣裳"，一辈子就想干成一件事——她坚定地维护着来自心灵的虔诚、爱和诗意，坚持要说出她自己看到的风景和命运：

> 我被弓箭射来的毒蛇
>
> 咬中了命脉
>
> 阿哥，我好冷好冷

你抱住我吻住我

让我得到你最后一口气

……

这石林是墓碑，也是

我们的证婚人

你想我的时候

我会走出每一个石峰看你

——引自《石林》

我注意到，彩虹反复强调"诗是心灵爱是家"，她的全部灵感，全是来自爱，来自对家的寻找。在一定意义上，她失去了家，但最终她又找到了家，这个家，适合诗意地居住。她的心灵她的诗，有可能拯救不了任何人，但诗拯救了诗人自己。

总之，是彩虹对诗的紧追不舍和对爱的刻骨铭心让我看到了她的一个身影。这个身影，我仿佛在哪儿见过。是来自黄土高原的灰娃？是来自芬兰偏僻村庄的索德格朗？无法一一印证。我突然想到了美国女诗人狄金森，想到她的著名诗句：

灵魂选择自己的伴侣

然后，把门紧闭

她神圣的决定

再不容干预！

她和她，天各一方，甚至属于不同的世纪，却仿佛姐妹，同胞姐妹。她们都是挑战者，生命在挑战中获得尊严。

二

读彩虹的诗，任意读几行，就可读，就被吸引。

她的诗，从她的生命内部来，往外窜，谁也拦不住。

她是多么亢奋，像火，呼的一下就可燃烧起来，热情，炽烈，狂。

她的声音无牵无挂，灵动，突兀，有力，仿佛出于一种习惯。

请问你是否见过我的爱人

他没披黑斗篷只穿梦衣裳

袋子里插枝郁金香

白色郁金香

常常来到我的窗前我的窗前

在你的石头上我深埋根魂

口吐红杏把爱情打扮得长生不老

你是否骑一匹快马

追赶落水的月亮

爱你就把我挂在你的胸口

做你的勋章

做你高贵的绿宝石

爱人，爱人

我是那只上古手镯

送你绝代的精美奢华与古朴

可我曾把名字写在白云里

以身为羽随风旅行

曾将爱翻得七零八落

并宣称：谁也无法负责不变的爱情

我早已被你粉碎

连同我的路

片片附着于所有的你

你的光芒神秘而遥远

那光芒是我从未见过的

让人销魂让人苦恋

想知道你姓名却问了马的故居

你说你在等一个人

我却——等你就等了一生

那媚人的香草

是我捣碎了首饰为你播种的

当你

走进我的季节

我向你打开春天

并且让黄鹂飞过心灵的窗口

里面有花香

外面必定有鸟语

孩子当你闭上眼睛

就一定能看到一只劳顿蜘蛛

把丝一遍遍拉成网

想让她的孩子回到摇篮……

以上是我从几首诗中信手拈来的句子，类似的句子，举不胜举。

尽管还不是篇篇佳作，字字珠玑，但就整部诗集而言，几乎每首都可读，怎么看都是诗。

显然，彩虹有悟性，有敏感的诗心，也不缺乏写作训练。她的表达能力尤强，有许多话，表面轻巧，意味却留得长。其表达能力与其想象力成正比，要表达什么，该怎样表达，她心中有数。

从她稳定的诗作质量看，她已是自觉的写作者，但这种自觉状态，是从不自觉状态直接过渡而来，其间少走了弯路，也少看了不少风景。我考察其写作时间，主要集中于 1991 年至 1995 年，短短的几年间，她找到了许多人一生也找不到的东西。我多想说出"天才"二字，因为好诗人肯定是天生的。可我又分明看到她的付出，不光是脚上的泡，不光是血和泪，仅是她面对诗歌保持着的基本姿势，就是一般人保持不住的。

认准一条路，不怕一条道儿跑到黑的人，才有可能提前见到曙光。

当彩虹朝她的读者走来，大家一眼就认出她来：她就是是她，不是谁的"副本"，也不是谁的"注脚"。

三

应该说，彩虹的诗中也并不缺少"自白"，只是比较起来显得有"技术"，极少情绪化，有着显然是经过磨练而获得的艺术。不能说这与诗的技巧无关，但关系不大，根本上，是精神向度问题。从精神向度的一致性上说，彩虹和当代许多女诗人共同点不多，与逝去了的海子却有些相像，他们把诗歌当成即兴的神话来写。

　　值得强调的是，彩虹一直固守着美，她爱诗美，也懂美。请看——

　　　　流落街头
　　　　无处可归
　　　　倒在城市的街头黑夜的路口
　　　　蓝雨衣

　　　　美丽已死
　　　　梦幻已死
　　　　化蝶化鱼都已来不及瞑目
　　　　蓝雨衣

　　这是《蓝雨衣》一诗中的两节。诗的意象、形式、节奏感都挺美。主题却不一定不沉重。窃以为，有一个肉体，在她的心目中死去了，飘在深远的风中，甚至连灵魂也飞走了，只剩了"蓝雨衣"。她写出比死水更死的心，却不忍抛什么废铜烂铁。她的目光，并未聚焦于诸如争取妇女解放和社会进步方面，也无意扮演什么角色，她比较清楚，她只有在内心生活中才能活过来。自打她认定"诗是心灵爱是家"那天起，她就不再看重肉体，而是刻意涵养心灵，在寻找家的路上吟咏。

　　她在场，诗就在场。这是她最大的优长。

　　她有痛苦、焦虑甚至悲哀，有泪要洒，有血要流，甚至比一般人多。而就在别人流血流泪"诉苦把冤伸"的时刻，她坚持说诗不是血泪，诗是流血流泪本身，是生命内部的阳光和水分。

　　她对诗说：

　　　　敲过世上所有的门
　　　　找到你的时候

就失去了自己

她对她的诗说：你要

有大气的气质
也有肉色的呼吸

她一直梦想成为出色的诗人，她的梦想就是理想，为此日夜追寻：

我从黑夜走来
一百个脚步是黎明的回音
并不急着寻找回音壁
情愿长久地被压迫——作为支点
参与黑夜与黎明的宣战！

彩虹还有一首回首童年（或过去，或往事）的诗，句式引人注目，所表达的心情和境遇也不容忽视：

再挺一挺
挣扎着站立起来的时候
突然发现，路
就在脚下世界
排山而来
劈空而来
随风而来　比童年
更广阔更辽远
更魅人　谁

不经历这些

不断地"挺一挺",使她学会了坚守、克制,她将因坚守和克制而优美起来,深邃起来;"谁不经历这些",昭示出她认识世俗、超越世俗的心态。日后,当她置身于更广大的人群中,从中发现诗意,创造诗行,她有可能成为视野更广阔、内心更强大、想象更充沛的诗人。

伊凡不凡

——《一滴水中的家园》序

我肯定读过伊凡的诗，这是因为，近几年刊发过他诗作的《诗刊》《诗神》等刊物，哪一期我也不曾放过。说实话，读过也就读过了，印象不是很深。当他让他的父亲、我的诗兄香久将他的诗集清样转到我手中，当我得知他从十四五岁开始写诗，今年刚刚满二十岁，尤其是当我全面诵读了他的大部分写于几年前的诗作，我对他立刻就重视起来，换句话说，是他令我不得不重视他和他的诗。

我首先想到的是，如果我在刊物上读到他的诗作的时候就知道他是个少年，我一定会惊叫：才子也！可惜没人告诉我这些，使得他几乎快要不明不白地被众多老成的文字分行工作者湮没了。多么不幸！说不幸，想来或许又有幸，使我有幸从另一个视角看见伊凡的不凡，他不像他的同龄人如八十年代中后期出现的诸如刘倩倩、任寰、阎妮、田晓菲、韩晓征那样的小诗人一般天真、稚气，他有"大人气"。我不知道伊凡的第一首诗写于何时，写的是什么，是怎么写出来的，我猜想，他写的肯定不是被称作"儿童诗"的那种。

让我吃惊的是伊凡什么时候读了那么多的书，仿佛他是在书堆里长大的。打开他的诗集，扑面而来的是"典"，且是"古典"。"夜雨寄北""人面桃花""胡笳十八拍""相鼠""精卫""丛台""黄粱"……

数不胜数。他在"天问"一诗中写道：

> 天若有情天亦老，遥遥幽恨难禁
>
> 艾略特，你射穿荒原的箭镞
>
> 能否穿透这个时代最后的帷帐！
>
> 哥伦布之前有没有海洋？
>
> 刻卜勒之前有没有太空？
>
> 达尔文之前有没有生命？
>
> 汤姆森之前有没有历史？

甭管这些诗句写得如何，光是它们透出的文化气息，就让人应接不暇。我在他这个年龄，也开始写诗，也不缺乏热情，缺少的，就是他的读书，他的见识。我还想起一位年轻朋友，他总是对我说，写诗何难，一个晚上就能写十几首，可惜，他总是写不好。有一天他来找我，说见《青年文学》发了我一首几百行的诗，而在同期刊物上，只发了他几行，为此很不平，想跟我"过过招儿"。我问他，你平时都看些什么书？他说不看，傻×才看呢，艾青不读书不看报还不是照样儿写诗！我问，你写诗是觉得心里有话要说呢还是就为了写一首诗？他说捡起个题目就写。我差点气死，说你回去读几百本书再来跟我说话吧！实际上恐怕这不是"这一个"青年人的问题，有一些本来有些功名的诗人，也是因为不读书或把写诗看得太简单才在原地"一二一"的。我承认好诗人是天生的，但也看重严格的写作训练，看重广阔而又有深度的阅读，不然何谈写作，何谈审美。

伊凡好读书，把书读活了，诗也写活了。读他的诗，我一下子就想起台湾诗人蒋勋，觉得他们有不少共同点。在诗行的灵动飘逸、表情达意的辽阔方面，他们相像，还有，他们都是在十四五岁开始写诗，如火如荼，但不轻浮，不骄矜；他们都热爱中国古诗，受古典诗歌熏陶，屈子、李白、陶潜……一个个仿佛温暖地贴在他们的胸间，让他们深深地怀念。

伊凡年少而好古，诗集《辑一·胡笳十八拍》就是明证。他好古但不泥古，化得开，有新想法，有他的"现代主义"。许多人都熟悉文姬远嫁和归汉的故事，历朝历代，又多有演绎。金代张瑀画《文姬归汉图》，前面画一母马带小马驹，据说甚奇。奇在何处？却原来，母马出征，肯定无孕，否则不能令其出征，而途中母马生了小马，说明路途遥远；文姬归汉呢，苦就苦在不能携自己亲生子女同行，还不如一匹母马，于是成了鲜明对比，有了画面的悲剧气氛。伊凡呢，用他的诗笔，不去"说明"什么，也不去"对比"什么，"出塞去，出塞来"，不论往返，让"远嫁的新娘披上黄沙的斗篷"，在"一抹残阳中凝眸回望"，让"素手盈盈一握，雕弓自无际滑入脆黄的书页"，接着一叹：

> 梅花不过三弄
>
> 胡笳何来十八拍
>
> 怎样的心胸
>
> 禁得住如此十八番激荡

真够绝的。《丛台怀古》《陶俑》就更令我心仪。我想象不出，一个十几岁的孩子，会怎样凭吊古都、老陶？原来，他是那样伫立在深远的风中，透过古砖和石头，他看见砖里有砖，石头里有石头，有"古典的美人之血，凝成岁月的胭脂"，有"层层叠压的石碑扑面而来"，还有目光，闪闪亮亮的目光，还有脚步，来来往往的脚步，甚至有擦肩而过的魂魄，有文言的乡音，有似曾相识的面容……这些几乎都是我感受过的，但无力成就一首诗。看来，伊凡的确聪慧，敏锐又深沉，感受力强，也善于表达。

一般来说，年少的诗人缺少的是经历，是体验和把握真实的具体的事物之能力，伊凡似乎在这方面也缺少什么，但绝不是能力。他善于有效地挖掘他的有限的经历，这一点，我是从《写给同宿舍的兄弟》《在异乡，停电的夜晚》《糖拌苦瓜》等诗篇中看到的。他在《在异乡，停电的夜晚》一诗中写道：

> 现在，光明关上了它最后一扇门
> 右手的火柴
> 是唯一的钥匙
> 而我不敢擦亮
> 因为害怕惊觉
> 在异乡
> 竟找不到放蜡烛的位置

或许他是头一次出门在外，于是就有了如此深刻的体验和新鲜的诗的发现，多难得！还有《糖拌苦瓜》：

> 这是母亲最喜欢的一道菜
> 甜到心头
> 苦到心头
> 总要有些滋味罢了
> 便胜于去嚼一根黄瓜
> ……
> 真甜，我说
> 可我忘了放糖，母亲说

这显然是从生活中来的，却又显然不是生活的原生态，伊凡懂得，对于一个诗人来说，真正的生活，是内心生活。其实，面对这样的诗，谈论生活不生活，经历不经历显然是皮毛的，它的诗性和哲理，才最值得关注。它比真实更真实，比美还美，这就是诗性；我们的生活，是不是母亲喜欢的这道菜？是不是忘了放糖？是真苦还是真甜？这就是哲理。

说到伊凡诗中的哲理，原想只抄录他的一行诗就够了，这一行诗是"远方远在一颗心的另一面"，他知道什么是远和近。可我突然又想起他的《两栖》一诗，诗的第一节是这样的：

水和陆的两栖者

蹼与趾一样重要

夜和日的两栖者

月光与阳光一样刺眼

阴和阳的两栖者

鬼与人一样可怜

恶和善的两栖者

地狱和天堂一样遥远

这一节诗，让我的目光停留良久。不是我觉出它们有多么出色，是我想起当年纪晓岚说狐狸的几句话来。纪老先生说："人物异类，狐在人物之间；幽明异路，狐在幽明之间；仙妖异途，狐在仙妖之间。故谓遇狐为怪可，谓遇狐为常亦可。"他的话与伊凡的诗分明没什么联系，但让我想到小伊凡有着老纪的智慧，让我想到他们是乡党。

从古至今，写诗离不开感、觉、悟。由感而觉，由觉而悟。感者，师其物；觉者，师其心；悟者，师其性。这些话我一再说，在这儿又说，是觉得伊凡有感，有觉，也有悟，只是还应悟得深些，别太心急。

古人论山水画，有"三远"之说，即高远、深远、平远。诗亦然。"高远"者，如李白的"登高壮观天地间，黄云万里起风烟"；"深远"者，如杜子美的"群山万壑赴荆门，生长明妃尚有村"；"平远"者，如陶渊明的"采菊东篱下，悠然见南山"。伊凡饱读诗书，肯定知道这些。但因年龄关系，少年心志，志存高远，志之所之，力求深远，不一定就把"平远"二字看在眼里。但愿别这样。平远绝非平淡、天真，向内心世界挖掘，写自然世界的灵性，特别需要宁静的心态，平远的境界。

写到这儿，话不少啦，却仍想和伊凡说话儿。诗若美酒，逢了知己，话就投机。伊凡，我在前面说你的诗像蒋勋，可不是说哪儿都像，比起他来，你的诗还少一个字：气。诗之生，气之聚也。有了"气"，人有精气神儿，诗也有精气神儿。放得开，还得收得住。至于韵，不是可有可无的，尤其是诗的内在气韵，不能少。

伊凡，伊凡，你和你的诗，让我再次看到诗的生命力，看到它是在骨头的内部，是活的，足以提升精神，抵达歌与哭的高度。效李白斗酒诗百篇，温秦少游花烛之夜那美梦，就看你们的了！

诗乃天成

—— 《聆听花声》序

　　读了挽春的诗，令我欣喜。首先是他和他的诗篇，再次印证了我挥之不去的一念头：诗乃天成。挽春之于诗，是与生俱来的。无论在任何条件下，诗意都在其身上流动，他都能诗意地栖居。我推算，挽春的写作始于1986年，那时20岁，已经有了非常好的写作训练，已经下笔有神。之后，无论生活和工作怎样变化，他都离不开诗，他总是写，总是率然而成。往深了说，外在的困境，比如市场经济、比如诗的被敌视，对于他这个具体的诗人来说，仿佛从来不存在。真好。通过挽春和他的诗，我看见对于诗人可能存在的主要困境是内在的，即现实的问题有时令我们丧失写作欲望，或者在我们对生命和生活的把握中，以自我保护的方式愧对诗神。

　　从这层意义上说，挽春早就是一位诗人了，并且是难得的诗人了。他像上帝一样思考，像市民一样生活。

　　从文本的意义上说，我也喜欢挽春的诗，归纳起来，我的喜欢是：

　　——他看见了生活，敢于触及内心生活的真相。我们总是强调诗人的想象力，又总是苦于不能像善于想象一样善于表达。其实想象一种生活比看见一种生活要容易得多。只有不惧"当下"和"现场"诗人，只有为置身其中的生活而歌唱而存在的诗人，才是成器的诗人。这很难，因为这歌唱，大多是在对时代的失语状态下发出的。正如《狼的传说》所昭示的那样：

> 每当我听到狼凄凉长嗥
> 我总是兴奋地走出
> 而又是无奈的返回

这就是诗人所见，这就是内心生活的真相。只有深深地参与到人类的经验与本性之中才能获得，只有靠原始生命力的推动才可以抵达。

——他的写作是有方向的写作。诗，是向某种目标靠近的过程，没有目标不行，目标清清楚楚了也不行。假如我没走眼，挽春的写作是有目标和方向的，是整体指向"家"或"家园"的。"家"为目标，但并不明了，"回家的路好走么"，也并不十分明了，他只是朦胧地感到那儿有什么，边走边唱，向其靠近，这个过程本身就已经诗化了。因此他看见：

> 其实
> 推车的人把自己也推得很远
> 推到了不能自觉的亡羊歧路
> 以至于不知道自己消逝在哪条路的尽头
>
> ——《独轮车》

> 一个人走了，走得很远
> 另一个人走了，走得也很远
> 沿着各自的路
> 已摊开握着的手很湿
> （是泪水抑或汗水）

殊途同归开始诠释着一种理念

遥远的地方是所有路的交点

多年以后

一个人回来了，从很远的地方

另一个人回来了，从很远的地方

一个人衣着华丽

一个人一身褴褛

在他们相互注视之后

都笑得很开心

——《同学》

在灿烂的阳光下，风

把女儿的裙子飘扬成一面旗帜

妻子用爽朗的笑声追逐着

追逐成草地上徐徐升起的风筝

——《童年》

有了这方向和目标，挽春的写作就成为有母题的写作了，亦因这"母题"而有根了，并且，无意中为我们提供了客观、实在的爱的方式。

——他知道他在说什么，知道怎么说。挽春肯定是非常钟情海子的，才在"雪后想起海子和他的诗"，但他没有像海子一样成为"即兴"诗人，没有纵横千里。他在青春期里所思所想的许多东西，被沉默省略掉了。他看重对事物的具体把握，他注意聆听，能够听到花儿的声音，他善于表达，把诗歌当作一种说话的方式。这样一来，"诗言志"的"志"对于挽春，就更多的成为"记录"和"记忆"，可以说出"已经如此"的东西。此乃为诗之道。事实上，作为诗人进入历史的，肯定不是因为他在说什么，也不在于是否深刻和超脱，重要的是怎样说。表达灵妙，才能独具一格，才让人过目不忘，才能文生义外。

　　我们的世纪仍然是意识形态的世纪，是通常人们理解的"志"的世纪，"诗言志"，诗载道。在如此背景下，挽春有自己的思考，有所作为。不过，要根除"言志"、"载道"之影响并非易事。就挽春而言，表达更纯澈些，仍是课题。只有不让派生出来的东西遮蔽整体的东西，诗才会更有肌质和光华。

　　愿挽春自成一体。

苦恋才能把爱情进行到底

—— 《梦里，我牵你的手》序

我们这个世界，什么都在老，只有爱情永远年轻，因而，爱情成为诗歌创作永恒的主题，历久弥新，比新娘还新。

爱永的这部诗稿，使我再次想到郭沫若对歌德诗句的传神译笔："青年男子谁个不善钟情／妙龄女子谁个不愿怀春／这是我们人性中的至洁至纯……"

我还想到了公元前六世纪的古希腊女诗人萨福。萨福以其温柔美好的琴歌驰名于世，写了那么多情诗，但她从来就没想告诉我们她心爱的是谁。她所爱的，如果不是不存在的幻影，就是她心中的福祉。

爱永不同，他专门为一个人写了这些诗。他的诗，同样是一种爱情实践活动。他有欢乐和希望，有哀婉和伤感，有怀疑和失望。他在热恋与苦恋之后，对自身戏剧化经历所进行的挖掘是有效的：

> 忆取最初的温存
> 一如青枝对绿叶的怀恋
> 与记忆同行
> 春天之外的三个季节
> 也都是春天

他对爱情的回忆是美好的，有许多的怀恋。爱，曾经构成他生活与希望的全部意义和信念：

> 我相信，我所拥抱的
> 并非是梦的幻影
> 我相信，我所热爱的
> 并非是昙花一现
> 因为我爱，那我就给
> 给你我所有的表达
> 给你一颗热切的心

然而事实上，最终他拥抱的只是梦的幻影，他对他不愿相信不敢相信的东西也必须正视。一个梦破碎了，这种破碎成为他自我建构和还原的起点，他要用诗确认他的诗神和爱神的永恒意义：

> 在那首诗的背景里
> 正以什么样的方式
> 燃烧我的生命

我不敢说爱永的这些诗句都是完美的，但我敢说，他的生命是美好的，心是美好的。他用心把爱提升了又提升。无论他失去了什么，他都拥有对诗的创造权力。他把爱情进行到底的愿望有多么强烈，他对诗意的追求就有多么强烈。

他苦恋着。

很显然，对于二十世纪的诗人来说，传统的摹仿现实或直抒胸臆的手法已经不适应新的现实了。诗人在寻求新的途径，努力把诗推向属于自己的领地。爱永深知这一点，并且习惯以自身独特的写作触觉来抒发内心深处的声音，注意情绪体验与诗性的张力。然而，在他面对真实的、具体的事物时，他似乎还无力更为妥切的找到一种比真实更真实的存在，这给他的写作带来了一定困难。他多么想把诗献给一个活生生的人，而他又不愿放弃对词语的求索和对意象的营造，不愿将生命完全敞开在光天化日之下。这样，他的诗歌理想，一时就难以成为理想的诗歌。

对于诗，尤其对于爱情诗，用词语世界创造事物世界的可能性是不存在的，表面的语言效果最终不能抵达生命内部。我们面对诗的基本姿态，和面对生命应该是一致的。看来，爱永仍需苦恋下去，才能把爱情进行到底。

黑马到我们中间来寻找骑手

——《倾诉》序

如果说柏拉图身边的微风与孔子眼前的逝水，并不只有形态的差异，它们唤起的是迥然不同的人生感受，那么诗，常常给我狭窄的心一个大宇宙。

读静梅的这些诗，我就有着"黑马到我们中间来寻找骑手"的感觉。

我可以感受到其诗性直觉。"无言的秋雨，打在绿绿的芭蕉叶上，相思树上的红豆，都哭红了眼睛。"我从这样的诗行所透出的信息中，读出了静梅的诗常常具有一种突发性冲击力的原因。她的一些诗句，往往有一种直抵内心的穿透力。这就是她的诗性直觉品质，是一种多少有点近乎天籁的品质。

我可以读出时代。时代是我们的宿命，我们必须也只能面对自己的时代。这话说说容易，做起来难。一个诗人，把目光投到尘世的此在中，即这一刻，几乎处处是难题，常常力不从心，于是有那么多人退避三舍。静梅没有被困难吓倒。她秉持本真、朴素与操守，正视她的城市她的乡村她的圣地她的亲人和内心。在考量其诗的成色之前，仅仅看她这个姿态，就十分难能可贵了。

我可以读出记忆。读一个人的诗，要看他是否唤醒并调动了他人的生命经验。一首好诗应该唤醒人类集体的记忆并带着众多的灵魂在纸上漫步，直到语言隐退而意韵留存。这时诗和诗人融合在一起，一起上升或消失，超越了一切。静梅的骨头里，携带着整个世界的过去，从她对以往的持续回首和观照中，可以看到诗人的血脉、生命和历史，也有对过往的重新发现。

或许我还可以有许多读法。法眼不同的读者也可能从她的创作中找到各自认可的范本。那也只能说明，她所提供的文本，远离偏执而包容丰富。

我想在此特别指出的，是"爱与诗"这样一个古老的命题。因为在静梅的全部诗篇中，我看到更多的，是爱。

文学作品肯定不是与创作者无关的客观产物，只是依照某些规则写成。她是个人的表达，代表作者的整个人格。他的现在与过去，快乐与痛苦，都进入了创作的过程，而这个过程也记录了他秘密的渴望与最隐秘的情感。尽管静梅说她想要"在诗歌中生活"，而她的表达，远远超出了她自己的计划：

在梦想中
诗歌
更接近于生活的本质

——《在诗歌中生活》

我们最好选用一些很容易看出静梅潜意识的作品：

就像农夫守望着秋天
我守望着
用尽春天和一生的长度
漫漫酷暑已过
一场雨后

只有满目的荒芜

往昔太长

今生太短

稍纵即逝的幸福

颤抖的手

怎么也捂不住

——《爱情的秋天》

欲望

像一只展翅欲飞的鸟

双手无论怎么努力

也按捺不住

蠢蠢欲动的心

——《有一些梦想》

远远地

见你向我走近

走近了，忽又远了

常常是

记得起笑容

记不住姓名

走遍大街小巷寻找

一回头

却见你紧紧跟在身后

——《朋友》

你悄悄在我耳边说

来，亲爱的

抱抱

闭上眼

想象你的怀抱和气息

你纯净的爱意

让我忽略了

所有的苦难和距离

——《耳语》

　　再而三地引用这些诗行，才能证明作为抒情主体的诗人在场。值得注意的是诗人的位置与对象的距离。静梅很懂得节制。或者换句话说，她和所有的诗人一样，不敢真正写出她心中的全部的思想和情感，她怕纸张会被她的思想和情感点燃。

　　一个爱字，看似简单、古老，却是诗创作的永恒母题之一，常写常新。从静梅，我想到惠特曼，想到带电的灵肉和他们共同的创作母题。细心的读者会注意到，静梅有一首《你好，小姐》："在阳光来临时，我的黑夜，刚刚开始。"这再次让我想到惠特曼，想到他笔下的妓女、逃兵和黑奴，想到大爱。

　　因为有爱，诗人才可爱，诗才给人以气血充盈风清骨峻篇体光华的期许。

在诗状态

—— 《红嘴鸟》序

玉东的这部诗稿，出乎我的意料，令我惊喜。

说出乎意料，是因为原来自以为对老家承德诗坛还算熟悉，而玉东的名字对我来说真的陌生；说惊喜，是这些诗的品质，入心，养眼，作者担当得起诗人之名，我常常把这样的诗人称为"诗坛外的高手"。

最令我惊喜的是玉东的在诗状态。

前几天给一位诗友的诗集写序，我说我们谈论诗歌，往往谈论结果而忽略过程，其实过程有时比结果更容易接近诗歌。所谓过程，就是一个写作者进入一首诗的状态，如果在诗的感觉上，那就是"在诗状态"，即一个人对诗的迷恋状态、生命的本真状态，凡是认真写过诗、读过诗的人，都能体验到。即便是一个久经考验的诗人，有可能常常处于在诗状态，有时也难免进入盲区。

殊为难得的是，玉东的在诗状态，几乎贯穿了其创作的全过程，从其大部分作品中，几乎都能发现充盈的诗意，找到诗的感觉。

> 我赤脚走在你的面前
> 沙滩的温度从脚底暖到心
> 所有的忧郁和蹉跎

仿佛都在此刻消失

······

我无法平静地面对你的平静

你是否怀疑我的真诚

这是《大海》中的几行。之所以拿到这儿来，倒不是因为其中诗的感觉有多么充分，而是因为我深知在大海面前找到诗的感觉之难，蓦然想到那年我们几位洋洋自得的诗人去看海，除了默诵"面朝大海，春暖花开"，几乎无能为力，一位老兄声嘶力竭，动了粗口："海啊，真她娘的大！"

持续的在诗状态，体现了玉东对诗的认识的深刻性和创作的自觉性。

我也惊喜于玉东的诗意表达，常常准确传达出诗的超越事物一般状态的感觉：

雪花飘飘落下

从另一个国度

带来洁白的童话

······

一只乌鸦

也带上了白色的帽子

像是童话。而玉东暗示这不是童话，而是"此刻心情"。类似的例子非常多，又如《一棵树》：

一棵树

一棵长在拐角深处

　　无人问津的树

　　茂盛的枝杈间

　　藏满岁月的痕迹

　　我无法印证你的年轮

　　只能从你的眉宇间

　　历数世态的沧桑

　　从鸟儿的歌唱中

　　听你孤独的心跳

　　这是一般的树吗？明明是一棵大树老树，偏偏"长在拐角深处"，并不显眼，既是繁茂的，又是沧桑的，带着"孤独的心跳"。再如《向日葵的心事》：

　　祈望月光宁静如水

　　让我在笼罩黑夜的大地美美入睡

　　想象梦中的潮水能冲刷记忆

　　渴望真诚的心愿不被空白占据

　　让醒后的我远离太阳的轨迹

　　……

　　梦醒时分

　　你依然会寻找太阳的身影

世界上写向日葵的诗人很多。苏金伞这样写：

　　太阳繁殖了那么多胎儿

在田埂上

向日葵

有受自母亲遗传的金色的眉睫

有为一件事而昼夜担心的

不寐的眼睛——最怕太阳不出来

一见太阳

就像少妇所娇惯的孩子

整天钻在怀里吃奶

不肯离开一步

阴雨天失去了温暖

像是坐在不生火的火炉边

冷寞地垂着头

坠下一滴一滴黄色的泪

另一位诗人芒克则说:"阳光中的向日葵,昂着头,怒视着太阳,把头转向身后,它要自己咬断自己的脖颈!"从以上文字悉心的读者很容易做出比较,三家各有各的写法。诗在向日葵中,早在诗人写出之前就已经存在了,但"这一首"只有"这一个"才写得出来。

我更惊喜于玉东的诗中总是有"我",一个带着淡淡愁绪但哀而不伤的"我",一个表面平静但内里充满热情、爱与悲悯的"我":

在这最完美的时刻

我静默着

包一纸花香

掺上我的体温

酝酿成酒

此乃《红杜鹃》中的几行。"我静默着",意味着什么?"包一纸花香"并"掺上我的体温"又意味着什么?总之是有心事,有期待和向往。这里的"我",深情,含蓄,健康,美好,若酒。不知为什么,竟让我想起葬花的黛玉,或许仅仅是她们对比鲜明。

冰雪消融
三月的黄昏
我站在刚刚苏醒的树林
一头老牛慢慢回家
炊烟飘在上空
旋转成夜的眼睛和微笑
遥望着窗口那忽闪的灯
踏实的心似老牛的脚步

相信这首看似不经意的《风景》,将让许多读者喜欢。其中不光有"我","我"已构成风景,相对于卞之琳先生桥上桥下的风景,这是另一种风景。关键还在于"我"的心,那么稳,稳住了一个黄昏,同时稳住了一个世界。

《今夜的我》,在我看来是玉东最为出色的创作之一:

今夜
孤独寂寞恐惧彷徨
又一次吞噬我的心房
风雨敲打着门窗
一阵比一阵疯狂

女儿已经入睡

平静安详

她不知道今夜的风

今夜的雨

还有今夜小屋中不眠的思绪

多想你快些长大啊

又怕你真的长大了

和我一起

听门外的风

数窗前的雨

此时此刻的有着“不眠的思绪”的“我”，是复杂的，又是清纯的，是真的善的，也是美的，透过窗帘，我们老远就能看见她——一个好女儿、一个好妻子、一个好母亲，如果我们凝视，将看到她渐渐红了的面颊和那渐渐透明了的心。

不论字面有没有“我”，真正的诗人无法在诗中隐藏自己。

无法隐藏自己，也不完全表现自己，而是处于隐藏自己与表现自己之间。诗人处境，恰好是一个戏剧性处境。

诗歌的内质和精神，是决定诗的成败的根本因素。一个诗人，如果他的生命力衰退了，怎么都写不出有生命力的诗篇。

另外，完成一首诗，有诸多因素，在玉东这里都有不俗体现。

诗之为诗，是诗人对于客观世界的主观抒情，没有窍门，只有爱着并艰苦发掘着，悟着。发掘和悟，有人通过谛听，有人通过凝视，谛听和凝视的，全是自己的内心，只不过常常要在客观世界找到对应物。这一层，在玉东的《红嘴鸟》中得到揭示：

此时的我

不想丈量你理想的高度

也不愿倾听你醉人的歌唱

只想静静地

静静地

审视你的内心

设若宏观考察，诗，离不开感情，又不能仅仅依靠感情；诗，需要思想，但不完全仰仗思想；诗，是形象是意蕴，又不全是形象和意蕴……一首诗里到底需要什么？怎么调和？所谓"甘苦寸心知"是也。从具体的作品看，玉东知其然，亦知所以然。

我相信，就这样写下去，进一步追求朴素、自然、明朗，本质、本色、本相，玉东一定一定会不断为世人提供更加完整完美的诗篇。

独特的经历和生命体验

——《庆良诗集》序

庆良的诗集《心灵的呼吸之生命和他的星象》又《心灵的呼吸之时间和它的轨迹》编就，托人捎话来希望我作序。读诗的人不一定写诗，但写诗的人很少有不读诗的。在我多半辈子的诗歌阅读中，知道庆良与我一般年岁，热爱诗歌，且和我一样，爱了半辈子，写了半辈子，都不容易。回想自己最初写诗的冲动，就发生在读诗的过程中，由于受诗不知不觉的启迪和陶冶，对诗的表现方式和妙处有了某种直觉性领悟，在某种特定的时刻，突然有了借助诗的形式和语言表达自己思想感情的愿望。庆良的诗，就给我启迪和领悟，促使我动心、动笔。

和许多诗人一样，庆良的很多诗，都在写他自己。不敢说他的每一首诗都是用历尽苦难的生命深处渗出的血汗和泪水写就的，可以肯定的是，不论是想象的飞扬还是意象的熔铸，都可以溯源到与他血肉相连的独特的经历和生命的体验上面去。

他有着属于自己的世界。

或许单从诗艺看，他的诗和每一个个体诗人的作品一样，一定有值得斟酌之处；从对诗的热爱角度看，无论是其无悔的诗意人生，还是不懈的诗意表达，都难能可贵，或可称为一种独特的生命和心理现象，起码应该作为一种独特的情感来加以研究。

诗人何为？无非在于营造"诗意的栖所"。一般说来，这里的"诗意"，指对生命与世界意义的暗示。"栖所"不是一般具有暗示功能的空间，而是意义的归宿，直接标示生命本身的意味。对于庆良来说，诗歌写作，犹如一种生育形态。

至今没有一首诗可以被指定为样板——必须照着写，否则就不是诗。实际情况正好相反，当现实中已经存在了"这一首"诗，再有和"这一首"难以区别的东西恰恰就要不得了，要不是伪作、仿作，要不就是赝品，不再具有文本价值，作为诗的意义也无从说起。正是从这个意义上，我说庆良他有着属于自己的世界和自己的书写，写出了命中注定的东西。

庆良的诗歌写作，无疑也是从上世纪八十年代的现代主义，以及九十年代的所谓后现代主义熏陶中过来的。看得出来，他对于现代主义诗歌和后现代主义诗歌有着广泛的阅读，因此，他懂得当代诗歌。

庆良说："诗歌，是一种幻化的、现实的、矛盾的、统一的、逻辑的、哲学的综合体，是给现实生活插上想象的翅膀。"又说："诗，使我看到并且坚信：心灵的呼吸，新鲜而美好；辩证的思考，优美而严谨。"他深知，诗之所以成为诗，外化为形式的不可替代性，内里，又必须有终极指向、精神高度。诗歌终归不是生活本身，是超越事物一般状态的感觉；不是形式，是内涵；不是语言，是智慧。

翻检庆良诗作，自有其意境或境界，自有其生活源泉、生命体验和出自内心的真实感受与表达。

庆良生于乡村，长于乡村，工作于矿山，他15岁到煤矿工作，无论他离开乡土时多小，他的血肉是在老家长成的，童年给了他永远的馈赠。麦收一响，在他看来就别有新意：

南风吹来
麦子在睫毛上颤动了一下

无边的翠绿就变成了金黄

————《麦子在睫毛上颤动了一下》

他写《麦子》：

那历尽霜打雪压经过风雕冰塑
受酷寒饮创痛带着心灵的熬煎和肌肤的伤痕
仍矢志不移走向春天的
是麦子吗
那历经酷寒走出冬天就迎风起舞对云舞蹈
以不懈的追求噼啪拔节
在洁净的蓝天下飞快生长的
是麦子吗

那被父辈的双手抚过爱过
被乡亲的汗水真诚地浸过深挚的泡过
被稚嫩的画笔不厌其烦用金色和黄色描过绘过的
是麦子吗
那被斑斓的憧憬想过梦过被无数个心声喊过叫过
被冀盼的目光千遍万遍的触过摸过
被饥肠和瘪胃年复一年的呼过唤过的
是麦子吗

那植根于泥土生长在原野
吮期盼作乳汁搅风雨作食粮在
高天淡云下曼妙起舞在煦风热浪中流金飘香的
是麦子吗

那堆成山是馒头铺成片是烙饼

在碌碡的歌声中接脱去胎衣纯净成粮食

喂养了父亲喂养了母亲喂养了我们这整个人类的

是麦子吗

那丰腴的胴体在阳光下撒娇

丰盈的灵感在镰刀下歌唱纯粹的情愫展延成血脉

深长的颖芒将诗人的灵魂刺成绝唱的

是麦子吗

那让人联想让人感悟

让整个五月都弯下腰肢让无垠大地都爬满崇拜

让我们的日子从此饱满的

是麦子吗

一无所有的我两手空空的我因为有了你

我的麦子啊

我便有了终生的富足

　　自打海子之后，写麦子的诗铺天盖地，我曾调侃说，让人感动的依然是麦子。庆良的这首"麦子诗"不一般，独到之处，在于麦子连着他的命根子。我们的父老乡亲，不一定读得懂这样看上去有些散漫的诗，但其存在的意义是显而易见的。

　　庆良用了两个专辑写煤矿，这也与他的工作和生活密不可分。诗人在煤矿工作了三十多年，采过煤，查过瓦斯，任过宣传干事、党支部书记、宣传部长，而今操持企业报，其工作经验和生活阅历非常丰富，又有着独到的观察、思考与发现。用他自己的话说，是"筋骨和支架捆在一起／根在地下蔓延成井巷／在地面长出温暖的家……日子如同煤

核 / 不管何时撒下都能开出温暖的花来"(《与煤为邻》)。

　　我曾经读到打工女诗人屏子写的抒写煤矿遇难矿工家属心境的诗作,令我十分震撼,很少有那样直面苦难的诗,趁便抄来:

　　　　父亲,我们坐在餐桌前等你

　　　　父亲,那些饭在等你

　　　　剥开粗糙的稻壳

　　　　把米从谷子里拽出来

　　　　炊烟熏得香喷喷的

　　　　就是我们的晚餐了

　　　　父亲,你的米是黑的

　　　　你把在矿里打工称作种地

　　　　你像爱米一样地爱着煤

　　　　又像爱煤一样地爱着你的儿女

　　　　父亲,如果真的留不住你

　　　　我们将扯一匹白布铺在你的脚下

　　　　你走了太多的黑路啊

　　　　如今,愿你越走越敞亮

　　　　走到东方既白,走进天堂

　　　　你在高高的地方可以看见我们

　　　　也让我们一仰起头时就能看见你……

　　　　父亲,从此我不敢烧煤炉了

　　　　那仿佛是你红红的眼睛

　　　　在看着我盯着我

　　　　从此我不能走在煤渣路上了

　　　　硌疼了我的脚窝扭伤了我的脚脖……

　　　　父亲,现在我们渴望你的胡子和煤渣

> 将我们的小脸扎得疼一些再疼一些我们要用小手箍紧你
>
> 抱着你，亲着你，蹭着你
>
> 手黑了脸黑了衣服黑了这是你给我们的奖赏

　　这样的诗，从一个侧面呈现出矿工的艰辛，甚至苦难，加深我们对于底层生存的理解。庆良不同，这个像爱麦子一样爱煤的"当事人"写"矿山人"，从不觉得苦，反而觉得因寻找光明而幸福、温暖，他这一题材的诗，不是讴歌，不是悲歌，而是对自身生命存在的一种特殊言说，也是其生命存在的一种特殊仪式。

　　庆良写矿工的诗，大多值得称道，像《叙别——送工友赴新矿》这样的作品：

> 酒和人温在壶中
>
> 夜晚荡出许多醉意
>
> 醉中的情绪在灯下漫延
>
> 会有许多话溢出壶嘴
>
> 酒杯变得沉重起来
>
> 哦，新矿有煤却没有故人
>
> 没有好酒，旅途也没有
>
> 兴许会有谁在那边唱你
>
> 但端起酒杯把故人喝下
>
> 离开用汗水漂染的岁月
>
> 毕竟有酸楚会触动心窝
>
> 唉，这里的井架着实已老了
>
> 就像一块煤耗尽了能量

就像一朵花吐尽了芬芳

只能相望却不能相伴了

我们是追求完美的那种

但必须忍受离别的酸痛

必须在创业的路上植下芳草

才能迎来满目的花红

走后，要记住

冷了，在燧人氏的锥尖上安下住宿

饿了，最好把自己的血和汗烧煮

如果是累了，抑或是孤独

就在新发的工装上绘一下未来吧

或站在老茧上

回首望一望这老矿的热土

啊，今夜将尽了

喝下这杯酒你就去吧

让日光温暖你漫长的路途

　　我说我喜欢这样的诗，倾向性源于庆良诗句的真实性。

　　在此我想重温公木老前辈当年论诗的著名论断："只有真的才能是善的。只有真的，又是善的，才能是美的。美是真与善的形象显现。只有真的，又是善的，又是美的，才能够是诗。堪称为艺术的诗是真善美的完整融合，从内容论，是美的真与善；从形式论，是真与善的美。"

　　愿与庆良共勉之。

诗心在动

——《相思谷》序

　　文强兄诗集《相思谷》编就，嘱我作序。差不多用了整整两天时间，读这三百多首诗，一边看一边体会诗人的美好情怀，有感，有觉，有悟，随手记下来，或在我喜欢的篇目旁画圈儿，或修正一两个句子，心里有难言的愉悦。

　　记得当年出了书，呈寄前辈指教，很快就会收到回信。有一回几乎同时收到臧克家、公刘、绿原、李瑛、流沙河先生的回信，全都一一抄来他们各自喜欢的篇目，少则十几个，多则二十几个，其中大部分篇目是重叠的。我好感动。说来当时令我感动的原因很直接，仅仅是因为他们在百忙之中看了我的诗，并且，有的让他们喜欢。后来才慢慢体会出来，他们为什么喜欢这些而不是那些，给我的创作以诸多启示。

　　我数了数，《相思谷》书稿里被我画了圈儿的的篇目，总共有五十一首，因为多，令我欣喜，也为文强高兴，也因为多，不好一一抄在这里。拿个例子来说，一上来我就为《你至今还不知道》画了圈儿，是因为结句四行：

　　你该知道

> 我已成为你唯一的影子
>
> 无论你是站是躺
>
> 都不能摆脱我的相思

接着我又在《前缘》旁画了个圈儿，是因为这样的诗句：

> 看到你的影子
>
> 前缘就飞翔而来
>
> ……
>
> 一同到月下看看
>
> 山坡上
>
> 一定有几粒草芽
>
> 开始泛青

　　或许有人要问，这样的诗句好在哪儿啊？我就说，好在我读了这些诗句之后，忽然想到了另一首诗，那是我特别崇敬的大诗人苏金伞年近九十岁时写的，叫《埋葬了的爱情》：

> 那时我们爱得正苦
>
> 常常一同到城外沙丘中漫步
>
> 她用手拢起了一个小小坟茔
>
> 插上几根枯草，说：
>
> 这里埋葬了我们的爱情
>
> 第二天我独自来到这里
>
> 想把那座小沙堆移回家中
>
> 但什么也没有了

秋风在夜间已把它削平

第二年我又去凭吊
沙坡上雨水纵横，像她的泪痕
而沙地里已钻出几粒草芽
远远望去微微泛青
这不是枯草又发了芽
这是我们埋在地下的爱情
生了根

什么是"前缘"？这就是前缘了。文强的这首诗，似乎是接着《埋葬了的爱情》写的，但有隔世之感。我不知文强是否读过苏老的诗。如果没读过，这是发现，假设读过，接着老人家写，也是创新。

从《相思谷》这个书名就大体可以看出，这是一部爱情诗专集。"爱情"两个字，世世代代的人一再经受，都有心得，作为古老的诗的母题，看似容易，人人可为，但要出新，难度加大了。早在两千多年前，古希腊女诗人萨福就有了这样的表达：

他就像天神一样快乐逍遥，
他能够一双眼睛盯着你瞧，
他能够坐着听你絮语叨叨，
好比音乐。

听见你笑声，我心儿就会跳，
跳动得就像恐怖在心里滋扰；
只要看你一眼，我立刻失掉言语的能力；
舌头变得不灵；噬人的感情

像火焰一样烧遍了我的全身，

我周围一片漆黑；耳朵里雷鸣，头脑轰轰。

我周身淌着冷汗；一阵阵微颤

透过我的四肢；我的容颜

比冬天草儿还白；眼睛里只看见死和发疯。

——《给所爱》

  文强用整部书来写"相思"，是一种有着高难度系数的挑战。好在诗人的相思红豆，不是生长在一棵树上，有的长在樱桃树上，鲜红欲滴，有的长在杏树上，令人生津，也有来自菩提林、杨树林的采撷，伴随着真，伴随着善，伴随着美，有着多种生命感悟。这个路子是对的，如果不是这样，即使柔肠百转，诗三百沿着一个思路捯饬，取向将成问题。

  前几天，听说我在省图有一个"人间好诗"公益讲座，文强兄带着两位诗友专程从鹿泉赶来，可见其对诗的热爱和对朋友的热忱。在那个讲座上，我简要分析了四十多首诗，其中有法国诗人雅克·普雷维尔的《公园》：

一千年一万年

也难以

诉说尽

这永恒的一瞬

你吻了我

我吻了你

在冬日朦胧的清晨

清晨在蒙苏利公园

公园在巴黎

巴黎在地球上

巴黎是地上一座城

地球是天上一颗星

　　我说，从小小公园中的一吻插笔，诗越写越大，但又形象，具体，通俗易懂，让人感受得到。这样的诗从表面上看多简单啊，内里却绝不简单。说它简单，那是指语言；说它易懂，那是指语法；说它不简单，那是指内涵。我说，用通俗易懂的语法，通过简单晓畅的语言，来表达我们对万事万物的细致的观察，来表达我们在生活中的瞬间感觉以及我们的幻想，我们的内心……进而获得属于我们自己的语言，听命于我们的语法，同时获得作为诗人的个性，这，应该成为我们共同的追求。

　　在文强会心的笑容里，我知道他的诗心在动。

质的飞越

——《中国坝上》序

　　秀春的第三部诗集《中国坝上》编就，嘱我作序，这是对我多么大的信任。尽管我曾经说今后一般不再写序了，这个序要写。和去年为诗人韩闽山诗集《根的方向》写序一样，我的心情是愉快的。为什么不呢，我和秀春、闽山，来自同一架燕山，都是苦孩子出身，视诗歌如命，胜似手足，这是怎样的机缘啊。

　　要说愉快，为闽山的处女集写序时是看中他的起点高，而今，则是因为秀春的进步大，与他的前两部诗集比，眼下的飞越，是质的飞越。

　　去年初秋，秀春和围场"杏花雨网络文学社"的朋于们陪我到坝上行走，一路说诗，我曾对秀春的"诗体日记"给予鼓励，但对前两年出版的诗集《木兰诗卷》有保留地提出了意见，我认为过于即兴，有一定的"感"和"觉"，还缺少"悟"，倾心木兰围场不错，但仍需开掘，建议他学习爱尔兰诗人、1995年诺贝尔文学奖得主西默斯·希尼，立足自己熟悉的埋有亲人骨头的土地，以笔为锹，以手写心，深入地开掘。这部《中国坝上》，令我欣慰，也一定令围场的父老和秀春欣慰：他获取了有关坝上的诗歌主权，以其形象化的描述将坝上的生活延引入诗，拓宽了当代中国诗歌创作的题材，构建了新的坝上文化。在诗歌从题材到情感大多类聚化的今天，秀春的本土书写和个体生命经验表达，加深乃至更新了我们对坝上生存和生命的感受，以及对坝上地理与人文的理解。

《美丽的塞罕坝》，的确让我看到了塞罕坝的美丽；《美人湖》的美虽然看在我眼里，却只有秀春能够说出；我曾两次千里怀抱干枝梅回家，找到诗的感觉的依然是秀春：

> 干枝梅呀
>
> 你是上帝撒下人间的灯盏
>
> 那盏盏的小花
>
> 都是心血燃烧的烈焰
>
> 只有智性的燃烧哟
>
> 才能如此的宁静
>
> 才能如此的灿烂

还有《断肠草》："断肠草，你这凄美的名字，肯定有凄美的故事。要不，怎么连牧羊女也不敢碰你，连牛羊也远远地躲着你。望着你粉红的欲燃的花朵，真看不出你的寂寞，难寻你断肠的忧伤。在你笑脸的背后是否也有心事？在你的胸脯里是否已寸断肝肠？"

秀春对坝上太专注了，太熟悉了，太用情了：

> 我常常一个人
>
> 静静地望着天空
>
> 那朵白云
>
> 似乎也理解我的情怀
>
> 要不怎么在山头
>
> 停了下来

正因为如此，他才能发现：

> 时至老秋了
> 天依旧灰蒙蒙的
> 鸟的羽翅也是灰蒙蒙的
> 看它奋力扇动时
> 那沉重的样子
> 似乎要从空中栽下来

而：

> 靠近西山的斜阳
> 落得最早
> 余晖的蠕动惊飞
> 入林的归鸟

　　诗是发现的艺术，更是心灵的艺术。说到底，秀春的诗的发现，是美好的心灵的发现，是爱的凝聚和反光。如果说上面的例子还不足以说明什么，那么当他看见捆绑小鹤和小鹿的绳索的时候，就说明问题了："一路上，我的心都是沉重的，我的眼都是模糊的。小鹤和小鹿没有快乐，我也没有快乐；小鹤和小鹿什么也不说，我又能说些什么。"（《绳索之一》）那么当他面对雪地白狐的时候，就进一步说明问题了：

> 不见村庄
> 不见牛羊
> 不见炊烟
> 不见翅羽的飞翔

不见野兔的惊慌

人呢
是否都已隐藏
是否都端着乌黑的猎枪

——《白狐》

那么当他苦苦寻找坝上黄羊的时刻，就更能说明问题了：

坝上的黄羊，
我至今未见你的模样。
都说很多很多，
似乎是久远久远的传说。
其实一点也不远，
仿佛就在昨天；
不信，
请屈指算算，
你的失踪也不过二三十年。

——《黄羊思》

尤其当他在空旷的草地黄昏思念心爱的人、心灵与自然蓦然对接时，就足以说明问题了：

草原的黄昏
白云紧紧地拖着地皮
不远的天边
天地似乎合二为一

老鹰已失去展翅的天空

小雀只能侧身从苇草间穿过

牧童也不敢高高地挥鞭

生怕把老天捅破

天地合乃敢与君绝

莫非你我真的要诀别

莫非这就是天意

在天地紧拥的山穴

有两颗心同时在喋血

一个是残阳

一个是弯月

—— 《草原的黄昏》

从诗意上说，我欣赏《新年雪茫茫》这样的诗：

轻轻的远去的岁月

悄悄的无声息的走远了

大地一片雪白

茫茫无边无际

在这空旷白茫茫的雪地上

只有我匆匆的身影

只有我深深的足迹

深深也只是一瞬

再回首便是浅浅的无奈
便是无踪无迹的平平
只有赤裸的雪白的茫茫
只有茫茫中白雪的忧伤

看似写雪地上的足迹，实则写心迹；"足迹"是核心语象，是意象，也是心像。从"深深的一瞬"到"浅浅的无奈"，一瞬便是一生。青春年少之时踏雪，所以雪深，因为腿短，而立之后，不惑之后，诗人平静，诗的意境亦高远，亦深远，亦平远。类似的作品，还有《梦在远方》等。

两首写"沙尘暴"的诗，是格外引人注目的。《沙尘暴》处理得非常大胆，窃以为应该成为当代诗歌处理"诗与真"问题的一个范例：

上天怎么啦
整天的灰蒙蒙
都要"五一"了
怎么还这么的冷

大地怎么啦
狼烟四起沙尘生
都要立夏了
冰河还未解冻

六月飞雪
那是窦娥的冤情
如今天地混沌
又是谁的不幸

　　昼不见日

　　只有哀哀的归鸿

　　夜不见星

　　只有萧萧的北风

　　这是怎样的春天呀

　　万物浸透着苦痛

　　然而这的确是春天

　　亲人和我置身其中

　　我们熟悉的是"冬天来了，春天还会远吗？"我们习惯于春光明媚、莺歌燕舞的歌唱，对秀春的"这一个"春天有些陌生，甚至不无担心。真该感谢秀春，写出了真实的典型的"坝上的春天"。另一首《感沙尘暴——蒙古西行记》，在意义之外，给我们的是追求诗歌形式必要性的启示：

　　表上算算数

　　一二三四五

　　锅台土炕皆是树

　　猛抬头

　　天地间黄沙狂舞

　　再看治沙处

　　草死苗亦枯

　　岭上岭下都凄凉

　　登临叹

　　治沙官青云平步

这是新格律，也像词。秀春在诗体建设方面也做了很大的努力，有"十六行体"等创造，其古绝，适应时代需要，也有不少创意，殊为难得。

希尼在《舌头的管辖》一书中论"诗的力量"时说："从某种意义上说，诗的功效为零，从来没有一首诗能阻挡坦克。但从另一种意义上说，诗的功效又是无限的……诗是在将要发生的和我们希望发生的之间的夹缝中，抓住我们一时的注意力，它的功能不是让我们对现实心神意乱，而是让我们凝神观照，看清现实与梦想的区别，让我们在诗所表现的生活中参照现实，有所领悟。"秀春对此深有体会，给他的诗，以从多种意义上来考察的机会。即使排除重要意义，仅以最小的单一的视角看，生养他的"中国坝上"，也必将因为他的诗抓住更多的注意力，这个功效就已经并不次要了。

在这篇并不算长的序言中，我引用了秀春诸多诗行，这是故意的，因为收在这部诗集里的作品实在太多了，我希望读者开卷就眼前一亮，凝神观照，当然，也是担心因为一些作品的冗长拖沓湮没了它们的光华。

下一步，我希望秀春在观照坝上时超越它，同时超越自身。

全球化进程中的诗歌角色
及其在拯救民族特质中的机会

——在第三十届"华沙诗歌之秋"活动中的演讲

我是极为普通的正在写作的中国诗人，这个命题，对我来说太大了。

耳闻目睹，我们对"全球化"并不特别陌生，知道它是一个趋势，但绝对客观的、全面的了解和理解，似乎并不存在。有人说它是"陷阱"，有人说它是"神话"，也有人说它是潮流和趋势；有人为其鼓掌，有人对它诅咒。我注意到，商品、服务、资金、思想和信息的流通比过去的确自由了，思想和价值观的传播，对社会民主化起着一定的促进作用，与此同时，一个名叫朱利安尼的意大利青年在参加热那亚的抗议活动中意外死亡，西雅图会议无果而终。一切都在发生，又好像从来没有真正发生过，像我们中国的一句古诗："草色遥看近却无"。

全球化的不确定性，恰好成为解释人类未来政治、经济和文化命运的一种语境。

如果仅仅站在一个诗人立场上，从宏观上考察诗歌，就不难发现，诗歌历来具有全球性、人类性特点和意义。自古以来，大凡优秀诗人，大凡把诗歌作为自己生命的最高形式真诚追求的人，总是少有国家主义陋见，不属于一个狭小的精神社区。他们总是在坚持诗歌本体依据的前提下，把诗歌看成世界观、立场和方法，"铁肩担道义"，"念天地之悠悠，独怆然而涕下"，从大势上关注自然、社会、人生，揭示物质与精神两方面的"最高本质"，执着于永恒问题及道德完善，给生命与生存以特殊的命名；他们总是确信，人是诗歌写作及审美的主体原则，也是基本原则，是带有质的规定性的原则，他们把诗歌当作人类共同的语言，当作人类伟大精神共时体的存在场所，企图通过自我意识的发生和成长，将自己对客观世界的感觉与关于人类命运的见解结合起来，显示人类从起源直到现今的灵魂和记忆，发现人类的真实面目；他们从不闭关自守，深深懂得诗是难的，难于上青天，攀蜀道，因而不放过任何一个学习机会，借鉴、吸收各民族乃至全人类的文明成果，甚至想要知鸟语，解兽言，通石头、花草之心事……

"天意君须会，人间要好诗"。在一定程度上，好诗的生成是天意，诗人的出现是天意。诗人基本素质与诗歌要义的趋同性，决定了诗的"人类一体化"倾向。李白的酒和月亮，惠特曼的带电的灵肉，受了自由之神的牵引。

但正如经济与文化毕竟是两个不同的概念一样，经济的全球化不等于文化的全球化。人类社会发展的历史表明，经济动作并不要求有同一的文化为依托，相反，人类社会正是在多种文化并存的前提下发展，各民族各具特色的文化是人类文明、世界文化传承、发展的载体和基础。但这并不是说，一个民族通过几百年几千年的历史演进而形成的文化是一成不变的。世界在变，文化也在变。虽然文化不能用人工方式任意改变，却会在历史机制中演化。

诗歌焉能例外。

诗人首先是民族的，而后才是世界的。从感情上，哪个诗人不热爱祖国的土地和人民呢。

越是民族的诗歌，就越是世界的，而世界的，也是民族的。从作为上，哪个真正的诗人是井底之蛙呢。

　　在民族的承传中，有相当多的不容分说因素，我们叫它"血脉"。大到人文地理，精神社区，历史事件，小到一个词素，一句话，一种表情，一个动作，活在一个诗人精神历史的深处，成为诗句的本质因素，进而拥有对母语的更深度理解和推动。

　　我的老师、诗歌批评家陈超教授曾归纳说，任何民族的诗，发展到特定时期的共性特征，都表现为：人民性，忧患意识，现实主义，浪漫主义，言志咏怀，以史为咏……而中华民族传统诗歌的个性，表现为天人合一，空无感，自然泛我化，游仙精神，淡泊，乐感，佯狂，意境说……这个归纳比较，给我以很多联想，其中之一，就是诗歌与民族特质的联系。

　　中国是诗国，拥有悠久的诗歌传统和光辉的诗歌成果。就个体诗人而言，有古代屈原式的深度疼痛和火光，李白式的飘逸浪漫与灵动，也有当代艾青式的朴素自然与纯澈。但就整体而言，就精神向度而言，正如陈超教授所概括，它们有一般诗歌共性，个性却又极为明显。个性是由中国文化的基本单元——汉字决定的，要了解中国文化，汉字是根，而要探寻中国文化，诗是根。中国诗歌对民族特质的形成与发展，有着积极的或消极的影响，是不言而喻的。

　　在我心仪的中国当代诗人中，有一位叫苏金伞，在他86岁高龄那年，写过一首《埋葬了的爱情》：

　　　　那时我们爱得正苦

　　　　常常到城外沙丘中漫步

　　　　她用手拢起了一个小小坟茔

　　　　插上几根枯草，说：

　　　　这里埋葬了我们的爱情

　　　　第二天我独自来到这里

　　　　想把那座小沙堆移回家中

但什么也没有了

第二年我又去凭吊
沙坡上雨水纵横，像她那泪痕
而沙地里也钻出几粒草芽
远远望去微微发青
这不是枯草又发了芽
这是我们埋在地下的爱情生了根

诗的后面，还有诗人一个小注："几十年前的秋天，姑娘约我到一小县城的郊外。秋风阵阵，因为当时我出于羞怯没有亲她，一直遗恨至今！只能在暮年的黄昏默默的回想多年以前的爱情。"

这是多么无遮拦的不作假的率性而为的发自内心的浑朴天成的文字啊，这又是多么真的秘藏在心里的爱情啊，只要心跳着，这爱情就不会被埋葬，而这样的爱情，在古老的拥有自己的文明的中国，是多么普遍啊。诗歌及更广泛的文学，一直在颂扬这样的爱情，在中国家喻户晓，产生了深远的影响。类似的影响，像白天的星星，你无法一一指出，但它们确实存在。

传统不会中断，但会转化。甚至传统的文本，也可以由我们做出新的诠释，以适应新生活的需要。

诗者，人之奇智也。我想大多数诗人，都不是狭隘的民族主义、文化部落主义、文化孤立主义与排外主义者，他们善于淘汰劣质，吸纳新机，在不断变革，建设，改造，发现，力求在阔大的人类性、世界性的视野中展现民族的个性，通过深植于语言历史之中的诗，获得民族文化内在精神提升，去赢得这个民族在地球村中的地位。

窃以为，只要民族利益存在并高于一切，诗歌在拯救民族特质中的机会，就是存在的，它是提升民族精神的动力，起码，是抵制精神下滑的力量。如果我们糊涂，我们迷信，依从人家设计好的所谓"全球化"秩序，民族的文化将被覆盖，我们将失去根。

俄国作家果戈里在谈及"民族性"时曾以普希金为例子。果戈里写道："他一开始就是民族的，因为真正的民族性不在于描写农妇穿的无袖长衫，而在于表现民族精神本身。诗人甚至描写完全生疏的世界，只要他是用含有自己的民族要素的眼睛来看它，只要诗人这样感受和说话，使他的同胞们看来，似乎就是他们自己在感受和说话。他在这时候也是民族的。"这是特别精辟的话。

对于一个民族，诗是千秋盛业，诗柱一折，文庙岌岌。

我坚信，一切取决于诗人的智力实践。

我坚信，民族诗人注定领有自己的命运。

诗歌与真理

——在第四十五届贝尔格莱德国际作家聚会上的演讲

斟酌再三，从本次聚会给出的四个命题中，我选择了《诗歌与真理》，不要以为我熟悉并理解它，恰恰相反，是因为写了三十年诗，我并未主动思考过这样的问题。

我试图多了解一些相关资料，先在中文网站上对"诗歌与真理"进行搜索，结果是，共有 39500 条信息。然而比较明确的只有一条，是对诗人歌德自传《诗歌与真理》一书的简介，其余似是而非。

我不知道在诸多与会诗人、作家祖国的教科书中，对"真理"这一词条如何解释。在我们的《现代汉语词典》中，"真理"二字，被注解为"真实的道理，即客观事物及其规律在人的意识中的正确反映"。而据我女儿说，在西语中，"真理"和"真相"是一个词。

那么对于诗人及其诗歌，什么是"正确反映"，什么又是"真相"？

中国有句古话："诗者，天地之心。"尽管摸不着，看不见，但你不能怀疑这颗心的存在。

这个存在是不是真相？

海德格尔在《论人道主义》中说，诗歌的本质，是语言的本质，"存在在思中形成语言。语言是存在之家。思者与诗人是这一家宅的看家人，他们通过自己的言说，使存在敞开，行乎语言，并固置在语言中。"
这样说来，就意味着诗人在处理与他所处时代的生存关系时，需要独
自创造一种话语方式，建立一个新的语言世界。也可以说，诗歌接近
真理的过程，是精神的过程，也是语言的过程；诗歌接近真理的难度，
是精神的难度，更是语言的难度。

诗人与普通人在肉体上没有什么差异，否则我们会同意将诗人归
入异类。但诗人肯定不是偶然出现于人类之中，他们善于谛听或倾诉，
感、觉、悟比较灵敏，并且常常希望自己像善于想象一样善于表达。

从我们汉诗的起源来看，有两个基本点：一是表意，再是声音。汉
字出现以前，似乎诗歌已经产生，开始命名世间万物。随后，诗歌成
为人类存在的或可能存在的一切富于想象力和净化力的表达。数千年
来，杰出的诗人伴随祈祷和沉思，以自己的方式集中自然、哲学与历
史学的精义，展示出来自我的现实生存之外的更高的美德和绝对神圣，
以祛除遮蔽的、与现实生活对称抑或对抗的、高于生命存在的言说方
式，代天地立心，指出"什么是，什么不是"，进而指出"什么应当是，
什么应当不是"。

从诗歌生成因素和内在精神上，一个诗人好比一个信徒，通向先
知、承担者和神祇。巧了，"真理"二字，原本也出自宗教用语，指的
是伊斯兰教神秘主义苏非派信徒在追求与真主融合为一的旅途终结而
蒙真主启示真主本质时所获得的知识。该派信徒要求自己必须首先达
到归真状态，进而达到存在状态，通过启示而获得真理。天意君须会，
诗歌与真理的内在机缘，难道不就是天意吗？只是在诗人这里，人与
"神"的关系非同寻常。如果说求真意志下的语言是诗人的神，这个神
是诗人创造的心灵景象，是光明磊落的隐私，只存在于诗人的精神中，
通过诗人对现实生命的独自体悟和自身的语言创造力来确立。喜欢诗
的读者在内在精神上与诗人应该没什么两样。在我们部分中国人的生
活中，诗就是准宗教的角色。"床前明月光，疑是地上霜"、"白日依山

尽，黄河入海流"，从小娃娃开始，张口就背，从小到老，诗意几乎和我们的生命与生活息息相关，成为信仰的一部分。

借机简单梳理一下我自己的写作吧。我的母语读者，常常把我归入"乡土诗人"。而我对"乡土诗"和"乡土诗人"则持有相当程度的保留态度。并不是我对"乡土"一词有偏见，而是觉得诗就是诗，写什么并不特别重要。我写过一些与故乡、土地、亲人和坟墓有关的诗歌，主观上试图提示人类生存中的相关问题。我在《回想》中写道：

> 据说我已经是诗人了
>
> 是乡土诗人，土得要命
>
> 而我
>
> 在离家很近的贵宾楼过夜
>
> 家乡依然在我梦中

我对"诗人"、"乡土诗人"乃至"土得要命"的态度，"在离家很近的贵宾楼过夜／家乡依然在我梦中"这种现实处境，实际上在无意中道出了我作为诗人心目中的"家乡"，大抵不过是一种"梦中"的存在。进城之后，与乡土若即若离，我不再拥有家园——乡村，一直在路上，也不再有归宿，实际上是一种流亡。这就是命。而最终，乡村和城市，也不过是我途经的驿站，泥土，或者说大地，才是我的终点。这，就算是我的"乡土诗"之"真相"吧。

> 前不见古人，后不见来者。
>
> 念天地之悠悠，独怆然而涕下。

唐朝诗人陈子昂的这首《登幽州台歌》，在中国家喻户晓。面对生与死这个人类生存中最根本的问题，我曾经想，所谓人的一生，不会比生与死之间更短，也不会更长。继而又想，人死之后，就不再死了。看大地之上，曾经有过多少古人，也曾像我一样走动，他们现在在哪儿？难道他们全都约好了，藏起来了？至于后来人，像是另一种形式的隐匿，就藏在父母体内，等待时间的召唤。人生的两端有可能是隐形的，诗人站在前后都是隐形者的序列之间，眼"不见"心见，感受着人的无穷无尽的秘密。最终，前有古人，后有来者，他们被诗意的文字确立，以高于生命的形式显现。

诗歌的古典与现代

—— 在 2015 年"中国诗河·鹤壁诗歌高峰论坛"上的发言

《诗歌的古典与现代》这个命题非常好，这的确是个问题，而且是一个不小的问题，值得认真梳理、判断。

首先我想说，在我这里，诗，大体上不分新旧，诗是自古以来最稳定的文体，基本上说不上发展，只是在变化。生活的变化，语境的变化，常常导致诗的变化。有人埋怨说，现在新诗被边缘化了，唐朝是以诗歌为社会中心的，那是错觉，相对于政治、经济，诗从来都边缘。在唐朝，诗不过相当于而今通俗歌曲的歌词。宋词、元曲，就更是为了唱着方便，之所以那么讲韵律，不过是为了上口。有人说唐诗、宋词是大众的，是老百姓能看懂的，也是表象。诗历来是小众的，所谓"大众"，是千百年来积累起来的读者，所谓"懂"，是不断体味、揣摩、感悟和导读、误读的结果。

在我这里，诗不分古今，也不分中外，诗，是人类共同的母语。就像"妈妈"，在几乎所有语种中发音都差不多。全世界所有诗人的语言是相通的，那便是靠感觉，全世界所有诗人的表达是一致的，那便是靠诗性直觉。

诗分新旧，是诗歌发展历程的反映，是个相对概念。我们现在把唐诗称作"古诗"，其实当时唐诗它也叫"新诗"。古诗不古，新诗不新，甚至可以说，新诗从本质上比诗词更古老。比起旧体格律诗来，《诗经》，尤其是国风，离现代新诗的距离更近。我们淇河边是生长诗经的，你看《诗经》在诗章与诗句上多随意和自由啊，它更像现代新诗的写作，长短随情。尤其令人惊奇的是，在《诗经》里大量出现的二、三、四句构成一章的较为整齐的诗式，在现代新诗中极为普遍。格律化，从古诗十九首到陶渊明为止，把《诗经》的变化多端的章法、句法和韵法变成整齐一律，律诗兴起，诗，由"自然艺术"变成了"人为艺术"。上古时代的诗歌，上穷其源，往《古诗源》的源头上看，比如《击壤歌》：

> 日出而作，日入而息；凿井而饮，耕田而食。帝力于我何有哉！

多自由啊。以汉乐府为例，大体也是自由体，你看《江南》：

> 江南可采莲，莲叶何田田。鱼戏莲叶间，鱼戏莲叶东，鱼戏莲叶西，鱼戏莲叶南，鱼戏莲叶北。

到了唐朝，李白的许多诗仍然自由奔放的，白居易有那么多诗篇不讲格律。

我们欣赏唐诗，主要不是欣赏它的格律，而是它的气象、气度、境界，以及诗与生活的关联。

杜甫的《望岳》"会当凌绝顶，一览众山小"是最能表现盛唐气象的。杜甫的《登高》"无边落木萧萧下，不尽长江滚滚来。万里悲秋常作客，百年多病独登台……"是七律巅峰之作，最能体现唐朝由盛转衰的历史性变动（顺便说一句，杜甫的登高即景，是化用了屈原《九歌》中的两句："袅袅兮秋风，洞庭波兮木叶下。"把洞庭改为长江了。这是许可的，不是所谓抄袭。还有，一般人以为杜甫在当时就以诗著名，其实不是。他出名的时候，还没有几个人欣赏他的诗。他是以上疏救房琯而出名的，当时房琯兵败获罪，无人敢替他申辩。杜甫不顾自身危险，毅然决然向肃宗上疏，震惊了满朝文武，使他出名了。但唐朝不认杜诗，诗选本不选，宋时研究其格律，只有经受时代的剧烈变迁和经受苦难才能理解他）；张若虚的《春江花月夜》"江畔何人初见月？江月何年初照人？人生代代无穷已，江月年年只相似。不知江月待何人，但见长江送流水……"是最能表现那个时代的襟怀、气度的；王维的《山居秋暝》"空山新雨后，天气晚来秋。明月松间照，清泉石上流。竹喧归浣女，莲动下渔舟。随意春芳歇，王孙自可留。"是那个时代的大自然，也是大自在。

唐朝诗人在诗歌里所要实现的人生，和他们的现实人生是紧密的。他们的诗歌，绝不仅仅写在纸上，相反，最好的诗歌，都是他们在生活现场中写出来的。李白那首著名的《赠汪伦》，就是汪伦请李白喝酒，送李白的时候，要李白留一首诗给他，李白就即兴来一首："李白乘舟将欲行，忽闻岸上踏歌声。桃花潭水深千尺，不及汪伦送我情。"据说，汪伦的后人到宋代还保留着李白写的这首诗的原稿。李白当时是有感而发，而有感而发正是诗歌写作最重要的精神命脉。唐诗里，被传唱的那些，基本上都是在生活现场里写出来的。比如，陈子昂的《登幽州台歌》，是他登了那个幽州台，才发出前不见古人，后不见来者的感慨的。李白登黄鹤楼，本来想写一首诗，结果是"眼前有景道不得，崔颢题诗在上头"，多么的真实。还有李白那首著名的"故人西辞黄鹤楼，烟花三月下扬州。孤帆远影碧空尽，惟见长江天际流"，题目就叫《黄鹤楼送孟浩然之广陵》，是送行诗。而"弃我去者，昨日之日不可留；乱我心者，今日之日多烦忧"这样的名句，也是有一次李白在宣州酒楼设酒饯别朋友时写的。李白他们的诗几乎都不是在书斋里写的，他们一直在生活，在行走，同时也在写诗。他们的诗歌有生命力，是因为他们的诗歌从诞生之日开始，就一直活在生活中，从未死去。如果说我们现在有些诗歌存在问题，就出在有一些仅仅是写在纸上。

唐诗之盛，首功在汉，汉语、汉诗、汉乐府……，当然最大的推动力是唐以律取仕。但是唐诗快走到头了，出现了词，宋词不是宋的发明，在唐朝就有了。为什么？我刚刚说过把"自然艺术"变成了"人为艺术"，专注于某一种形式，株守太过，注定有走不下去的时候。盛而衰，也是规律。往根本上说，文学形式其实并不重要，它从来不是一个独立的价值单位，它的价值是由精神赋予的。

中国新诗或曰现代诗出现，迅速普及，一般认为是五四新文化运动的结果，其实不然，早在新文化运动前二十年，梁启超就提出了"新诗"概念。有胡适创立新诗之说，也似是而非，最早写新诗的应该是民歌手——如果我们承认民歌是诗的话。我在前面说，新诗不新，新诗从文体上说是一种溯源，用最原始的朴素的方法，最自由的表达。

值得特别注意的是，诗，最早都是自由的，比如公元前 600 年古希腊的萨福的《暮色》：

> 晚星带回了
> 曙光散布出去的一切
> 带回了绵羊，带回了山羊
> 带回了牧童到母亲身旁

（水建馥译）

同样值得注意的诗，新诗的产生，并非中国独有，几乎是全世界同步的，由英美发端，布莱克寻求突破，惠特曼、狄金森创立自由体，不再带着镣铐跳舞了，全世界诗人纷纷响应。现代自由体致胜之因，表面上全在自由。第一，抛掉旧体诗词的格律，诗人获得形式的自由。第二，舍弃典雅陈古的文辞，诗人获得语言的自由。第三，放逐曲达宛喻的传统，诗人获得意趣的自由。其实关键是时代变了，人们对新世界产生了新感觉，新感觉需要新表达。在我国，白话代替古文，是语言方式的变化，语言方式是由生活方式所决定的。

有人说中国新诗虽为汉语诗歌，却与外来的影响具有很深的渊源关系，与纯属本土的诗词形同两物，说中国新诗"实际就是中文写的外国诗"，也不见得。用"中文"怎么能写出外国诗呢？以汉字作为诗的载体，便决定了诗的血缘和种族特征，你无法将一个象形的人变成一个拼音的人，你无法给自己换一个妈妈。在民族的承传中，有那么多的不容分说因素，大到人文地理，历史事件，小到一句话，一个词素，一种表情，一个动作，活在一个诗人精神历史的深处，成为诗句的本质因素。

是现代汉语及其前身白话文为新诗创造了一个机会，现代汉语诗人获得了用现代汉语诗歌重新命名世间事物的机会。这一点倒是有别于别的民族。从时间上看，碰巧现代新诗运动和现代汉语运动赶在一起了。在这种情况下，要想让中国传统文化和现在发生联系，我们就要学会将"古典话语"转成"现代生活话语"。比如孔子的"六艺之教"，指的是"礼、乐、射、御、书、数"，用现在的话说，"礼"就是"分寸节度"，"乐"就是"和合同一"，"射"是指向"对象的确定"，"御"是"主体的掌握"，"书"是"典籍的教养"，"数"是"逻辑的思辨"。我们说"智、仁、勇"这三大德，如果换成"清明的脑袋"，"柔软的心肠"，"坚定的意志"，听起来也会清楚许多。

有一些新诗人，最后退回来写诗词，与其说是表明诗词较新诗优越，不如说是因为新诗较诗词更难。郭沫若当年谈诗时曾说过，古诗和白话诗相比，古诗好写得多。写古诗，掌握了格律、韵脚，写出来就像诗；可白话诗则不然，用口语和白话写出诗意盎然的诗来，是非常困难的。

废名有一个判断——"旧诗是情生文，文生情，新诗是灵魂的气息；旧诗讲梦幻，新诗重抒情。"他还有一个意见："旧诗的内容是散文的，其诗的价值正因为它是散文的。新诗的内容则要是诗的，若同旧诗一样是散文的内容，徒徒用白话来写，名之曰新诗，反不成其为诗。"

古体诗、现代新诗在表达方式上有所不同，但作为诗歌的本质则是基本相同、相通的。我注意到一个特别现象，新诗是可以"返祖"的。舒婷在《双桅船》中写道："雾打湿了我的双翼，可风却不容我再迟疑。"这两句新诗被高昌翻译成两句五言诗："雾湿双桅翼，风催一叶舟。"也可以翻译成七言"雾虽湿翼双桅重，风正催舟一叶轻。"冰心的《春水》中有一首小诗：

> 黄昏了。
> 湖波欲睡了。
> 走不尽的长廊啊！

稍一排列组合可成五言或七言：

> 湖水倦黄昏。
> 长廊行不尽。

> 湖波欲睡黄昏至
> 不尽长廊缓缓行。

但是我们把古体诗转换成白话，基本上就成了散文。比如杜甫的《江南逢李龟年》，有人翻译成在祁王家里经常见到你，在老崔家里听说过你，在这落花纷纷的时节，我在江南又见到了你……这让我们看到古诗翻译成新诗比较难，闹不好就成了白开水，成了笑话。我想大概是因为，旧体诗的基本语义单位是句子，而新诗的基本语义单位是词语。把词语组织成句子相对容易，而把句子拆开，需要重新组织。我们过去的办法是一句对一句地翻，是有问题的，应该学会资源重组、资产重组。

有一个现象值得我们关注，凡写新诗出色的诗人，旧体诗词的功力都是非常好的，而我熟悉的一些不错的旧体诗人，一直在潜心研究新诗，或者有过写新诗的经历。

我们必须正视的是，现代新诗是非常难的，偏偏表面上让人觉得容易，比如有人以为新诗自由，想怎么写就怎么写。其实新诗是最不自由的诗歌形式。它不仅关涉诗章，而且关涉诗句；它不仅关涉诗句，而且关涉词语；它不仅关涉词语，而且关涉词素；它不仅使词素用力，而且要求"词根"用力。甚至，它要让标点和空白也成为表意部分。

还有结构难度。与传统诗歌具有的几大类结构形式殊为不同的是，现代诗的结构形式是变动不居、非常多样的。可以说每一首真正意味丰盈、技艺高妙的现代诗，都需要临时"发明"出自己的结构形式。正如乔恩·库克在《诗歌理论·序言》所言："每一个'具象化的此刻'，都不同于另一个，因此每一个都必须被不同地意识到：规则必须每次都从内部重新而来。"

还有意义难度。显而易见，一些概念意义大于诗性意义的诗作，正是当下大量平庸诗的特征。于是有人就想到，是不是现代诗可以拒绝追求意义。其实，它拒绝追求的只是本质主义一元论的意义，而非丰富复杂的意义领域。拒绝的主要是集体话语，而非个人的感受力和个体化感知力，也就是说，诗的意义，不是公共语言所能表达的。一首诗需要在自身呈现一种意义参照，换言之，它是临时的、偶然情境之下的意义模式，或是同诸多意义联系在一起的"意义关联域"。许多人常常一下笔就想写出意义，或一眼就想读出意义，恰恰诗给我们的不是直接的意义，而是 1+1>2 的意义可能，是悬置而不落实，许诺而不兑现。我们得要学会从无意义处写出意味，读出意味。诗歌中一直存在着"魔力"要素与"现实"要素，存在着"神奇与美丽"的部分和"真理与意义"的部分。每一个诗人都表达了这二者之间的对话。

即便是那些最成功的表达了本真日常经验的诗歌，有百分之八十的可目击性，其余还有我们的目光和语义不能透入，但可以更深打动我们的"幽暗成分"。我们有谁看到了诗？我们看到的只是符号。诗，在语言文字的背后，或者在语言的缝隙间。

还有形象难度。大家都知道，诗是离不开形象的。通常人们认为，诗中的意象，隐喻或象征，无非就是借一个具体的形象来表达抽象观念，在诗中形象是处于从属地位的，目的是为了表达观念。这是一种误解。关键在于，外界事象与人的内心能不能发生神秘的感应；从技术上说，意象不是简单的意＋象，而是意与象反复相乘，"象征"等也不是一种一般的"修辞"技巧，而是内外现实的相遇和融合。诗中的形象决不是从属的工具，它自身拥有自足的价值。

前面说了不少难度，但我们不该被吓住，办法还是有的，由于时间关系，捡要紧说一下。

一是直抒胸臆，表达生命感发、生命境界和生存状态。

我不反对暗示、隐喻之类的东西。但我更欣赏回避间接性，准确、本真的细节提炼。有些诗简直就不需要以"言此意彼"方式进入，也不必调动直觉，它，不留余地，"呱嗒"一下就撞在你心上，比如曾卓先生的《悬崖边的树》：

> 不知道是什么奇异的风
> 将一棵树吹到了那边——
> 平原的尽头
> 临近深谷的悬崖上
>
> 它倾听远处森林的喧哗
> 和深谷中小溪的歌唱
> 它孤独地站在那里

　　显得寂寞而又倔强

　　它的弯曲的身体

　　留下了风的形状

　　它似乎即将倾跌进深谷里

　　却又像是要展翅飞翔……

　　我喜欢这样简洁但并不简单的诗——率真，出人意料的简朴，原初的本真的纯净。诗的简洁与繁复，含混与清晰，本身不等于诗的价值。诗的价值在于：繁复，要有内在的精敏、精致；清晰，空灵，要有透明的核心，有"光明的神秘"，要写得像鸟一样轻，那是飞翔，但不要像鸟的羽毛一样轻，那是飘。要真切得教人恍惚，熟悉得教人陌生。

　　诗歌的"简洁"与否，并不简单地事关诗歌篇幅的长与短。它不是一个体积概念，而是一个载力概念，是一个包容概念。一首饱满的长诗也可能是"简洁"的，而一首极简洁的短诗也可以是丰富的。

　　有一些似乎有悖于诗的常识的诗，不重形象，近于抽象，没有修饰，也没有象征、比喻和暗示，几乎就是口语和白话，是直接的呼唤，却比一千个比喻加在一起还要动人，还要有力量。如田间的《假使我们不去打仗》，如雪莱：让我死去！昏倒！我虚弱无力！如曼杰施塔姆：苦恼吧，不安的音乐家！爱吧，回忆并哭泣吧！如阿赫玛托娃：会见，为了分别，恋爱，为了不再爱，我真想哈哈大笑放声大哭，不想活了！

　　这样的诗，直接来自胸襟，同样呈于境，感于目，亲乎情，切于事，会于心，甚至是不需要解读的，也是难以解读的。

　　二是用具体超越具体。

　　诗歌一定要有具体感，但它不是生活化的具体，不是生活的小型纪事，而是"用具体超越具体"。诗歌源于个体生命的经验是不错的，经验具有一定的叙述成分，它是具体的。但是，仅仅意识到具体还不行，没有真切的经验不行，再好的经验细节也不会自动等于艺术的诗歌。一旦进入写作，我们的心智和感官应马上醒来，跟上来，审视这经验，将之置于想象力的智慧和自足的话语形式的光照之下。"用具体超越具体"，其运思图式或许是这样的：具体——抽象——"新的具体"。

以美国诗人弗洛斯特《牧场》为例：

> 我去清理牧场的水泉，
> 我只是把落叶撩干净。
> （可能要等泉水澄清）
> 不用太久的——你跟我来。

> 我还要到母牛身边，
> 把小牛犊抱来。它太小，
> 母牛舔一下都要跌倒，
> 不用太久的——你跟我来。

再以法国诗人雅克·普雷维尔的《公园》为例：

> 一千年一万年
> 都不足以
> 说出
> 那永恒的一瞬
> 你拥抱了我
> 我拥抱了你
> 在一个冬日早上的阳光里

> 在蒙苏里公园
> 公园在巴黎
> 巴黎在地球上
> 巴黎是地上一座城
> 地球是天上一颗星

从具体到抽象再到新的具体，现场发生了转移，从生活现场抵达了诗歌现场。抽象的过程是命名的过程，一旦命名成功，抽象过程终结，达成新的具体。

三是诗的寓言方式。有些诗人找到一条出路——常常以独属于自己的近乎寓言的方式，在平静又平常的事态与境遇中捕获诗意，呈现出练达空明的体悟之心。他们的多数诗篇，和那些我们耳熟能详的唐诗来路非常相似。它们来自生活现场，最终抵达诗歌现场，一路上顺从自然和天道，融合存在与生命。在抒情方式上，常常借助一种略显反理性略带戏剧意味的拟人式的对话沟通天地人神，通灵，随机，神秘；从语言方式上，向生活化的口语敞开，却充满了弹性、歧义。他们主动顺应近年来口语入诗这一历史性转折，把语言和言说统一在一起。独到之处在于，十分警惕口语在诗歌中的负面效应，只要以诗的名义开始说话，就想到诗歌只能是诗歌，语言的意义与逻辑已经变了。通过口语语感、节奏、内在旋律的个性化把握，留住诗句的形象性与寓意性，并通过寓意性与叙述性的有效转化，自然而然地使具象的语言变成抽象的语言，本质上却颇具诗性意义，使诗在说话中，大于话语。

以上也从根本上涉及诗的内容问题，告诉我们诗的内容在于事实和想象的距离。一首诗越是远离最初的生活事件而依然保持它们之间的联系，它的内容就越丰富。

诗人将重新领有自己的命运？

曾有好事者往低处一望："哇噻，到处都是诗人，扔一块砖头砸住一堆。"这一砖头下来，"诗人"呼地散去了。倒是担得起诗人之名的诗人们，坚守着，显得傻，经受时代的百般羞辱与戏弄。

这种局面到了1999年，发生了变化。1999年中国文学领域出现了不少重要的文学现象，窃以为首先值得关注的，是诗歌的出版、创作及相应的阅读冲动。

1999年，当代诗歌出版空前繁荣。人民文学、作家、十月文艺、重庆等多家出版社隆重推出共和国五十年来的诗歌选本或近一个世纪的选本。这当然与共和国五十年大庆和世纪之交不无关系，亦有深层原因——蓦然回首，人们发现尽管诗歌不是皇冠，但也绝不是皇帝的新衣，在汉语文学领域内，过去几十年来尤其是近二十年来，在思想解放、个性化和文本探索等诸多方面，还没有任何一种文学样式比诗歌更杰出。

1999年，肇始于一批以"民间写作"为旗号的诗人向另一批持"知识分子"写作主张诗人发难的论争，也值得关注。"民间写作"诗人认为：作为中国诗人，其诗歌资源应该是"中国经验"，应保持对当前日常生活的敏感，应用本土最鲜活的语言。而"知识分子写作"诗人的创作资源是西方知识体系，创作中充斥着神话原型，文化符码，这种使诗歌创作不断知识化、玄学化的倾向，是诗歌处境日益恶化的主要原因。而对"民间写作"诗人的指责，"知识分子写作"诗人认为：诗歌创作对知识应采取认同态度，知识分子不一定是诗人，但诗人从来就是知识分子，诗人不能没文化。双方都很激动，争来争去，用诗人昌耀的话说叫做："山羊放屁绵羊不服"。在我看来，他们的写作，寸有所长，尺有所短，都曾有优秀之作，亦都有撞南墙的倾向。如果说一方因淡化人文关怀正在陷入玄学和词汇堆砌，另一方，则因渲染于庸常生活，慢慢失去人文精神。而论争还是有积极意义的。往好了想，彼此都有"承担"的意图，有对中国诗歌在新的社会现实面前内部反省的意味。

我从不否认，仅就诗歌市场而言，诗是在下坡路上走了好长时间，我把这看成正常现象。我们见识过公众对"诗"的过分热情，有过遍地诗人和读者，如1958年"大跃进"中的诗歌运动和1976年天安门广场的诗传单，显然，诗歌是作为工具存在的，像是而今人们随身带着的寻呼机，有信号就有响动，就显示"生活信息"，人们关注的是附加在诗身上的外在因素。那样，读者再多，对于只关注"精神信息"的诗人来说，又有何用？

我同样不否认，诗歌确实存在问题。如果说以往的某些潮流是命运的，大家都那么做，问题相对突出，显而易见，那么，当诗人实现从公共立场向个人立场的转移以后，问题就复杂化了。但表面复杂的问题，并不一定是大问题，有许多是皮毛的。主要的问题是共同的，即在求变中忽视诗的不变因素，如洞见人生、社会和沉思自然，其结果是导致作品缺少生命与历史的、自然的灵性。问题的根子在诗人，同时也与市民社会的勃兴有关，与"小康"需求有关。当心灵不再是灵魂的房子，仅仅是一个生理感觉器，饥要得食，寒要得衣，下岗了急着找一份工作，三缺一了忙着寻一个牌友，这时再惦念诗歌那玩意儿，听诗人用他自己的声音诉说全人类的事儿，有多不识时务！而诗人恰恰"不识时务",有他自己的抱负,妄图发窍于音,征色于象,运神于意。稍"精明"些的,如汪国真,似乎懂得每个时代都有接近诗歌的方法,还自以为找到了一种方法,热闹一时,最终,烟消云散。

好在这一切,正在成为过去。1999 年的诗歌出版、写作与阅读,已经证实我们的社会从骨子里并未放弃对诗歌真理和创造精神的尊重。人们正在厌恶低质量的发言,在面对人生难题时,不再用轻信代替真正的追问。我们有理由相信,在新的世纪,衣食基本无忧的国人,教育逐步普及的国人,一定能有更多的物理时间和心理空间,在诗歌中获得精神愉悦和精神提升。

站在诗的立场上看,一切为人类美好前景不断开拓新境界的人们,在本质上都属于诗人!

诗人,必将重新领有自己的命运!

从《诗刊》的变化说起

1996 年以来《诗刊》这两年来的变化，尤其是今年以来的"编委论坛"、"编者寄语"、"话说今日诗坛"栏目格外引人注目，使人看到《诗刊》具有更高品格的可能性。本来《诗刊》这两年就是花了大气力的，给人总体上以好的印象（1996 年的严重拖期除外），它是我能见到的几十种期刊中两三个可以从头看到尾的刊物之一。当然，这并不是说它刊发的文字都很地道，而主要是因了我对诗的热爱和惦念，我花在它身上的时间也主要是了解动向和沙里淘金，好在总有一些使我眼睛发亮。

我明显地感到新近的《诗刊》是在给诗人以口唤，或者换句话说，叫做引导，企盼诗人们写出如何如何、怎样怎样的诗篇来，可谓用心良苦。已经发表出来的意见和建议，比如对真知、真情和真诚的呼唤，比如对诗人普遍淡化诚实、尊严和使命感的疑虑，还有人民对诗的需要的分析和对诗人自救策略的研究，几乎全在我对诗的惦念之中，大概也关涉所有还惦念诗歌的人吧。

但是讨论有待深入。创作引导是费力不讨巧的事，大讨论却非常必要，尤其是把问题拿到圈子之外讨论。读者是诗的上帝，有诗的创造力的也大有人在，可他们往往在圈子外面。狄金森是大诗人，梵高是大画家，可在他们写诗和画画的那些日子，他们与"诗坛"、"画坛"又有多少关系呢？

既然提出来要大家来讨论，我就把我的几块零乱的砖头顺便摞在这儿。

谁在败坏我们的诗歌？

纵观诗坛，里面的人一心要登高（当然不排除个别人想下海），外面有许多人想进去，只要有可能，人人都愿意成为诗人——这足以证实诗的崇高，说起来没什么不好。问题是，我觉得许多人是赶集，对诗的选择成了一种媚俗；另一些人以为世界上到处都是桂冠，生活在诗的幻象中……他们骨子里的软弱和苍白，是连上帝都无法挽救的，可是他们却硬是要写诗，要搞文字分行。我见过一位"青年诗人"，总是在面前放一张抄满词句的大纸，然后设法把那些词句组装起来，有的花钱刊登出来，有的居然还换来烟钱；我听说有一位"中年诗人"，写了大半辈子诗，全是跪在自家屋地上干的，在他的周围，是他摘抄的名句卡片和散乱的几十年以来的剪报……这多可怕！可是这并不是最可怕的，最可怕的是本来写过一些不错的诗、大体上对诗并不陌生的诗人们，一时间成了"诗"的制造商，他们的文字分行，昼夜不停，先是重复自己，后是重复他人，继而无病呻吟，顾家而不顾诗歌尊严。

我知道诗人往往是脆弱的，或许经受不住我上面的说法，我也知道（并且能够理解），在我所结识的不少诗人中，没有几位不以为自己是最好的。而事实上，只有当公众在诗人的作品中承认了你时，你这诗人才会被公众承认。我可能伤害了太多的诗人、写诗的人和善于文字分行的人，但我想，我伤害不了一首真正意义的诗歌。

诗心尚在的人们呀，把你的好诗拿出来吧，从枕头下面，从箱子里面，从你的心中！"天意君须会，人间要好诗"，如果说这"天意"是人民的需要，是冥冥之中的诗意，把好诗献给自己以外的人，不也是"天意"吗？

有没有中国自己的新诗？

郑敏先生在《诗人必须自救》一文中写道："在过去将近一个世纪，中国诗坛像一个不断变换树种的植物园。诗歌一茬与一茬属于不一样的品种，基本上都是引进的……"窃以为，表面上看是这样，而事实上不是。

诗歌，代表着人类歌与哭的高度，是一种信仰，是人类的慰藉。从一定意义上说，除非你站在上帝的视角，不然就不足以把握诗歌状况。可叹的是，我们没有那样的视角。

只环顾我们周围，我们也应该算是有眼福的人。毛泽东怎样？他是不是中国当代最伟大的诗人？他的诗是引进的吗？或许有人说"是个例外，不足为凭！"不，只有事实，没有例外。从艾青到舒婷，从纪弦到余光中、蒋勋，有长长的"菜单"可查；就连郑敏先生自己的像《金黄的稻束》《小漆匠》《生的美：痛苦·忍受》和《春天》等漂亮的诗作，也看不出是从哪里引进来的。即便是在许多人都有把握认定的"诗的十年空白"中，我也能找出杰出的诗篇，并且是中国作风、中国气派的杰出诗篇。毛泽东诗词和《天安门诗抄》不用说了，那是明摆着的，我要说的是牛汉的《鹰的诞生》（1970年）、《毛竹的根》（1971年）、《华南虎》（1973年）、《蚯蚓的血》（1974年），还有臧克家的旧体诗组诗《忆向阳》（1975），郭小川的《团泊洼的秋天》（1975），李瑛的《红花满山》，贾漫《中流击水》中的大部分篇章，刘章的《牧羊曲》，等等，还有石河等一大群人因诗坐了大牢……完全站在诗的立场上，我如上例举的诗人诗作中肯定带着非诗的烙印，但历史就是历史，我们不能重写历史，也不能面对它闭眼了事。这就是说，我们不能因为某些诗篇产生在无边的黑暗中或深远的风中，就拒绝承认它们对光明和正义的承负，就看不见或视而不见它们的光芒，相反，它们应格外受到正视！一提到牛汉先生的《华南虎》等诗篇，就将其拉进所谓"新时期"，是很对不住历史、诗史和诗人的。写作是一回事，发表是另一回事，事实上，仅仅是牛汉先生那些诗篇的写作时间，就值得我们特别重视和研究了。

诗的引进，主要是形式的引进——如果说诗可以引进的话。而诗从根本上恰恰是不能引进的。诗在诗人生命的内核中，在含有民族要素的思绪、语言和精神向度中，难道是能够引进的吗？貌似"引进"的中国新诗，表面上与唐诗、宋词之间似乎缺乏起码的血脉承继，那是新文化运动所带来的语言变革使然，是运用语言材料的方式变化而已。中国人在则中国诗在，这是变不了的。

缺少更多的与期待中的大片黑眼睛和我们的母语相称的好诗是真的，只是很难归罪于引进了什么，而是缺少地道中国人生存深处的"实在"的缘故吧？现实的诗太多，实在的诗太少——我说不太清，只好如此"朦胧"。

写什么或怎么写？

过去曾经不断提倡和推行过写什么、怎么写，事实证明错了，但愿别再错或少错几回。

诗的品格，不是因了写什么决定高低的，写时代精神、改革开放好不好？好！可那是说写就写得出来的？能够自动地、必然地、普遍地在每一位诗人笔下出现的么？不能。不好说写什么是因了前定，前提总还是有的。

如果一定要强调"写什么"，我看倒是应该强调写我们中国尤其是当代中国的真实面目和生存状态，写人类共同的命运和记忆，写每个人的有限的直接经验和自己的特质。

关键还是"怎么写"。对于诗人来说，从现实生存和生命的原动力出发，努力揳入当代生存是至关重要的。不妨试着说说自己对客观世界的感受，当然，如果其中有关于祖国乃至人类命运的见解就更好；不妨把幻想和抒情的因素与实际经验、记忆糅合起来，当然，别成为逃避生存的工具，也别成为与生存混战的工具；如果还表达了社会的需要和时代的心理，那实在是好！反正别掺杂使假，别再装腔作势，别四平八稳、人云亦云、亦步亦趋……

我看见诗在更多地关注着现实，好事儿。而有些表面上回避现实的诗作，据说实际上是力图通过对自然和生活中美的发掘和描述以达到从伦理上改造现实的目的，那也不错。

我看见诗歌不忘"人民""人民"两个字和"麦子""庄稼""阳光雨"一样多。可是，真正能打动人心的，是"为人民"的诗多呢，还是为"人生"的诗多？

总之，任何虚荣都有可能压倒或饿死诗人。

总之，附加在诗身上的外在因素越少越好。

总之，我相信每个诗人都试图把诗推向对自己有利的方向，只要他关心的是诗，而不是作为"诗人"的事业。

弄潮冲浪赴中流

——话说当代河北诗人

　　1999 年深秋，在京东雾灵山出席以诗人福君个人名义主办的诗歌大赛颁奖，大解我俩躺在一盘火炕上，热得死去活来，说些闲话，谁知三言两语过后，正经起来，把这世上的诗人给捋了一遍。仰着，一片天空也不放过，满世界星光灿烂；趴着，一个省一个市地盯着认定、评说，呼啦啦遍野诗魂；说得起劲，坐起来，指手划脚，私下给河北省的诗人也排排队，挨个打量，好！再挨个抚摩，好！四只小眼儿，全都放光。却原来，河北诗人就是多，无愧诗歌大省。想当年田间、艾青、阮章竞等一代革命诗人云集太行，生命有着怎样的音响和光华！当代诗坛上著名诗人冯至、郭小川、张志民、李瑛、公木、王亚平、雁翼、贾漫、伊蕾、朱增泉……全是在燕赵这块土地上成长起来，走南闯北，怀里揣着慷慨诗篇。两人越说越来劲，自我感觉也好，有些膨胀，相互背诵诗篇若干，还彼此鼓吹起来。一个说大解你是大诗人你的诗全都带着翅膀带着烟霞大风却一点儿也不轻浅，那是自然与生命历史与现实文化与人性的深度结合呵。好好干吧等你把你的两万行长诗写完就把这诗坛给镇了！一个说向东你的诗有根，那根向大地的深处扎，调动大地的精血而枝枝叶叶向天空生长，长得结实尤其是你对事物的诗性直觉能力那才是一个诗人的智慧呵！相互吹了半天，上气不接下气，鸡叫了，炕凉了，蒙头睡去，没见着脸红啥样儿。

碰巧，《诗刊》命我俩为"诗人广角"写写河北诗人，蓦然就都想到雾灵山那一夜，觉得容易。写起来却犯了难，这么大个诗人队伍，从哪儿写起？写上几个爷们弟兄，可以可以！一瞧，哪个又不是弟兄爷们！挑显鼻子显眼儿有毛病的说，要得要得！现瞧，谁的身上都有胎记。忽想起 1985 年 6 月 8 日，当时的河北省委书记高占祥曾主持召开一个诗会，在那诗会上成立了三个诗社：一曰"中流"，二十人击水，浪波掌门；一曰"冲浪"，十员干将杨帆，边国政挂帅；一曰"弄潮"，三十个小子猛搅，刘向东、徐国强带头。三个诗社，自愿结成，老中青三代，梯次排开。看这架势，如果内讧，必出英雄；若是集团出击，谁能抵挡得住！只是，一切都没有发生。三个诗社，若有若无。诗人们，坚持着写作的自由和独立，没有来历不明的争论或自我安慰，各自领有自己的命运。想不到的是，结构此文，三个诗社却帮了我们的忙。

中 流 篇

给新中国成立以来的河北诗人排排队，排头兵是谁？是何理。去年在河北文学馆落成典礼上，中国作协副主席张锲在祝辞中提到他，说他是新中国成立以后头一个冲出河北的本土诗人，还说，他的《唱一唱农村》，当年影响特大。而今有些不声不响了。只有了解他的人才知道，本来他就是个不声不响的人，他在不声不响中干着大事。悄悄地，他就完成了几千行史诗《天涯风雪》，以当代人的胸怀容纳了一场浩大的战争，叙事从容，有大将风度；新近他和刘章创办了郭小川研究会，已经编辑出版了两部郭小川诗歌研究专辑；他半生操持承德市作协，为承德的作者编了几十部书，写了数不清的序；前些日子朋友们突然收到他的何理现代长诗选《今天·昨天》，又吃了一惊。

刘章出名也早。一提他，不少上了年纪的人就说："他可是老诗人了，我上中学时就读他的诗。"这些人哪儿知道，那时刘章也是中学生。刘章特用功，每天读诗、写诗，师古人，师今人，师同辈，泡在诗中。可他实际上并不过于看重诗的作用，他认为，无论如何，诗不能使一个国家转危为安脱贫致富，因而他总是教导年轻人，若能干好别的事情，不一定非得写诗。他说他是地道的农民，论庄稼活儿，世上没有哪个诗人可以和他较劲。事实上，他早就不是农民了，他是职业诗人，套用某些说法，他是"知识分子"，从事"民间写作"。放眼望去，中国从农民成长起来的诗人曾经林立，眼下，他却给人以硕果仅存的感觉。他以简约、精湛的古典诗风，透射出鲜活的当代气息，有稳定的读者群，光是专门研究他的诗歌研究会，在国内就有好几个。他好好学习，写诗，总是给人以全天候上课的印象，使他得以天天向上。课余呢，有两件事比较要紧：一是忙着回信。有好多信，可回可不回的，他说要回，不回，午觉睡不成，夜里也睡不成；再是跑医院，抓药，吃药。当年"农民诗人"这帽子压坏了他，落下一身病。他跑医院，像骑驴一样骑上自行车，见了红灯猛使劲，说是眼看就是绿灯了，而见了绿灯要慢下来，说是谁知道哪会儿变红灯呢？

喜欢浪波诗篇的人，喜欢的是他的大气、华丽，其诗句整齐而又放达，不拘小节，很像他的为人。当了若干年省文联党组织书记，又当了好几年主席，一边当一边叹气：把什么都给耽误了！他的"什么"是什么？是诗！足见其赤子之心。他家的灯火，在文联大院里是最亮的，且总是亮到别人家不亮了。熟悉他的人望着他的窗口说他在写诗，读诗，有时也练字，偶尔，打打麻将。他是官，像官，那得谁看。诗友们看他不像官，偏偏他是。诗友们知道他是散漫的，好玩，他偏偏不敢。新近他退下来了，诗心动，玩心也动，据说最让他动心的是几个诗友的雅石收藏，正耐心等待着他们淘汰一点儿呢。

尧山壁像个马大哈，怎么看怎么像，恰恰不是。他的诗，妙喻连三，四处寻赜，八方问道；他的文，细致，灵动，若流水，那水，遇上一片叶子也要打个漩儿。主持河北作协工作多年，在全国最早创办了省级文学院，至今红火；在好几家院校办起了作家大专班，出了作品，出了人才；主编了多少河北作家的书，写了多少序和评论，他自己记不起来了，河北作家、作者记着。他总是喜欢在办公室写稿，叫一声"拿笔拿纸来！"纸和笔，听他使唤。他家的书房，外人是不能进的，不是他不让你进，是你无处下脚。你不知道他是怎么深入书屋深入书本的，反正，他可以背诵好多诗书中的段落。前几年，《尧山壁抒情诗选》问世的时候，他说那是他诗歌创作的分号而不是句号，我们信。

王洪涛作于1963年8月8日的一首《莉莉》，至今读来仍不落俗，前不久，甚至还引发了一场争论。作为原《河北文学》多年的诗歌编辑、主编，桃李满河北，谈论起来，他的笑，挺难收住。他病了好几年了，极重，住了好长时间医院，瘦的像是半个人，而怀里，仍然抱着比砖头还重的《河北50年诗歌大系》。人们说，那是一个多么有活力的一个人呵，55岁时，噌噌地爬树，60岁时，骑车还敢大撒把，病成这样了，还挺得住，还微笑着面对生活，面对诗。

越写越精的人不多，而申身退休后的诗篇不减当年，短诗精湛，令人过目成诵，四千多行的长诗《千童东渡》，洒脱优美。老了老了，神不知鬼不觉就写了那么多好诗，在他60岁以后，研究他的论文就有六十多篇。他的写字台，总是干净得一尘不染，像他的诗心。除了写诗，也练练字，仿毛泽东一幅书法，以假乱真；一组篆额，装饰新居，四壁生辉。偶尔骑车看看朋友，不坐，说几句话就走，怕人家忙；有了好东西，给年轻诗友送送，亲自送到门上，不让说谢。

戴砚田是天真的老诗人，写出了深沉的诗篇。他所创办的《诗神》历经15年，培养了大批诗人，至今（改刊后的《诗选刊》）仍是诗坛上的一块重地。对诗，他投入大了，有时连电视新闻都顾不上看，只在"天气预报"时张望一下，望了望什么也没望着，还得问家人："明天多少度？"他本是学医的，现在还担任着《河北中西医结合杂志》的主编，为什么对诗情有独钟？你问他，他就笑，说你傻。

曾任《诗神》主编的书法家旭宇，写出过掷地有声的结实的诗篇。他的诗深得古典诗词精髓，文笔洗练、美丽。担任河北省书法家协会主席以后，他把诗写在宣纸上，"诗歌价更高"了。他还是收藏家，满屋子玉石、瓷器、字画，据说，都是古董。这个据说，是据他自己说的。

冲 浪 篇

提起张学梦，读者一下子就会想到他的《现代化和我们自己》，事实上，那可真的不是他最好的诗。"你说我哪首诗写得好些？"他问。我们就说，多了多了，如果只选一首，就选《春天，顽强些！》顿时，他的小眼睛贼亮。全天候写作的张学梦，视野开阔，纳万物为诗。他以哲学的思辨色彩和朴素的公民意识，关注变革中的时代和人生，诗情澎湃，笔力雄健，情趣鲜活、健康、积极。他每天猫在家里，给人以滞的感觉。也出过一次远门，到了四川，归心似箭，上火上大了，急着回家换液化气。其实，他是个充满活力的人。他的活力，更多体现在内心生活方面。把全中国的诗人都集合起来考试一次，考谁读得诗多，考谁对诗的理解最宏观或最细微、最入骨，张学梦全能得 A。他悉心体会着这世上每一位诗人，为他们叫好。他关心着他认为有出息的那些年轻诗作者，为他们鼓吹、加油。他写了许许多多形形色色的诗篇，编好待出版的诗集，手头就有十多个。虽然张学梦不是"冲浪诗社"成员，却是冲浪好手。

好聚群的边国政，一喝酒就只能听他说话的边国政，实际上是个独行侠。考察其《对一座大山的询问》等佳作，你会发现他的诗具有对生活的敏锐洞察力，以直接的笔触深入时代的心脏。他否定而不破

坏，他建设、呼吁，追求理想，试图在诗中建立一种完美的现实。他
是一个生活在严酷现实中的理想主义者。他又非常重视诗的艺术，讲
究情感的节制。他的诗情在燃烧，但那是经过受控的燃烧，如同煤成
为焦炭，没有浓烟，没有奔腾的烈焰，只偶尔迸溅几点火星儿，却能
溶化石头。很少有人读到他的新作，但他一直在写，他认为，多写几
首诗，反倒于诗无补。他订有国内所有诗歌刊物，谁有新作发表，都
逃不脱他的法眼。听他说酒话，听他说人生，说诗，是一大乐事。他
的说法，你尽管拿来用，反正他自己不用，也不告你侵权。一个清华
风云学子，主持着一个少年文学基金会，已经好多年了，他说他是教
文学的小学老师。

有着强烈本土情结的诗人刘小放，以《我乡间的妻子》和《大地
之子》两部诗集闻名，他的根，扎在一望无际的家乡渤海滩上，诗写
得硬朗、粗砺，有一股子野气，有骨气和血性。这几年玩心大了，酷
爱雅石，满屋子都是。只有极熟悉他的人才清楚，他玩，并不丧志，
而是努力在亲近自然，在自然中寻找，欣赏石头使他的目光越来越真
锐，使他的艺术感觉越来越细致。他力求使自己变成天线，获取世上
所有的声音，进而表达，持续一生，完成自己。前几年他去了一趟古
北口，归来写诗作文，写了又写，仍不满意，去年，悄悄地又跑了一趟。
他的诗歌新作不能算少，一版一版地发在南方某报上，可惜诗界读过
的人不多。但凡读过的人，也只有认真体会，才能发现他心灵的秘密。

姚振函是个透明的人，诗也写到了近乎透明的程度，语言和情感
都极其沉静、散淡、自然、达观。四两拨千斤。看起来轻松甚至逍遥，
实则饱满以至达到空虚。这人特天真，幽默，也狂，他的狂，通自信，
毕竟有老北大的根底，前些年诗集《感觉平原》问世，模仿者众，他
一笑，说那怎么可以模仿得了！去年年底，他的另一部诗集《时间擦
痕》发行，得一堆书，开书店的朋友请他送一些代卖，他不肯。他说
衡水这小城，认识我的，全跟我要书，不相识的，谁买？经不住朋友

再三地劝，送去几本，从此，常想去书店看看，却不敢进门。女儿看出他的心思，到书店一打听，人家说很快就卖了三本。这回他说他错了，检讨自己好几天，说自己本该写得更好。他蹲在街头，看匆匆行人，试图寻找买他诗集的那三个陌生人，看来看去，他觉得满城人都像那三个人了。这时，就像在平原上吆喝一声很幸福，他觉得当一个诗人也很幸福。

"萧老大"是萧振荣的绰号，他的朋友一口一个"老大"地叫，这是因为在"冲浪"的队伍里，他吃盐最多。当年，他因组诗《回乡纪事》和刘章、张学梦、边国政一块儿获得全国首届中青年诗人优秀作品奖，他以组诗《歌从乡野来》进一步巩固了自己的诗人地位，近十年来主攻讽刺诗。他总是城府挺深的样子，像个凡事说了算的主儿，"老大"嘛。事实上哪儿有什么老大啊，一个诗坛，诗人们像一群玩耍的孩子。在年轻的诗友面前，萧振荣则像个孩子头，看谁写了好诗，如同自己写出来一般，大杯喝酒，不顾心脏有病。有位青年诗人参加"青春诗会"回来，组诗在《诗刊》发了头题，他大叫着说："好小子，你没给咱河北诗人丢脸，像我当年！"立刻就赏给人家一件红衬衫。

主持多年《诗神》的郁葱，现在是《诗选刊》的主编了，改这个刊物，他就情愿？他和众多诗人的心情一样。肯定，办刊物和写诗是两码事。郁葱是整个生命都充满诗性的理想主义者。他的诗，富于哲理的发现和思辨，对社会、人生和心灵进行深刻剖析，揭示了许多常人不见的侧面，具有独立思考的价值和姿态。办刊物呢，却要从众入俗，不容执着，这让他为难。面对这些他选择沉默。只有在写诗、谈诗时，他才平静，有由衷的笑容。平时他不进饭店的门，只有诗人来了，他才呼朋唤友去饭店，看着大家吃；素常他喜欢洁净，见了脏乱差就皱眉头，而对堆满他办公室每个角落的形形色色的诗人书信、诗稿、赠书，你若说扔了吧，他跟你急，为此机关搬家，顶数他要搬的东西多。

大忙人何香久，见着谁都要问"你在忙什么"，以为这世上所有的人都忙。他忙，可是真忙，不是假忙，不是瞎忙。他忙着写诗的时候，那产量就特吓人。他写海，写命运，写神性，诗情洋溢，智慧又潇洒。他忙着编书的时候，那数量可以把胆小的吓死，每年上千万字，且有许多诠注。他的义气，够朋友，是出了名的。肠胃不好的诗友到了沧州，他每天起大早熬药膳粥，一熬就是好几天。他的书多，也是出了名的。房管局的人时常要去他家看看，怕他的书把楼给压塌了。他们哪儿知道，他的办公室除了书只能安放一张书桌，他还在郊外租房设一私人书库。与不少所谓读书人不同的是，他舍得买书，去千里之外背书；他读书，用书，在许许多多书里夹满纸条。或许这才叫读书人吧。有一天他正看电视，背后忽然有人拉着了灯，他惊呼："来电咧来电咧！"干什么都专注神情，如此这般。

　　实在不可以不写的一个诗人，只在十几年前很短的时间里写诗的这个诗人，是承德的白德成。他早就不写诗了，忙着挣钱，挣了钱请朋友吃酒，吃了酒打牌。最红火的时候，一年上百万地进，比上百万更多地出。直到现在，只要谈论河北诗歌，你情不自禁地就会想到他。想到他的诗是多么纯粹，想到他的诗人气质有多显著。他之所以不写诗，是因为一次下乡扶贫，刚下乡的几天，每天吃鸡蛋吃鸡，很快把老百姓的鸡吃光了，再也没什么可吃的了，在荒蛮面前，他绝望了，浪漫不起来了。前些日子他到石家庄来了，为其兄长一部诗集的出版奔走，找诗人聊聊诗坛，可见其诗心不死。令他失望的是："快二十年了，诗坛的实质性变化不大啊。"他说。

弄 潮 篇

　　诗歌批评家陈超教授，对"结社"不感兴趣，把他写在这儿，因为年轻。如果不是我们过于熟悉陈超，而仅仅是读过他的诗学和他的诗，或者有一面之交，认得他那老成的脸，听过他的有板有眼的课，我们肯定不怀疑他是正带着多位研究生的中文系教授，不怀疑他的实力诗歌批评家地位，但我们不相信他才 40 岁出头。他的诗学研究，并非以理论确证理论，而是有着如醉如痴的描述"当下"的热情，是介于诗人与批评家之间的那种。对他来说，文体或许根本就不重要，重要的是被精神浸透了的可以让人获得愉悦的文字，是自由的心性。但他绝对有高度的专业素质和专业作风。是他最早开启了我国诗学界新批评"文本分析"的先河，他的自足的立足于细读之上的诗歌分析，标志着诗学在方法论上的根本转型。尽管有不少人认为陈超是"诗歌形式问题专家"，但他并不是一个形式主义者，读他的诗歌会发现，虽然他十分关注诗人运用材料的方式，着迷于诗歌本体依据，但在个人方式上，他是坚持对终极关系、价值重建进行紧张追问的理想主义者。他躬行，是想绝知，以便最终证明诗歌即是生命的诗歌，诗歌理论即是生命的理论。

经历过唐山大地震的诗人徐国强，一直关注着人的命运和抗争精神。他的诗是重金属，他在担当和承受中，以稳定、坚实的笔触，写出了人的生存状态，以及唐山人独有的苦难历程，因而他的诗带有纪念和祈祷的双重色彩，他试图以精神之石建立一座纪念碑。有人说，徐国强写诗的时候，要跪在床上，左手托腮，脑袋特沉重，思想特沉重。他追求大品。我们不知道他的日常生活是否快乐，和诗友们在一起时，他快乐异常，和你争论，如果你不是他的对手，他顿时就泄了气，一声不吭。他为诗付出的心血显然太多，可是他很少得到回报，年头不对。新近徐国强也写起随笔来，有一篇怀念逝去的文友，读了让人以泪洗面。

出道很早的曹增书，曾以《中国正站在脚手架上》加入《诗刊》第二届"青春诗会"的曹增书，本是一个散淡的与世无争的人，每天让他到广场跳跳舞，和门卫老头下几盘棋，写几句诗，他就满足了。可是，曾经一切都不复存在，他承担了许多不幸。在他的生活中，有不少蒙上灰尘的日子。他说："蒙上灰尘的日子，需要朋友的慰藉，我每天都要擦拭茶杯，让它们保持洁净。"假如你不是诗人，你没有这么多诗人朋友，你将绝望吗？他说他不知道。他看见六月里有人为他修理暖气，感动得想哭，最终还是笑了起来。他已经是一个拿得起放得下的人了，放得下家，放得下亲人，放得下事业，拿得起的是诗。对社会和人生的深切关注是他的长短处，利害皆在其中。他的诗承担了这一切，包括自己的命运。

李南是把小诗写大了的诗人。平时，她是弱女子，羞怯，内向，老实巴交。写诗则不然，她坚定，大胆，能够把枪上的准星放大成十字架，确信人类能够把爱情进行到底。一部《李南诗选》，是她对人类生存的大痛楚与大悲悯。李南小时候在青海，后来在石家庄和秦皇岛辗转，得天地之灵，有着青藏高原的灵性，大海的激情和华北平原的辽阔与沉静，写出了优美的诗篇。一次，当她在一个小城的书报亭前，被一个只在诗歌杂志上见过她照片的人当场认出，着实让她体会到——诗是怎样的精灵。

与李南相比，杨如雪泼辣，走南闯北如入无人之境，像个女强人。昨天她到省作协来，说是刚从老家归来，还带来一帮朋友的稿子。她说的"老家"，是山东青州，是婆家。前些日子她老往省作协跑，是为"老家"搜罗旧书，说孩子们没书读，怪可怜。这个"老家"，在河北行唐。她写诗，善于探索，写一些好多人弄不明白的"信经"，同时善于在平淡的生活中发现，写内心经验与刻骨铭心的爱，不用任何花言巧语，就能让诗意直抵读者内心。有好多人写诗时候，她写得少，有好多人不再写诗的时候，她写得多，还在报上大声疾呼："诗人不写诗干什么？"说来像个女强人，有些事她也扛不住。一大群燕子在她老家那老屋的门楼下筑巢，一口一口把泥抹在灯炮上高压线上，她没辙了，急忙忙拨打110。

杨松霖是个怪人，半天不说一句话，一年只写一首诗，夜晚读书画画，白天睡觉，实际上，有时一年一首也写不完。当然，他的诗，都长。可别小瞧了他这一年一首诗，正是这一年一首，让他成为独树一帜的诗人。他可以在诗中用数学精确地推导出哲学命题的因果。他关注真理和通向真理的道路，质疑、揭示并告之。为了直指事物的内核，他甚至一层层剔除诗意。他是孤独的，他努力寻找，像老虎寻找猎人。他对"吃茶去"不感兴趣，要的是"拿酒来！"酒吃多了，打车到郊外去，不把那浊气排在城里。

祁胜勇和秋秸一般高，也还粗些，会几套拳脚，时不时施展一番，在黄骅小城里预报天气。每次发布预报之前，先要推窗张望，他说他望见了爹和娘，正在认真地读着他三月前的来信，头上是大风吹不灭的大灯笼；他说他望见爹娘准备好了干柴和腊肉，腾出了热炕头儿——于是他就眼含泪水说天儿凉啦，娘！他的目光一直注视着生活在底层的普通人的命运，能以简单的线条勾画出人的一生，语言扎实朴素，在自然中透出千锤百炼的功力。有一年他写了《王二家的》，说王二家的，是从贵州来的，是村里唯一见过火车的女人，王二家的，奶孩子的王二家的，过了年十六……把诗稿投给本地刊物，主编说他破坏计划生育，后来转投《诗刊》，题目排成大黑。这个月见祁胜勇胖了许多，一打听才知道，他不预报天气了，承包了电视台天气预报栏目中的广告。

近来挂在韦锦嘴边的话题是"边缘与高处"，他的要从边缘抵达高处的努力，已经体现在诗行中。他的诗在诗意上总有对现当代人精神的深度切入，极富寓意。

殷长青是参加诗赛专业户，也是得奖专业户，论新近几年的诗歌产量，在河北稳拿第一。他在油田工作，却很少写那些"石油诗"，因而容易把他与大多数身在油田的诗人区别开来。更年轻的诗友说听他讲过怎样写诗，他说写诗不难，严格按照他的方法，保准一个晚上写好几首……有几个人试了试，结果不灵，一点不灵，半点儿也不灵。

在河北，担得起诗人之名的人很多，他们以各自的方式弄潮冲浪，冲着一个目标。他们的诗他们的人，总是让人想起，不能忘记。在我们大脑的"诗网"上,他们不断被"点击":徐淙泉是越写越年轻的诗人,每一个诗行都带着青春气息;王俭庭唱大风,唱太阳,一派豪气,诗余画竹画梅,亦有风吹草动之声;凭着刘松林对诗的执着对《诗神》的热爱和写作的勤奋,可以获得五一劳动奖章;现代派诗人郑子森,从不声张,不慌不忙,出手不凡;高昌机智、幽默,精心培育讽刺诗新品种,引人注目;形而上的王建旗,一边写诗,一边论诗,三千行长诗《老苍会》结结实实;赵云江"野眼"看世界,解索荒原,写诗写小说也写剧本,写成河北文学院的合同制作家;赵丽华被诗迷往,一往情深,苦苦地写,痴痴地读,心里装着一个诗歌图书馆;程岚死死盯住战争与和平,写了又写,特别投入;韩文戈为诗心事重重,参与论战,闲来打马走过吉祥的村庄,有着他写不尽的风景;满肚子笑话的陈德胜,写出诗来可不轻松,在他看来,冰块土豆和胶皮,全都有思想;赵贵辰每年都给诗友们呈上一份打印好的年度创作情况报告和作品复印件,对诗,对朋友,他是那样认真、真诚;醉舟一年完成几十集充满诗意和血性的电视剧脚本,过着充满诗意的生活;如果你的诗稿丢失剪报散失,你就只好去找赵万里,他可以一字不落地替你背下来,且是那么深情;靳亚利现在是河北省企业文联的秘书长,关注企业文学爱好者的创作如同关注诗,他自己,也越写越大气;郑世芳对寓言诗情有独钟;赵素波整天读书,写出诗来,让你觉得他像是来自叶赛宁时期的俄罗斯;当年以创办"朝花诗社"闻名全国的余守春,把诗行和日记写在一起,一年365天从不间断;曹继强从容叙述那些真实的具体的事物,仿佛是《星星》诗刊的特约撰稿人;以长篇报告文学《千日养兵》获得全国报告文学奖的张国明,出版了好几部诗集,无论写什么,怎样写,文字都是诗性的,且有自己的哲学;诗是刘彩虹的口粮、水和空气,她为诗而活着,活得美好,除了诗,身无长物;姜宇清轻描淡写,却能写出活生生的牧人、马群和大地;一场大病之后的毕东海,深深地理解了生命和生活,充满大爱、大自由的长诗,让人读出前世和来生;张金发小小年纪,完成上万行《中国革命史诗》……

我们怀着如此温馨的感情注视着我们的老师和同好，我们崇敬，我们感激。因为诗，大家的生活变得坚实、深邃，未来的生活，怎会没有诗歌相伴随，怎能不更加美好！

（此文与大解合作）

几个小感受

——在 2000 年河北诗歌座谈会上的发言

　　在座诸位，有尊敬的师长，有我诗的兄弟姐妹。众多老诗人写出杰出诗篇的时候，我还不知道在哪儿转筋呢。可是时间过得就是这么快，一晃，我也是快四十岁的人了。说来令人惭愧，我虽是诗人之子，也学诗多年，却没有写出像样的东西，写写而已，对诗的理解，就更肤浅。小放主席鼓励我发言，还开玩笑说："你可是咱河北承上启下的诗人啊。"玩笑话，当不得真。但我理解他的意思，是让我说说"承上"，他知道我对河北老一代诗人的敬重与了解。

　　去年入冬，我和大解诗兄在我的老家兴隆雾灵山参加一个诗歌评奖，炕太热，睡不着，趁便把这世上的诗人给捋了一遍。真是满世界星光灿烂，呼啦啦遍野诗魂啊。说到河北，我俩从田间、冯志、郭小川、张志民、李瑛、公木、贾漫、伊蕾、朱增泉，一直说到在座的各位，没有没说到的，这么大个诗歌队伍，真的称得上诗歌大省。后来我们又说到 1985 年在涿州芒种诗会上成立的中流、冲浪和弄潮诗社，老中青三代，那阵势，若集团出击，无可阻挡，即便内讧，也必出英雄。

　　从小到大，我接受最多的是河北诗人的诗，有不少感受，加上最近十年，我在作协工作，对全省作家、诗人接触较多，感受进一步加强。每一个诗人的诗，就如同这个具体的诗人，是千差万别的，有着各自高远的志向，有着秘而不宣的抱负和绝活，有着独立的品格和价值，很难设想让这个取代那个，全都令我景仰并感激。

在这儿，我首先想到的是河北老诗人。前天郁葱老兄已经遍数九十年代以来河北青年诗人之风流，我想说说老诗人，形成互补。只是，咱们河北，担得起诗人之名的太多，我怕越说越说不全，甚至还有许多鲜为人知的天才，他们绝对是出色的诗人，像易县已经七十多岁的赵剑华，诗写的相当棒。好在前段时间大解和我应《诗刊》之约写了一个长文《弄潮冲浪赴中流——话说河北诗人》，以写老诗人为主，很快将和大家见面，我简要说说（详见相关文章）。我从老少爷们身上，学到很多东西，这就是我对河北诗歌的承上吧。

我似乎也清楚，在我身上，承继的东西可能过多，加上我自身的弱点，无论是我所关注的事、物、情、态，还是我的诗歌方式，都显得老，有些背时。但是，我想辩解说，我的实际感受是，"入时"未必是一个诗人的幸运。由于时间关系，我不展开说了，只说几个小感受。

1. 我心目中有着怎样的诗人？

诗人总是创造奇迹的人，现实的奇迹，语言的奇迹，文体的奇迹。布罗茨基在《文明的孩子》一书中说："除了纯语言的需要外，促使一个诗人写作的动机，并不是关于他的易腐的肉体的考虑，而是这样的一种冲动：他欲将他的世界，即他个人的文明，他自己的非语义学的统一体中某些特定的东西留存下来……诗是一种赋予现实以生气的尝试，是寻找肉体却发现了词的灵魂。"的确，正是那些有自己的"世界"，有"个人的文明"，有自己的"某些特定的东西"的写作者，才能被准确地命名为诗人。在这个意义上，诗已经排除了在所有表现手段上的差异，诗人只对诗负责，对那些具有永恒价值的、贴近人类普遍情感和灵魂天性的歌唱负责，并祛除一切认识论上的界定。诗人因此安身立命。也正因为此，在所有悲天悯人的真正诗人面前，我必须正视其独特的探索、追求和最终的命运，正视他们所背负的十字架。

2. 什么么样的诗吸引我？

诗歌之所以吸引我，最大的魅力，还是它所指称的生活内涵以及它反映生活的方式，它的语言和情感传达。我想了想，大凡已经成为经典的诗，莫不是来自生活来自历史和文化深处的诗。诗与生活与心灵，与生存、历史、地理的紧密关系，不是创作方法的问题，是关系着诗的艺术生命与命运的问题。具有重要生活内涵、关系重大人生意义的有情有韵有气格的诗，总显得那么堂堂正正。这表明了诗人精神的运行向度的重要性。如果每一个诗人，都能成为社会生活的晴雨表，千百个诗人，就能反映整个世界的气压。当然诗艺也不次要，严格地说，诗艺不仅仅是一门手艺，更是一种素质，一种生命质量。有了这些，诗行的背后，才有纵深的底蕴。

3. 我们的诗还缺少什么？

诗人公刘在 1979 年提出"诗与诚实"，认为从五十年代后期开始，我们的诗就与虚假发生了联系，像是包裹着一层厚厚的橡皮。他说，诗的贫困反映了我们思想、精神生活的贫困，诗的虚假反映了我们社会政治生活的虚假。好像至今我们的诗所缺少的，依然是诚实。抛开政治生活中的某些虚假不说，一些诗人的清高、贵族意识、救世情结，还有逃逸、归隐等等，本身就是虚假的。诗人常常是聪明的，可也并不比谁高明多少，各有各的成见、偏狭、心理定势和庸常。倒是老百姓比我们更诚实，民谣比我们的诗更诚实，因而民谣就比诗人的创作受欢迎；罗大佑、崔健比我们更诚实，因而他们的演唱会比诗集更受欢迎。在经受打击之后，诗人的自卑和自我贬损，事实上不光是缺少底气，而是另一种虚伪和不诚实。

4. 什么是诗人真正的隐痛？

当下，诗人或许有许多隐痛，比如诗养活不了诗人，而真正的隐痛，是不是写不出惊天地、泣鬼神的诗呢？干着急，暗上火。有些现象，有些问题，不是以某个人或一群人的意志为转移的。我看诗人能够做的，是坚守，是继续修炼，努力创造，慢慢丢弃那些投影仿生的赘物，清除那些无根的妄念，告别虚拟镜像中的自我抚摩。我希望我读诗的时候，多一些亲和，少一些障碍，多一些撞胸窝子动肝肠的热，少一些荒寒、苍白和表面的华贵。我期望我自己一天比一天写的明朗，写的完整，写的大方，写的严肃，写的有趣，写的不像诗而又是诗。

重新做一个诗人

——在 2005 年河北首届重阳诗会上的即兴发言

说来非常惭愧，一晃儿我已经有十来年没有认真写诗了，推算起来，多半辈子里，用心写诗的日子，只有四五年的时间，枉为诗人。倒不是完全因为忙，一个非常重要的原因，是面对我们这个时代，经常失语，内心虚空。好在诗心仍在，诗心未死，偶然写几行，仍然爱好这个。前段时间，借助大解诗兄去《诗刊》帮忙的机会，我给他写了一封信，本来可以打电话，可以发邮件，简单的几句话，却执意要写信，是想让他也回一封。在我们这个时代，写一封信，收一封信，仿佛已是天大的奢侈了，就像写出或读到一首好诗。在信中，我表达了私下对大解多年来真正爱诗、潜心为诗、孜孜以求、不断精进的敬仰，说出了我的赞美。我觉得真正的敬仰与赞美应该是私下的。我以前从来没跟他说过，我把《悲歌》读了三遍，还把他这几年发表在各地的短诗一一复印下来，妄图理解他和他的《悲歌》中那个"蕙"——我想那是爱和悲悯。大解回信说："我们在一起的时候谈诗很少，但我们的骨子里对诗都有一种永远丢不掉的情分。有人说，诗是一种病，一经染上，就终生携带。我们都是染上诗病的人，一种高雅、昂贵的疾病。"我看了，连连说是。回想这么多年，天分之外，我写诗，不自觉、不勤奋，不用心，说是爱诗，不如说是爱诗人。令我心仪的河北诗人很多，在座的就很多，没别的原因，只看好对诗的热爱与痴迷。由此我想到陈超老师把他的诗集直接命名为《热爱，是的》，是别有深意的。

产生重新做一个诗人的念头，是从今年元旦开始有的。正是从那时起，我开始反思我自己，开始充电。除了每天听几首唐诗的录音，开始重读诗书，重读了五百多部。对近在眼前的河北老少爷们儿的诗，就更不肯放过，凡我手头有的，都读了一遍，受益挺大。听人唱老鼠爱大米，对于我，诗就像那大米，家就像老鼠窝，和诗在一起，挺温暖。尤其令我振奋的，是在国内区域比较中，我们当代河北，出色的诗人真多，各有各的绝活，有各自的精神向度和自己内心的法度。有的专注于表达生命的经验，将感性与智性融为一体，沉静、自然、健朗、大气，思想带着温度和知觉，还带着翅膀；有的善于从平凡的材料中或人文现象中全天候寻找写作动机，有着"现实真实，未来可信"的坚实信念，诗行带着浓郁的当下气息、社会性和面向未来的方向感；有的埋首苍茫大地，像羊吃草一样有耐心，像善于感觉和想象一样善于表达；有的善于在平淡中，在看来最没诗意的地方发现诗，写出诗。他们全都能够把诗推向对自己有力的方向，同时让诗作用于读者的生命（当然这不是当代河北诗歌创作的全部。那些缺少诗的真实价值，不能触及内心生活真相的东西，与诗没什么必然的联系，姑且不提。此次专注的阅读、细读，还有一个小小的发现，就是从为诗的方式上，大体就两种：一种是，表面上"老派"，骨子里却新奇，有创造；另一种是，表面上"标新"，咋咋呼呼，骨子里却陈旧甚至迂腐。它们肯定有一个共同的对手，那就是时间。那就留给时间，在此打住）。

现在，除了诗人本身，似乎没人注意诗人，这非常好，可以使我们安静。诗，肯定不是生活，诗作为我们生活的一部分，净心伺候，这本身又是奢侈。或许，大家的心境是暗合的，通过诗，正在或已经找到有价值的生活。在我想重新做一个诗人的时候，我赶上这个诗会，和河北老中青三代诗人一起，谈诗论道，是不小的福分。接下来我要做的，是完善自己的手艺。这是一项真实的工作，表面上诗似乎是最好蒙人的，其实是谁也蒙不了的，必须专心致志，严肃对待。我现在没有行政工作负担，有的是精力，对我个人来说，现在应该是写诗的黄金时期，真是太好了。我盼着我自己，能够读点书、走点路，活得真实一些，自然一些，轻松一些，活着，做人，然后写诗，找到一种说话的方式，爱的方式。

再说重新做一个诗人

——在 2006 年河北省第二届端阳诗会上的即兴发言

在去年的端阳诗会上，我说我想"重新做一个诗人"。问题的提出，基于对自我诗歌创作不足的认识。一晃儿经年，有点进展没有啊？在此向大家作个简单的汇报吧。

说起来简单，就两个字：读，写。

爱诗爱了三十多年，买书买了三十多年，攒了两个书屋了，可惜读得还少，心想反正是自己的，跑不了，有时读一点，也不求甚解。从去年开始，收心读书，才知道读起来已经很吃力了，眼睛花了，腰和脖子都不给劲了，记忆没有内存了。好在开卷有益，读比不读强，有点儿阅读感受。别的书不说，只说读诗书，主要的感受是：都说是天意君须会，人间要好诗，事实上人间有好诗，并且很多。只是需要凝神专注，怀着圣洁、虔诚的心，入乎其内。有一年舒婷在电话里跟我说，读诗，需要沐浴，起码是需要净手的。当时以为她矫情，而今我理解了她。典籍不说，就是在目前的报刊上，也常常有好诗，需要认真读，潜心体会。常听人抱怨说：某某诗刊，一首好诗没有，我才不看呢。这个判断，如果不是来自过去的某个瞬间的印象，那就来自阅读偏见，来自阅读盲区，没有那根天线，根本就不看就让人没什么好说的了。我们需要阅读视野，也需要宽容的艺术气度。不能把诗歌纳入预设的阅读轨道，非要让它顺着你走，只有充分关注诗人的艺术选择和艺术的生存方式，体会他们对自己独特人生感受和生命体验的表现和表达，诗才能作用于我们的生命，我们才能在阅读中受益，同时在写作中受益。当然，有好诗就有孬诗。我看当前孬诗最主要的问题，一是自我迷恋，连篇累牍的自白，给人以神经分兮的感觉，难怪让人说诗人有病；二是满足于做体制话语的传声筒或迫不及待的道德表态，表面上还与时俱进，像"×××，总书记，您的讲话我学习，越学越觉有力气，好像神仙附了体"，好像是个笑话，其实代表了某种创作倾向；三是所谓"叙事性诗歌"的回归，过于泛滥了，全是絮絮叨叨的零碎生活记事，没有提炼、提升，没有呈现，只有浮现，没有暗示，只有展示；四是缺少传统或守缺。从缺少传统的角度看，缺的是诗性直觉、真挚和纯粹，是起码的规矩和节制。从相反的角度看，则缺少自由的精神境界和时代气息。这些问题，在我们身边就存在，我自己身上也并不缺少。

至于写，一年来动笔不多，主要是审视旧作，心灵在自省、自信和迟疑中摇晃，少有创作的高峰体验。过去我们已经很明确，诗肯定不是"生活在别处"，它就在我们的生活和生命中，在我们的心灵中。从日常生活中发现诗意、萌发写作动机，使诗带上当下生活的气息和某种程度的社会性，是我们的愿望，业已反复操练。需要更进一步的，是深入客观的事物并细致、准确、诗意地呈现它们，是寄寓能够揭示生存和生命的东西，是把日常经验提升到形而上的境界。过去常常行走于生活的原生态，对这些思考的不多。思考不多，主要是因为学习不够。写作是"技艺考验真诚的功课"，把诗的真实性和诗的想象力彼此激活，把思想知觉化，在诗行中达成平衡，是天意，但要靠人的智性来完成。

我们生活在一个特别的年代，作为诗人，面对博客，可以天天写诗发表诗，好日子来了，可以写得不好的日子却结束了，你已经不可能把自己藏起来，不能把诗藏起来，古今中外的所有诗歌成果已经成为共时体，已经凝聚在一个小小的光标上。在这样的背景下，如果想获得新的诗的成果和较长的艺术生命，思考诗的方向和未来显然是必要的，投身于富有生命力的传统之中就更加必要。因为诗的存在，说到底不是因为对其形式的坚守或翻新，而是有赖于悠久的深入骨髓的诗歌精神。

当　真

　　2001 年 10 月，我有幸与诗人李琦等一起应邀参加了 "第三十届华沙诗歌之秋" 活动。在与波兰会计学校师生座谈诗歌时，我说，我们国家的国务院总理刚刚为上海会计学院题写了一个校训：不做假账。作为一个诗人，我能够做到：不说假话。我这样说，是因为我已经深切感受到，无论在中国还是在波兰，诗，真的出了问题，诗人，面临着信任危机。

　　我热爱诗歌，从小到大，被诗浸润，被诗召唤，自以为对诗负有责任，但我可能并不真正懂诗，对诗之全貌，对诗坛之现状，也缺少把握。即便如此，耳闻目睹，在我看到诗存在的问题和诗人面临的危机的同时，我仍然相信诗的尊严与崇高，相信诗人的真诚和真实。

　　2000 年 10 月，在河北诗歌座谈会上，诗人徐国强显得很沉重，他说他因为思考着诗的现实与现实的诗这样寡味而又无法回避的问题而陷入了巨大的空洞与悲凉之中。我们的时代生活在既往的惯性中有些突然地进入了实用阶段，这让一条道跑到黑的诗人猝不及防。现代化的传媒占据了公众视听，人们满足于便捷而直接的自娱自乐，诗被甩开了；人的价值观念被牢固地树立在物质利益的基础上，诗被放弃了；现代生活的丰富与嘈杂，把诗心湮没了……高雅的诗，心灵的诗，多少需要静一静才能体味的诗，让人觉悟又给人以思维空间的诗，经过精血提炼又能触动人美感神经的诗，终于陷入低谷，并越来越严重地受世人冷落。他呼吁诗人不被困扰，树立信心，真实地树立自己的地位，以诗的建设，落实诗的本体价值。

诗歌批评家陈超教授则显得异常冷静，他发言说，对诗的反思应兼顾文体和意义两个方面。诗歌在今天为什么衰落？不要一味怪社会怨市场，我们面对的，不是中国诗人特有的境遇。返身自省，我们的诗歌文体是否出了问题？诗这种文体，以抒情为要，而抒情中的"我"，与诗中的"说话人"在我们心目中是一个人。正是我们的诗中缺乏"他"或"戏剧独白"的声部，使得诗人在抒发感情时心怀忐忑，诗人要在诗中极力美化自己，使自己更"正确"，更"体面"。他害怕暴露自己的矛盾、"不洁"。读者最鄙薄诗人由自我迷恋制造的道德神话，而诗人们至今还在盲目制造或者自觉利用这种道德神话，使诗坛圣词满天飞，圣人遍地走。读者从成千上万的诗篇中读出的只是一个语义："俺们是好人，你们不是。"他们能不弃诗而去吗？

他们的话让我句句当真。

在"第三十届华沙诗歌之秋活动"中，我们结识了来自三十多个国家的诗人。因为有优秀的华裔波兰作家胡佩方女士的多语种翻译，我们几乎听全了大会发言。大家集中探讨了全球化背景下的诗歌问题，对现状不满，对前景也不乐观，表现出深深的焦虑。最普遍的看法是，仿佛一夜之间，存在和生命的原动力丧失殆尽，诗人和读者全都懒得思想，也不愿冥想，记忆和心灵像是生了锈，有着不知所以的忧郁和空虚，对现实的表情，尤其漠然。会上，专门安排了诗人朗诵，与猫做爱与狗同床的内容不少，令人心慌发愣。这让我再次想起诗人公刘早就指出的："诗的贫困反映了我们思想、精神的某种贫困，诗的虚伪反映了我们政治生活中的某种虚伪。"

也是在那个会上，一个偶然的发现，令我一震：

只要我们活着，

波兰就不会灭亡，

外国暴力夺走的一切，

我们用战刀来夺回。

前进！前进！

　　这是一首诗，和我们的抗战街头诗一样。可是，你无论如何也想不到，它是波兰国歌的歌词，原是一个反法西斯游击队的队歌，像我们的《义勇军进行曲》后来成为国歌一样。我在诗会上朗诵了它，本想取悦波兰朋友，而首先被感动的却是自己。多么相像啊，两国的国歌！中国和波兰，不同的民族，千山相隔，国歌的歌词竟如出一辙！

　　这能够说明什么呢？我一时说不明白。只是，它突然让我看到了诗人与时代。我看见在那样一个大时代背景下，我看见诗人振臂一呼，将不愿做奴隶的亲人，集合于最危险的时刻；我看见诗人带领万众一心的人民，昂首冒着敌人的炮火；我还看见诗的表达与作为——两个诗人，两个真正的诗人，两个使用文字的英雄，代表了他们的民族和时代。

　　当我们面对一个新的时代，当我们越来越掌握诗歌的本体依据时，我们怎么办呢？这是个问题，应该当真啊。

但　愿

　　尊《诗歌月刊》主编明韵兄嘱，为我的组诗《上庄之上》写一短文，踌躇再三，难以插笔。写完《上庄之上》之时，我曾抄录海德格尔的话置于卷首："诗人的天职是还乡……接近故乡就是接近万乐之源。故乡最玄奥、最美丽之处恰恰在于这种对本源的接近，绝非其他。所以，唯有在故乡才可亲近本源，这乃是命中注定的。正因为如此，那些被迫舍弃与本源的接近而离开故乡的人，总是感到那么惆怅悔恨……还乡就是返回与本源的亲近。"回想起来，这样的话曾一再令我欢欣鼓舞，促使我以诗之名，妄图回到故乡历史与现实的现场。

　　可是，我又打心眼里反感人们把我归入所谓"乡土诗人"行列。我在《回想》一诗中写道：

　　　　据说我已经是诗人了
　　　　一个乡土诗人
　　　　土得要命。而我
　　　　在离家很近的贵宾楼过夜
　　　　家乡依然在我梦中

　　归置这组诗时，我特意把《回想》调到前面来，企图表明我的态

度：所谓乡土，对于我，不过是梦中的存在而已。记得在第四十一届贝
尔格莱德世界作家大会上，借助《诗歌与真理》之命题演讲时，我借
机简单梳理一下自己的写作。我说，在我的国家，一般习惯于把我归
属于"乡土诗人"。而我对"乡土诗"和"乡土诗人"的称谓持有某种
程度的保留态度。并不是我对"乡土"一词有什么偏见，而是觉得诗
就是诗，写什么并不特别重要。我写了一些与故乡、土地、亲人和坟
墓有关的诗歌，不过是试图提示人类生存中的相关问题。

　　真要思考"乡土"这一熟悉的名词之意涵，我糊涂了。我不止一
次试着确定自己对"乡土"这个概念的认识，得出的答案几乎都是把
"乡土"化为老家、乡村、贫困、山水、庄稼，与都市相对的存在。有
时我也追问自己："你认为自己有没有乡土？"好像有，又好像没有。
眼看着那么多人已经把"乡土"定格成过去，似乎是一个不会重返的
时代，因此，好像我辈的"乡土写作"，只能被历史凭吊了。

　　真的如此？"乡土"作为一种确立生活与生命主体的意义，究竟
是已无话可说，无路可走？还是人们纷纷绕过了这关口？

　　虽然我不认为"乡土"概念已失去它的可再诠释性，可是我说不清。
记得诗人黄灿然曾经在一篇文章中阐述说，无论东方或西方，整部诗
歌史基本上是一部农业意象的诗歌史。城市意象较频密地表现于诗歌，
是近一百多年来的事。诗人写城市困难重重，读者欣赏城市诗困难又
得加几倍。一方面是因为几千年的传统难以摆脱，也没必要摆脱，毕
竟最多、最伟大的诗歌都在农业意象库里，就连两位源头性的现代诗
人惠特曼和波德莱尔也分别以叶和花来命名他们的里程碑诗集；另一方
面是技术进步太快，城市变化也快，原有的意象还未沉淀，还未发酵
至可提炼为诗，新的意象又抢眼而来。农业意象不是相对稳定或稳定，
而是超稳定，至今还未过时，中国更是如此。

　　这使我想到，在我们庸俗的二元对立的思考中，"乡土"的意义是
否被窄化了？乡土里显然面有生命、有故事、有当下的问题，也肯定

有一些价值可以被深化。

　　只是当我拿起笔来，要改写旧作或重新写写乡土的时候，我有了从来没有过的素材的、感受的匮乏，不知从什么时刻开始，故乡已经不是我创作的不竭的源泉，随着我与乡土的若即若离，要想自然、直接和简单呈现故乡诗意，已然成为妄想。

　　显然，对于我这样被迫舍弃与本源的接近而离开故乡的人，我的自我属性已经发生了改写，可我还没有预料到建构与乡土的新的联系需要唤醒一个陌生的自我。但愿《上庄之上》，是我重建自我与乡土联系的开始，也是重新做一个诗人的开始。

关于诗的自言自语

我曾觉得写诗特别容易。听古今中外的批评家对诗备加称道，说它是文学中的文学，是最难的形式，我哪里肯信！当诗歌牵涉到我的信仰或怀疑，当我发现将内心的感受写在纸上是多么难时，我写在纸上的文字越来越少，并且，它们总是伴随着灵魂的血汗。

一首《母亲的灯》，我是用了十几年时间才最终把它写成——

> 那灯是泥的，那灯
> 是在怎样深远的风中
> 微微的光芒
> 豆儿一样
>
> 除了我谁能望见那灯
> 我见它端坐于母亲的手掌
> 一盘大炕，几张小脸儿
> 任目光和灯光反复端详
>
> 夜啊夜啊，多么富裕
> 寰宇只剩了一盏油灯

于是吹灯也成了乐趣

而吹灯的乐趣，必须分享

"好孩子，别抢，

吹了，妈再点上。"

……点上，吹了

吹了，点上……

当我写下这些诗行

我看见母亲粗糙的手

小心地护着她的灯苗儿

像是怕有谁再吹一口

她要为她写诗的儿子照亮儿

哦，母亲的灯

豆儿一样，在我模糊的泪眼中

蔓延生长

我看见茫茫大野全是豆儿了

金黄金黄。金黄金黄的

涌动的乳汁啊

我今生今世用不完的口粮

瞧瞧，就是这样一首不打眼的诗，却写了十几年！

我将此诗抄在这里，并不是为了说明写诗的艰难，我只想表明我的诗的来路——直接的、有质量、有温度的现实（当然也包括持续的回首）。

我的诗是从生活中来的，是将现实生活转化为内心生活之后的产物，我最终的愿望，是将它们增添到生活中去，让我看到，由于有了诗，生活正在变得深邃。

我还想表明的是，我的诗大多沉醉于对故乡的迷恋中，一个写诗的人，怎么可能离开他生根的地方呢，即便非离开不可，他的魂也留在了那里。自觉的诗人，应该有自觉自愿的民族性、深思熟虑的民族性和成熟的乡土性。我承认这个观点有其自身的局限，但我还是要坦诚地替它辩护。

我不是不知道：诗不表达意义，而是自足自存，它的意义就在于它的自足自存。同时我又认定，假使诗要伟大，内容肯定是重要的。那么，怎样才是一个诗人面对现实世界本应具备的姿态呢？除了首先从对现实世界的关怀出发，把真性情留在一些不太容易受时间左右的诗行中，似乎没有别的办法能最终导致对现实更本质的关怀。

每个诗人都试图把诗推向对自己有利的方向，只要他关心的是诗，而不是作为"诗人"的事业。不怕看重传统的人说我反传统，不怕反传统的人说我传统，不怕喜欢直白的人说我朦胧，也不怕欣赏朦胧的人说我直白，通过我的诗，与我的读者有更多的沟通，对于我显然是重要的；使我的诗在总体上而不是在绝对完善的情况下为人所理解，对于我和我的诗显然是更重要的，真心的喜欢或偶尔出于礼貌的赞许，我全不在乎。

我原本是一个向人们说话的人，我有话说，就努力说出朴素心灵的历史、深远的血脉、命运的压力和对泥土的眷恋，没话说的时候，也不试图使自己确信还有话说。

实话实说说短诗

　　一个写诗的人面对诗坛，最好不置一词。我知道诗人心气儿都高，我自己也不例外。对于一首不错的诗，诗人说是"一说就是错"，说别的，怎么说？《诗神》让说说对短诗的看法，本想袖手了事，憋又憋不住，忽想起中央电视台有个节目叫《实话实说》，那就实话实说吧。

　　提起短诗，我首先想到的是十几年前某出版社出版的那部《当代短诗选》，当时，我是当宝贝请回来的，一看，除了失望，还是失望。这世上的诗篇，百分之九十九是短诗，按说好的短诗是不该缺乏的。而选来选去选出的一个中国当代诗人短诗选本，为什么那么差？时代有时代的局限，选家有选家的局限，我看最主要的，还是来自当代中国诗人的局限。

　　诗经三百，都不长，中国优秀古典诗歌，一般读者能读到的，也不长，国外古今著名又确实优秀的诗篇，也是短的多。仅就这一点谈论短诗，就是个不小的话题。

　　闲来无事，我曾仰在大床的对角线上闭目"思诗"，凭记忆给一个个中国当代诗人过筛子，把筛出一首好诗的诗人叫诗人，把筛出三首好诗的诗人叫优秀诗人，把筛出五首以上好诗的诗人叫大诗人。结果是，"诗人"以上者有近百位，艾青独尊，我认定他的好诗在两位数以上，而不少我们素常称为诗人或自称为诗人的人名下是一片空白。真要是拉出个名单来，不大好看，也太长了。

能有近百位写出好诗的诗人说来并不算少，但与我们这么大个国家这么大个世界这么大的期待，显然又比例失调。并且，由于写诗的人多，写好诗的人少，就越发使"诗人"的处境尴尬。

窃以为，好诗少，主要是由于以为写诗不难者众；好的短诗少，则主要是人们认为短诗来得更容易。有几个文学青年不是从写诗起步的？查查那些校园中的才子才女们，写满一本又一本日记本的大多是"诗"，在他们看来，好像没有比写诗更容易的事儿。

错，错，错！

就说短诗吧。叶芝写《当你老了》，十二行，那可是他对自身戏剧化经历的一次极为成功的挖掘呵。据说那还是"模仿"的，借助了前人的成果。翻一翻他的一大卷《丽达与天鹅》，你会发现他不一定是一个最了不起的诗人，但他确实是个"爱情大王"。他的一生，全是为一个女人而痛苦而慰藉。白朗宁夫人的燃烧着烈火般感情的十四行，那也不是想写就写的，那是一个具有不幸经历的女子在爱情面前的复杂心理，那是爱情创造的奇迹！一个长期被禁锢于病床的心如死水的人，突然间在爱的燃烧下沸腾起来，有了太多的幸福，这太多的幸福，一下子怎么容纳得下！可是她又在竭力约束自己，在火中挣扎。就是在这"约束"和"挣扎"中她才写出诗来，且是短诗。舒婷也一样。她在乡下当知青多年，以独生子女的身份照顾回城，没有工作，常常在海岸彷徨，彷徨了很久很久，才有了"撒出去，失败者的心头血；矗起来，胜利者的纪念碑。"和"从海岸到巉岩，多么寂寞我的影，从黄昏到夜阑，多么骄傲我的心！"这样的诗句。韩翰的《重量》就更能说明问题：

　　　　她把带血的头颅，

　　　　放在生命的天平上，

> 让所有的苟活着，
>
> 都失去了
>
> ——重量。

这可不是闹着玩儿的。为了等这首诗，一个国家等了一个时代；为了换取这首诗，张志新失去的是脑袋！二十八个字，多少血和泪！

而有人是怎样写短诗来着？无病呻吟，成批量制作，有了一句凑八句……一位年轻朋友对我说，他一个晚上就写十几首。有一天他来找我，说看我发了一首很长的诗，不怎么样，跟真事儿似的，而在同一期刊物上，发了他十行，他为此很是不平，想跟我过过招儿。我问你平时看什么书？他说不看，傻×才看呢，连艾青都不读书不看报。我说你写诗是觉得心里有话要说呢，还是为了写一首诗？他说捡起个题目就写。我听了特生气，说你回去读几百本书再来与我过招儿吧！他气鼓鼓走了，从此不再登门。起先我还有些后悔，觉得不该那么对人家说话，又想，不那么说还能怎么说？

许多人就是那么轻而易举地制作，成批地制作，一起"孤独"，一起奔向"麦地"和"麦子"，最近又时兴一起"回家"，见什么就搬运什么。孩子们那么干干还可原谅，有些已经有些功名的诗人，也跟着起哄，不用揭示生活，也不回应历史，还多少得点儿零花钱呢！

我承认好诗人是天生的，但也看重严格的写作训练，还有学习，从一定意义上说，没有阅读是没有写作的，没有广阔而又有深度的阅读，也谈不上审美。压根儿就不读书并且认定"艾青也不读书不看报"的青年人不去说他，因为他从来就没想过要尊重诗歌，没想成器。让我很难理解的是，有一些原来十分注意学习的诗人眼下也不再"继续革命"了，但是，仍然写，信心十足地写。孩子总是自家的好，别人家的孩子长不大，长大了也成不了人！有限的东西规定了他，无限的创造从何说起？

　　还有，对生活的态度，正视生活的能力我看对于一个诗人也是重要的。诗歌离不开真实的事物，诗意来自诗人对于世界、生活的看法，来自诗人对于诗意的发现，这个，亘古未变。可有人就是不以为然，两眼一闭，想当然也能写出诗来。我注意到，"不以为然"是假的，他们缺乏的是切入生活和触及事物的能力。一旦他们有了这个能力，他们也将"现实"起来。记得我在一本书上看到过这样一段话：当人们的眼睛看不到天上的星星，便把目光转向自己心中的星星，由此产生了那些平庸的、低声呻吟的诗人，由此产生了那些烦闷和痛苦的诗人，由此产生了那种隐秘的、个人的、吐露私情的诗人……当它由一位感受力低下、真有羽毛华丽的孔雀那样歌唱才能的人演唱时，便成了有气无力、令人可笑的东西……大意如此，我记住了这段话，是我应该记住，必须记住。

　　除了有气无力、低声呻吟的短诗，我看到最多的要数标着"乡土""乡情""农民""农业"的短诗了。"中国的问题是农民问题"，套用这句话，中国诗歌的问题也是农民问题。许多诗人高看农民，全是上帝的视角！可惜他们的那些"精神食粮"俗人不食，送到别处去，也没人要。

　　顺便给批评家们上点"眼药"。某些诗歌批评家的作用是使诗人越来越放肆。陈超曾归纳说："为平衡自身窘境，以与创作保持'同步'，产生了一批'宏观'批评家。他们干脆弃置文本或一掠而过，用泛而不切的文献知识为作品归类……你的诗没有深度吗？不要紧，那是'零度写作'；你的诗结构松散吗？那正是解构了'线性视域'；你的诗牵词就意或辞不达意吗？那是'切分话语'；你的诗缺乏个人性吗？那是追求'不在的风格'；你的诗被内行排斥吗？那正说明你在'边缘'写作呢！"真是这样，这对诗的伤害，不一定是多么用力的伤害，但击中了要命的部位。有那样的批评家撑腰打气，写诗就真的不难了，怎么写怎么是，匆匆飞来的鸟儿抛下粪便，那也是一首小诗，并且有香味儿！

总是在有月亮的夜晚想念李白

床前明月光，

疑是地上霜。

举头望明月，

低头思故乡。

——（唐）李白《静夜思》

太白诗仙的这首"抒情小诗"（许多诗书上都这么写着），就连三岁孩子都耳熟，可惜，直到出了大学校门，也不一定把诗意读充分，如我。我开蒙晚，打小家人教我数数儿，八岁数不满百，我爷爷说，这孩子，笨死了！十三岁时，见家父友人玉珂送他的《李白诗选》，信手翻翻，不用查字典的，有《静夜思》一首。1978年3月，我去山西当兵，家乡变故乡，相思万里，总是在有月亮的夜晚，举头或低头，体会诗人李白，心领、神会、歪想，他，和我一样？忽有诗性直觉上了脑门儿，觉出诗这东西，可以让人同时感受人的存在和艺术的存在，让人既现实又理想地活着，释放出自己的感觉、想象与理智，妙不可言。不可言，却又有话说，说不清道不明，怎么办？也就有了我的第一首"诗"《一个人独自向远方》：

一个人独自向远方

母亲的目光

越抻越长

一个人独自向远方

父亲的呼吸

越来越亮

一个人独自向远方

把一轮圆月

背在背上

　　说来，这是跟李白学的。现在看，诗非诗，当时对诗的体会与理解，也还沾边儿。后来我迷上诗，勤奋修习，苦读诗书，读得最多的是当代诗人诗集，且毫无选择，以为有所得，或照猫画虎，或自以为是，横涂竖抹，谁知离诗歌精神越来越远，成了半瓶子醋。

　　开始研读中国古典诗词，已近而立。从大学校门出来抱着一摞笔记，几经筛选，多为废物，舍不得丢弃的，是《古代汉语》，遂搬来古典文学与笔记中提及的作品一一印证。因了先天不足，本钱太少，读起类似《唐诗三百首》那般诗书，还有些吃力，不得不买来磁带，反复播放。

　　听来听去，看了又看，我大为震惊，却原来，古典诗词虽形诸文字，源头却来自口语，而且，自《诗经》以降，始终保持着吟唱的功能；它们的构成成分，主要是实词，大多指向真实、具体的事物，或者说，指向历史和地理；从语法上看，它们与当时的书面语言是有很大区别的，既非文言，亦非白话，而是语言智能的充分发挥。于是我想，现代汉语，孕育已久，或许是《古诗源》、唐诗宋词直接推动了汉语发展，最终导致了一场革命？又想，就诗而言，以新旧划分诗体，是盲目的。"举头望明月，低头思故乡"、"明月松间照，清泉石上流"、"野火烧不尽，春风吹又生"、"蟋蟀鸣，懒妇惊"之类，不都是现代汉语中保留使用的词汇吗？"我住长江头，君住长江尾"，大江东去，本是一脉，如何分得清新旧？窃以为，或许真正重要的，还是要关注"诗体"，即诗"这一个"文本。

总是在有月亮的夜晚，我想念李白，体会其《静夜思》这样表面看来非常简单的诗。我看见，千百年来诗人活着，生活着，把酒，微醺，一只眼睛望着天空，另一只眼睛盯着大地，此时，他是理想与现实的结合体，是一个有着真实生存状态的人，顽强地决定着他对世界的看法；我看见，他拿起诗笔，生命蓦然成为一种纯粹的精神形式，承载着一颗孤独的灵魂，悲歌可以当泣，远望可以当归；我看见，他的诗就那么成了，满纸清水芙蓉，风清骨峻，每个词都像月光一样纯澈、透明，每个句子都跟醇醪一般朴素、实在、直接，读之则神驰八极，测之则心怀四溟！

"三农"与诗

——2005年8月在诗刊社"三农"诗歌座谈会上的发言

中国的问题是农民问题。这是二十世纪两个最伟大的中国人孙中山和毛泽东的一致看法。之所以一致，是因为他们伟大，能够看到社会的实质，当然也是因为这问题确实突出。

中国的问题是农民问题，但不是农民本身的问题，不是农民落后不落后的问题，不是所谓国民的劣根性问题，是土地问题。这个问题由来已久，古代农民运动为什么要打出"耕者有其田"的口号？近现代我们就更熟悉了，从"打土豪，分田地"到《土地法大纲》，从合作化运动到包产到户，都是围绕人和地的问题展开的。人和地的关系紧张问题，长期以来一直是我们的国情矛盾，就连计划生育这样的基本国策，事实上也是由这对基本国情矛盾派生的。

一提到"三农"问题，我们就会想到那个著名的概括："农村真穷，农民真苦，农业真危险。"甚至"三农"两个字一时成了忌讳，成了不安定因素。窃以为"三农问题"表面上是三个问题，实质上是一个问题，即三维的农村问题，是立体的。过去，在单一的乡土中国背景中，因为缺少对比度，这个问题尽管普遍存在，但并不凸显；而今，在我们的城乡二元结构社会中，尤其是当我们向现代化社会迈进时，它成为突出难题是不可避免的，不能回避，只能正视。

看一些数字，很能说明问题。

一看劳动力。中国农村占 70%，日本占 10%，美国占 3%；

二看产值。中国以 70% 的农村劳动力，实现国民生产总值的 15%，比美国和日本低得多；

三看农产品的商品率。中国大约是 30%，发达国家几乎是 100%；

四看农产品成本。二十世纪九十年代以来，我们的农产品成本每年提高 10%，而发达国家的农产品成本基本保持稳定，政府的补贴却在增加；

五看农产品价格。国际价格，叫"天花板价格"，成本价格叫"地板价格"，我们的"地板价格"，已经高于"天花板价格"。

农产品人均占有率就不用看了，我们人多东西不多，没法比。

从这些数字我们可以看出，我们的所谓"农业大国"地位实际上是不存在的，我们只是一个农民大国，是小农经济。尽管土地产出率在不断提高，生活在改善，农民的问题似乎表现为就业问题，实质上仍然是生存保障问题。

解决"三农问题"的关键，是农村基本制度建设。只有制度文明建设，才能为政治、精神和物质文明建设提供基础，具有普遍的价值和意义。在农村基本制度建设中，诗人何为？至少可以挖掘乡土，认识乡俗，反观历史，寻找方向和未来，但不能满足于田园表面，不能简单地悯农。我注意到，世上优秀的诗人，都有自己的地理历史学，都离不开自己的乡土，拥有自己的文明，屈原是，惠特曼是，聂鲁达是，希尼是，大诗人全是，全都有根。记得老诗人辛笛曾经有过一首《风景》，说"干瘦的牛，更瘦的人，那是病，不是风景"，这样的诗人，才对得住乡土，才无愧于养育它的土地和人民。

但这还不是全部。自古以来，在诗趣书香氛围之外，中国社会还一直存在着另一个文化场，这种文化主要在乡村，是贫困和饥饿的产物，实用主义是它的核心，占有和维护有限的生存资源几乎吸引了它的全部注意力，诗很难进入它的话语范围，这就是我们国家人多而诗的读者并不太多的原因之一。与这一文化相吻合的是民谣，也是《诗经》比《楚辞》在民间更有影响力的原因，这是一块沃土，可惜现在很少有诗人在这方面下功夫了，确实非常难，比想象的难。如果说中国真的存在知识分子写作和民间写作，我看分野不在人群，而在不同的文化认同上，在关注点上。

在诗已经非常边缘化的今天，诗人越来越注重文本和策略了，而远离应该面对的现实，应该承担的责任，诗与时代与社会与读者远了，诗人应该为此自问。诗人担当责任可以用诗的方式，也可以不用诗的方式，可以直接表达，也就是说，诗人的发言，不一定通过诗。而诗有诗存在的价值，是因为有许多话需要借助于形象，或者通过打比方才能说出来，因此诗成了另一种说话方式，有的人一听就明白，有的人无论如何也闹不懂。"朦胧诗"是这么产生的，"三农诗"在继续。当然我们也应该注意到，全球化正在改变读者，有些问题也改变了，思考问题的方式也改变了，比如过去本来是悲剧性的东西，现在喜剧化了，不少严肃的问题，已经无法用严肃的姿态去对待了，在这样的情况之下，诗的存在方式，的确需要探讨。

图书在版编目（CIP）数据

诗与思 / 刘向东 著. -- 北京：作家出版社，2016. 6
ISBN 978-7-5063-8999-0

Ⅰ. ①诗… Ⅱ. ①刘… Ⅲ. ①诗歌评论 – 中国 – 当代
Ⅳ. ①I207.22

中国版本图书馆CIP数据核字（2016）第155043号

诗 与 思

作　　者：刘向东
责任编辑：宋辰辰
装帧设计：金　刚
出版发行：作家出版社
社　　址：北京农展馆南里10号　　　　邮　编：100125
电话传真：86-10-65930756（出版发行部）
　　　　　86-10-65004079（总编室）
　　　　　86-10-65015116（邮购部）
E-mail:zuojia@zuojia.net.cn
http://www.haozuojia.com（作家在线）
印　　刷：三河市华业印务有限公司
成品尺寸：152×230
字　　数：252千
印　　张：20
版　　次：2016年7月第1版
印　　次：2016年7月第1次印刷
ISBN 978-7-5063-8999-0
定　　价：30.00元